冰心散文奖
获奖作家散文自选集

月照長河

徐祯霞 著

组　　稿：中国散文学会
总 主 编：周　明　红　孩
执行主编：凌　翔

中国经济出版社
CHINA ECONOMIC PUBLISHING HOUSE
·北京·

图书在版编目（CIP）数据

月照长河 / 徐祯霞著 .

—北京：中国经济出版社，2020.4

（“冰心散文奖”获奖作家散文自选集 / 周明，红孩，凌翔主编）

ISBN 978-7-5136-5648-1

Ⅰ. ①月… Ⅱ. ①徐… Ⅲ. ①散文集—中国—当代 Ⅳ. ① I267

中国版本图书馆 CIP 数据核字（2019）第 073149 号

封面题字　贾平凹
策划编辑　崔姜薇
责任编辑　焦晓云
责任印制　马小宾
封面设计　陈　姝
封面插图　阿　秋

出版发行　中国经济出版社
印 刷 者　唐山楠萍印务有限公司
经 销 者　各地新华书店
开　　本　710mm × 1000mm　1/16
印　　张　13
字　　数　168 千字
版　　次　2020 年 4 月第 1 版
印　　次　2020 年 4 月第 1 次
定　　价　49.80 元
广告经营许可证　京西工商广字第 8179 号

中国经济出版社　**网址** www. economyph. com　**社址** 北京市东城区安定门外大街 58 号　**邮编** 100011
本版图书如存在印装质量问题，请与本社发行中心联系调换（联系电话：010-57512564）

序　似有清音云中出

邱华栋

爱尔兰剧作家萧伯纳说："一个人的风格有多大力量，就看他的主张有多么强烈，他的信念有多么坚定。"读徐祯霞的作品，便有这种强烈的感觉，很多文章，看似在写庸常生活中的人与事，但是通篇彰显着正气和昂扬向上的力量，就像有一股哨声传递出的清音穿透厚厚的云层，让人不能忽略，也无法忽略。她的语言坚定有力，锵锵有声，如钟鼓在鸣，这是徐祯霞写作的一大特点，也可以说是她的作品的一个非常鲜明的特色。

徐祯霞是鲁迅文学院第二十九届中青年作家高级研修班的学员，来自商洛柞水，同贾平凹是老乡。在没有认识徐祯霞时，我不知道有个柞水县，徐祯霞在鲁院的文艺联欢会上唱了柞水民歌《渔鼓源》，给我留下了非常深刻的印象。这是一首很优美且具有陕南风情的民歌，也可以说是柞水人生活的一个图景。我在与徐祯霞相谈中得知，柞水县只有16万人口，这让我很是惊讶，有的地方一个镇都不止16万人，而柞水县总共才16万人，真是一个小县。她说柞水原是一个深居于秦岭山中的县城，以前交通极为不便，后来通了火车，通了高速路，同以前大不一样，以前到西安走秦岭盘山公路，要五六个小时，现在到西安，只要一个小时就到了。柞水虽小，但山岭绵延，植被茂盛，负氧离子含量极高，空气清爽宜人，环境优雅，恰如一个塞上小江南。说到这些的时候，她有点欣喜与自豪，从她的言谈话语中，能感觉她对家乡有着一份深切而厚重的爱。

在深圳出差时，我接到徐祯霞打来的电话，说她的第三部散文集《月照长河》即将出版，想让我为她的新书写个序。其实要论我的工作，真是挺忙的，实在没时间写，但对于这个学生，我却不忍心拒绝。一者，她的写作确实是不容易，一步一步从生活的最底层走过来，每走一步，都要付出很多的艰辛和努力。二者，她是一个有良知、有正义感的作家，虽为女子，却有着男儿的风骨和情怀。她写自己、写家乡、写生活、写我们当下的时代，很多文字都非常刚健有力，体现了一个作家的铮铮风骨、人文情怀和独立精神。

一个好的作家，首先是关注社会、关注民生、贴近生活的，能从社会的角度、人性的高度上去考量人生、阅读生活，从而写出对人类社会发展有益的文学作品。一个成熟的作家，创造的应该是人类精神文明的产物，或者表达观点，或者提出建设性主张、发展的思路和方法，总之，应该是有益于社会和人心的，对人类社会乃至世界的进步和文明有所贡献的。文学，向来是不分国界的，它是人类社会共同的精神财富。是人，都是复杂的，有优点，也有缺点。文学的作用就是让人的优点放大，缺点缩小，以至慢慢地隐遁和消失。中华文明之所以厚重，之所以源远流长，就是因为它留下了许多高尚的伟大的精神和人格上让人仰视的不朽的魅力。一个国家的强大和发展，文化的力量与影响不可低估。

我记得在鲁院时，徐祯霞曾说过，在所有的花里，她比较喜欢荷花、梅花、菊花，大抵是因为这些花的禀赋、风骨、精神和气质，让她一直对这些花情有独钟，并寄予深情。在我看来，这些花，也正是徐祯霞的精神与意志的体现。人的内心世界往往会通过一些外在事物反映出来，个人内心是怎么想的，会表现在对客观事物的态度上。记得，她来鲁院时送了我一本《生命是一朵盛开的莲花》，封面上还题有一首小诗："莲　生于水　出于泥/依然亭亭/馨香四溢/身无半点污物/灼灼笑迎长风/可谓大美大雅/一直以来/喜莲/喜莲之端庄/喜莲之优雅/喜莲之高洁/喜莲有君子之风。"这是莲的精神，我想，也当是徐祯霞为人立世的精神。

徐祯霞的笔触是博大而开阔的，她写了很多人很多层面的生活，每一篇都带给我很多的触动和思考。她的笔，揭开了我生活中不常碰触到的一面，她用一种坚实且客观有力的语言在不紧不慢地叙述着，展现出一个又一个不同生活场景、不同生活形态下的小人物的生活，他们的喜怒哀乐，他们的希望与追求，以及他们的奋斗与挣扎。她在《一个女宿舍管理员的手记》中说道："面对这些花季少年，如果我们不能用爱将其感化，最起码可以平息他们心中的恨。"这是一个基层学校宿舍管理员所具有的担当和情怀。宿舍管理员不是老师，却也担负着看管学生的责任。在这篇文章中，我们能看出作者对这些花季少年成长的担心和忧虑，她以一个宿舍管理员的视觉展开了对这些学生的教化和救赎，用实际行动来改变和影响着这些涉世之初的学生，让他们做努力学习的人、做身心健康的人、做对社会有用的人。这是宿舍管理员的理想，何尝不是徐祯霞的理想呢？如果每个人都去努力做对社会有用有益的人，生活中很多的秩序都会改变，很多不可能也会变为可能。

柞水虽小，可徐祯霞的写作格局却不小。在她的笔下，有广泛的社会题材，有小人物的命运，有对社会环境的忧虑，有对时事的关注，还有对个人生活的叙述和表达。徐祯霞的写作，让我感触最深的是她那无处不在的爱心和悲悯情怀，以及对人间大道的追寻和探求。她的诸多作品中，有寻根问祖的，有叩问人性的，有质疑生命现象的，甚至对一只鸡、一条鱼，都充满了怜惜和关爱，这是女性作家内心柔软的东西，也是人性中珍贵的东西。在徐祯霞眼里，所有的生命都是值得尊重的，所有的生命都有自然生长和生活的权力，这是一种视生灵平等的情怀。原本人在生物眼里和生物在人眼里是一样的，没有高低贵贱之分，正如佛教里所宣扬的“众生平等”，她解读的是一个“道”，人人平等的道，众生平等的道，她的作品也反映着她对这个世界的认知和理解。

每个作家都有自己的精神地理，莫言的精神地理是高密，贾平凹的精神地理是棣花，路遥的精神地理是陕北，徐祯霞的精神地理便是她的家乡柞水了，这在她的《山中日月光》中得到了很好的体现。她用一个女子的亲见亲历，叙述了柞水几十年沧海桑田的巨变，以饱含深情的笔调写出自己对柞水博大而深沉的爱，这是一段时光的缩影，也是一段历史的见证。在这篇文章里，她写到了刘心武，写到了张海迪，写到了贾平凹，在那个年代和当下的环境下，这是一个奇怪的文化现象，在柞水的文化史上，也算是难得的一页，是这几个人影响了徐祯霞，也是这几个人成就了徐祯霞，让一个女子从此爱上了文学，一发而不可收。徐祯霞现在在柞水，就算以后离开了柞水，柞水也永远不会淡出她的视线。我自始至终相信，一个人走得再远，也无法走出故乡的地平线，故乡永远都在我们一回头的地方，尤其于作家。

在鲁院，因为工作的问题，徐祯霞跟我交流过，我才知她的文学之路有多不容易，在生活几乎无着的情况下，她都没有放弃自己热爱的文学。她坚持下来了，才有今天的硕果累累，同时也印证了，苦难于作家来说，确实是一笔极大的财富。苦难，让徐祯霞得到了许多与众不同的生活和生命体验，写出了有别于常人的思考和感悟。也正是苦难，让徐祯霞更深刻地了解社会、透析社会、揭示社会，其作品才显得厚重深邃，有了庄重感、大气感、时代感和沧桑感。一个作家，要有敢于剖析自己和解析社会的勇气，否则，作家的写作只能停留在事物的表象上，如蜻蜓点水，无关痛痒，无法道出生命的本质和生命存在的意义。作家，其实也如医生，只不过医生是在用手术刀治病，治人身体上的病；而作家，却是在用文字治疗人心理和心灵上的疾病。鲁迅便觉得人最根本的疾病不在于身体，而在于心灵，从而弃医从文拿起了笔，对一个民族进行精神上的疗治。在那个时代，鲁迅的文字可谓一剂猛药，唤醒了许多精神麻木和沉睡的人，从而使一个民族得到了自救。

读罢徐祯霞的散文集《月照长河》，掩卷，我眼望窗外，陷入了深深的沉思。一个作家，不在于生活在什么地方，也不在于在什么地方工作，小县城的人也有大气象、大情怀，而这，在一个女子，身为作家的徐祯霞身上体现得尤为真切。她没有因为自己生活在基层而自卑，也没有因为自己生活中经历了种种磨砺和挫折而自暴自弃，她选择了坚强，选择了不屈，选择了坚韧，她笑对生活，笑看命运，以一朵迎春花的精神面对世俗的种种，挥洒出一腔豪情与正气，给喧嚣浮躁的生活带来一丝清凉，在熙来攘往的人群中奏响一曲时代的清音。她没有刻意迎合政治，发出的却是时代、是人民最需要的声音。真理在民间，只有在生活最深处，才能透视到一些本质的东西。我想，这便是作家需要深入生活的缘由吧，坐在象牙塔里闭门造车，永远写不出生活中最生动鲜活的文学作品。生活总是比我们想象的复杂深刻，只有生活在风口浪尖上的人，对生活才有最真切最深邃的体悟和思考。

作为一个作家，一者要有良知、责任和担当；二者要有刚性，要有自己的立场和主张，不跟风，不盲从，有独立思考的意识和精神；三者要有一双善于观察和发现的眼睛，要能从细微处透视生活的本相。这几点在徐祯霞的身上都是充分的，因而可以说，徐祯霞具备了一个优秀作家的首要条件，大道方能行远。文品即人品，什么样的人品能写出什么样的作品，一个好的作家绝对写不出劣质的作品，这是人品与情怀所致。在此，我且祝福徐祯霞在文学的大道上一路激进！

人间有清音，无关丝与竹。此为序！

邱华栋，当代著名作家、评论家，现任中国作家协会书记处书记，鲁迅文学院常务副院长。

目 录

第四辑 红尘物语

第五辑 笔间春秋

第一辑　山水走笔

夜泊秦淮河

最初了解秦淮河，是在读杜牧的《泊秦淮》时。杜牧在诗中写道：“烟笼寒水月笼沙，夜泊秦淮近酒家。商女不知亡国恨，隔江犹唱后庭花。”《后庭花》是一首曲子，据说是南朝陈后主所作，被后人称作“亡国之音”。

读罢这首诗，我就觉得秦淮河这个地方不一般，它一定有过许多不寻常的故事，于是对这个地方产生了好奇，好奇久了，便有了向往。

秦淮河是一条怎样的河？它有着怎样的故事？它和女人有什么关系？她们都是些什么样的女人？那些与这条河流有关的女人，她们都有着怎样的爱恨情愁？……凡此种种，都让我思绪起伏，遐想联翩。

秦淮河哟，秦淮河！

后来，我从书籍中知道了与秦淮河有关的故事——李香君、柳如是、顾横波，以及寇白门、陈圆圆等，她们被誉为“秦淮八艳”，她们的爱与恨、悲与欢。这条河因为女人而出名，而这些女人饱受摧残、几经磨难，她们都是才艺双绝的女子，可她们的命运却无比的辛酸与坎坷。人常曰：

"红颜多薄命。"难道红颜真有错？女子有才不是罪，女子有貌也不是罪，可是在那个男权统治一切的社会，女子除了卖笑与卖艺，供男人享乐，似乎再没有别的价值，她们的一切都寄附在男人的身上。男人青睐她们，她们的生命便有了意义；离开了那些主宰和统治社会的男人，她们便一物无依。这就是她们的命，没有主宰自己命运的权力，没有展示自己才华的机会和平台，她们就像弱柳，就像浮萍，就像被风吹落的树叶，任凭岁月雨打风吹去。

这些女子，个个琴棋书画俱佳，诗词歌赋皆通，她们吟诗作画，赋诗弄文，声乐歌弦，样样出彩，才情不让须眉，可是她们寄身于青楼，金粉胭脂地，只能以卖笑为生。她们也有情，她们也有爱，可是她们却常常身不由己，在男人的角逐中，成为金钱权力下的牺牲品。

马湘兰，擅画且精通音律，一个极聪敏灵秀的女子。她与王百谷的爱情经历了千般磨难，一度欲委身于做灯笼的秦师傅，可是就在她准备以身相许时，秦师傅却拒绝了她，可怜这个才华横溢的女子，孤单一生，最后零落成泥。

陈圆圆，一代昆曲歌妓，才貌不凡，却命运多舛，一生颠沛流离，饱尝辛酸，被一个又一个男人赏玩，到最后成了祸国红颜，背上千古骂名。

寇白门，一介女儿身，却有着侠骨柔肠，巾帼不让须眉。可惜女儿纵有济世之志，却无报国之门，在乱世，她仍能坚守自己高洁的品行和操守，令男儿汗颜。

李香君，一个痴情女子，为了护卫自己与侯方域坚贞的爱情，血溅桃花扇。一把桃花扇，凝结着一个青楼女子和文人才子缠绵哀怨悲凄的爱情故事。

……

其实，秦淮女子远不止"秦淮八艳"里所罗列的那些。"秦淮八艳"是清代的一个画家画出了其中的八个青楼女子，让她们得以盛传，而在当时，金陵名流荟萃，佳丽如云，享誉秦淮河的女子有二十多位，余怀的《板桥杂记》一书中就有记载。

那些女子从历史中走来，又在红尘中远去，给我们留下了一段又一段的悲情往事。她们是纤弱的，她们又是坚强的，充满着血性的，虽寄身青楼，却有着高洁的品质和做人的风骨。在那个时代，她们没有社会地位，但一样活得铿锵有声，以她们的气节和才情赢得了人们的敬仰和尊重，于是一个个风尘女子让历史有了发人深思的味道。

历史已然远去，但这些女子却从历史中跳了出来，她们用悲情和辛酸的人生打动着一拨又一拨的人们，让他们越千山、涉万水，来到秦淮河，寻觅她们的芳踪，并为此流连慨叹。

同为女人的我，对于她们，除了钦佩，更多的是敬重，一种发自内心的敬重。于是，便希望有机会亲临秦淮河，凭吊一下这些在红尘中远去的女子，这些值得我尊重和敬仰的青楼女子。

我是一个北方人，处在四面环山的大秦岭中，因而，南方相距我就甚远。

有路途的遥远，也有心理距离上的遥远。

当然，最主要的是我不是一个生活优越的人。我很少有坐飞机的机会，手上也没有充裕的钞票，囊中羞涩使我的希望一次一次地搁浅。

于是，秦淮于我，一直是一个梦，一个遥远而不曾亲临的梦。

此次受邀去江苏参加一个散文笔会，这种想法便开始萌动。

虽然受邀要去的地方并非南京，但是因为秦淮河，还是有了我的这次南京之行。

我是自常州到南京的，坐动车一个小时，到达南京的时候已经是下午了，我找了个地方将行李放下，便直奔秦淮河。

朱自清写过一篇《桨声灯影里的秦淮河》，因为对秦淮河的好奇，这篇文章我反复地阅读过。在这篇文章里，秦淮河是沉寂悲凄萧瑟的，朱自清也仿佛见到了秦淮河的女人，但那是歌女，也有为生活所迫的妓女，她们只是在乞讨一份生活，与情趣优雅才情美丽都无关，更与家国情仇无关。秦淮河的夜晚，除了那一个个女人，便只有那一盏盏灯笼的光亮，而那灯笼的光亮也是昏的黄的暗淡的。彼时，秦淮河的繁华不再，秦淮河的优雅不再，秦淮河里犹抱琵琶半遮面的女子不再，空留一河冷月与清辉，那是 1923 年 8 月的一个夜晚。

站在文德桥上，我俯视秦淮河，秦淮河上华灯初启，霓虹闪烁，尽显繁华，那些画舫和摇橹一顺儿的排开，在等待着游人的光顾。河对岸的照壁上镶嵌着两条巨大的金龙，二龙戏珠态，灯光透过龙体放射出金黄色的光芒，二龙嬉戏，凌驾于祥云之上，一派祥瑞之态。

这时，我就在想，秦淮河的水为何会这样丰沛，是不是和秦淮河的女子有关？

十里秦淮，如此绵长；十里秦淮，如此浩荡。十里秦淮，望穿了多少泪眼？十里秦淮，又诀别了多少爱恋？

我的心也随着那船儿在波浪起伏的河水中跌宕着。这十里秦淮的繁华，可是那些青楼女子的胭脂染红的？可是她们的血和泪染红的？这流光溢彩的秦淮河，浸透着多少女子的辛酸与惨烈？这些女子，都是至情至性的人，她们渴望真情，渴望白首相携的生活，可她们的爱却非常短暂，如昙花一现，而她们的愁却是无尽的，在光阴和时间的年轮中消损，甚至是青丝熬成白发。这些风华绝代的女子，尝尽了人情冷暖和世事艰辛。秦淮女儿喜，盼得郎君芳心许；秦淮女儿愁，此情可能共白首；秦淮女儿悲，梦断天涯雁分飞。她们的一腔真情，换来的却是斑斑泪、滴滴血。

秦淮河两岸有很多夹竹桃，都长得非常茂盛，有粉红色的，有雪白色的，一河两岸，比比皆是，这是金陵的特色，也是秦淮河的特色。在我的记忆里，夹竹桃都是和女人有关的。记得很多年前看过一部电视剧，剧里的主人公是一个女子，一个才貌双佳的女子，嘴角微翘，脸上有一对可爱的小酒窝，经常穿着一身旗袍，知性且温婉，让我印象非常深刻。在她的窗前，就有一丛很茂盛的夹竹桃，剧中的很多情节都和夹竹桃有关。这个女子最终被那个她深爱着的男子所抛弃，在一个风雨交加的夜晚，因吞食了大量夹竹桃叶而离开人世。

秦淮河边的夹竹桃，让我想起了电视剧里的女子，也想到了秦淮旧院里的女子。这么多的夹竹桃，会不会是秦淮河的女子用泪水养出来的，要不然，它们何以长得如此蓊郁和翠绿？秦淮河，一条用泪水浇灌的河，一条弥漫着胭脂水粉的河，一条流淌着爱怨纠结的河，从大明朝流来，一直流到今天。

这些夹竹桃丛生的地方，想必便是桃叶渡了。我没有找导游，只想静静地感受一次夜色下的秦淮河，因为秦淮河的往事我已谙熟于胸，此次前来，我只是想借这条河遥祭一下这些秦淮女子，在故事的发生地与她们一晤，静静地感知一回她们的悲欢往事和风尘人生，凭吊那些已逝的魂灵。女子如此，一生亦不算枉然！

而今，在这条河上，已没有了这些另类的女子，红灯区不再，歌乐声弦不再，只有岸边的夹竹桃花在端庄地开放，向人们叙说着那一幕又一幕的悲情往事。在往事的追忆中，那些女子的泪水汇成了汩汩的秦淮河水，在岁月的轨道中恣意地流淌，粉饰着太平。这条达官贵人王子侯孙文人才子曾经流连忘返缠绵其中的秦淮河上，已不再有那些卖笑与卖艺的风尘女子，她们已经成为历史的缩影。现在，这里已经是旅游景区。看，一河两岸游人如织，宾客云集，霓虹迭起，一片盛世锦绣繁华。如今的秦淮河能有如此旺的人气，得益于那些秦淮女子，她们用自己的生命锻造的传奇，为秦淮河增添了经久不衰撼人魂魄的艺术和人文魅力。

在桨声里，耳边似乎又响起：“烽火狼烟，河山半壁残，秦淮十里风流散。青楼黯，何须叹？正是男儿驰骋时，羡煞红颜！饮马大江边，请君听阵阵，琵琶轻弹。”这是寇白门琵琶弹唱的一首曲子，此曲道出了寇白门报国无门的无奈与幽思。

秦淮女儿，豪情不输男子，却空落珠泪涟涟，唯有仰天长叹，寄情笔端。一世风华，尽被雨打风吹散，云烟过处，已是经年。

（本文获“第八届冰心散文奖”）

寻访上里

上里，是一个古镇，据说在三国时就有了。三国，该是多远的年代。一个跨越了无数个朝代，拥有1700余年历史的古镇，究竟会是什么样子？我的心中便有了一份再也放不下的惦记与好奇。因了这份惦记与好奇，我决定去上里古镇探寻个究竟。

来到上里古镇，是一个雨后的清晨。空气格外的清新且湿润，到处弥漫着青草的气息和竹笋的清香，薄雾未消，绿意渐浓，车蓦然停驻，古镇已悄然在眼前——原来上里古镇竟然藏匿在大山深处，我的一个不经意，便与它撞了个满怀。

古镇并不小，这让我有些意外。一路行来，道路并不宽阔，也并未见车水马龙，山是宁静的，树是宁静的，水流也是宁静的，路上少有房舍和人家，一辆一辆的巴士不紧不慢地走着，像是在串门或是走亲戚，淡定与悠闲，并不似别的旅游景区那么喧闹沸腾。这让我有些窃喜，我可以不用受纷乱的干扰从从容容地打量和端详它了。

放眼上里古镇，我突然想起陶渊明笔下的《桃花源记》："林尽水源，便得一山，山有小口，仿佛若有光。便舍船，从口入。初极狭，才通人。复行数十步，豁然开朗。土地平旷，屋舍俨然，有良田美池桑竹之属。阡陌交通，鸡犬相闻。其中往来种作，男女衣着，悉如外人。”上里古镇何尝不是隐匿在大山里的一个世外桃源，路之畔，古镇突兀而至，突兀得让人没有一点儿思想准备，在林之中，在水之岸，在路之侧，上里蓦然横出，陈列在你的面前，如一只待渡的船，静静地泊着，不加修饰，铅华不染，朴素而庄重，在淡定与安详中记录着一段时光的风雨与沧桑。

一大堆竹笋闯进我的视线，阵阵清香扑鼻而来，有的整齐地放在三轮车里，有的摆放在竹筐里，全都头对头，有序地排列着。起先，我并不知道这些竹笋堆在这里是做什么用的，因为竹笋边并没有人。我心生疑惑，四处一瞥，发现一个胡须发白的老人和一个中年的妇人，两人待在离竹笋两米开外的地方，拢着手。意识到他们就是竹笋的主人，我笑了，轻轻地问，竹笋是卖的吗？妇人应着，是。我问，多少钱？女人低低地答，8 角。我惊讶地说了一声，好便宜哦！因为，在以往的经验中，大凡景区的东西都是比较贵的，多数以盈利为目的，而且还有抢客拉客的现象，而眼前这两个卖笋人如此平静，如此淡定，全然不像是在做生意。他们的神情和他们的衣服一样朴素，陈旧的中山装和粗布的红花褂子。他们带着笋子来卖钱，但是身上依然褪不去山里人特有的质朴与憨厚，他们在等待着一份你情我愿的交易，买者心甘情愿地买，卖者心平气和地卖，一切都是自然而然的事情。或许正是他们——古镇世世代代生存的百姓让古镇依然朴素，依然庄重，因为朴素和庄重不仅是外在的表象，更是意识形态层面的，精神上的庄重才是永恒的庄重。

我深深地凝视了他们一眼，心里充满了欣慰。

真正走入古镇我才知道，上里古镇的出现远比三国要早，它在西汉时期就已经有了。一个藏匿于深山里的小镇会有这么久远的历史，是我始料不及的，更是令我惊讶慨叹的。谓之三国，就已经很早，谓之西汉，唯有让人望镇兴叹了。在来四川之前，我没听过它的名，在来四川之后，我无数次听到它的名，很多人知道我是文化人，就鼓动我来看一看，说这是一个特别值得走走的地方。由好奇到惦记，由惦记到神往，由神往到终于下定决心来探寻一番，果然不负此行！

上里古镇，东接名山、邛崃，西接芦山、雅安，坐落在四县交接之处，是南方丝绸之路的重要驿站。南方丝绸之路，也称蜀身毒道，是中国最古老的国际通道，它以四川为起点，经云南昭通、曲靖、大理、保山、腾冲，从德宏出境，进入缅甸、泰国，最后到达印度。与西北丝绸之路一样，"南方丝路"对世界文明也做出了重大贡献。史料记载，上里古镇初名"罗绳"，是取其昔日古道上的驿站、关隘之意，它是历史上南方丝绸之路临邛古道进入雅安的重要驿站，是唐蕃古道上的重要边茶关隘和茶马司所在地，还是红军长征北上的过境地。

初闻上里，让我好不惊奇，却不料在惊奇之余，它带给我的是一个又一个的惊叹号。

踏入古镇，我的心也变得庄重起来，令我庄重的不仅仅是上里的建筑和风物，更有其深厚的文化和历史。我是从一座桥上走进上里的，桥头立着一块本色的石头，石头稍显粗糙，凸凹不平，其上书写着"水墨上里"四个字，至此，古老的上里便在我眼帘里郑重地拉开了帷幕。

桥不宽，约三尺余，全部是由一米多长的石条铺就，石条的排列谈不上规律，但是却相当的平整，相当的稳当。雨后，水面有些混浊，到处泛着湿漉漉的气息，但并不影响古镇的庄重与沉稳。想来，这儿的水从来都是波平如镜，不管是泛着泥土的雨水，还是素日的一河清流，都是盈盈而充沛的。两岸的石阶上，到处泛着茸茸的绿苔和一些不知名的碎草，没有泥土，却依然能够鲜绿。我跳跃着走过石桥，临面而来的是两幢吊脚楼，一座是戏楼，一座谓之"近水楼"，两楼相向而立，穿巷而进，戏楼便郑重地进入我的眼帘。戏楼的正中赫然一幅川剧脸谱，它正庄重而肃穆地凝视着古镇来来往往的人流，好像在越过时空与人们做着某种交流。川剧脸谱是川剧的精髓，川剧的魂魄所在，它是不二的，它是四川独有的，这便是地域文化，唯有四川才有的特色。

狭长的石板街，苍老的吊脚楼，在我的眼前一顺儿排开，我的目光随着它一直向前延伸。上里古镇呈“井”字状分布，一条主巷，主巷两边分别有侧巷，一样的庄重，一样的古老，一样的刻满了岁月的印痕。上里很安详，没有叫卖声，没有哄抢抬价，店主都安静地待在自己的店铺里，人来不惊，人去不嗔，平静地看着来来去去的人，静静地问，静静地答，静静地交流，静静地买与卖，一切的一切，因为古镇的古老而从容淡定着。

我走进一家小店，那里专卖牦牛产品，有梳子、刮脸器、刮痧片、念珠等。店主是一个中年男人，我进店时，他正在整理被游客拿乱的物品，每一件依序归位，摆放整齐。见我走进，他冲我微微笑着，侧立一旁，并没有马上向我推销商品，只是任我自由地观看。我在店里转了一圈后，走到了摆梳子的地方，梳子有大的、有小的、有中号的。或许女人天性爱美，我对梳妆的物品情有独钟，拿起一把中号的梳子问他，这牛角梳多少钱？他温和地说，10 元钱 1 把。这让我有些意外，这梳子怎么这么便宜呀！但我并没有表现出来，只是在心里轻轻地叹了一声。我很爽快地掏出 50 元钱，买了 5 把，准备回去送亲友。听说用牦牛梳梳头可以美容养颜，送人应该不错，东西好且物美价廉，心情不由得愉悦起来。

我不知道这个男子可不可以代表古镇的生意人，但是这儿的许多生意人置身店里却不叫卖，有的在喝茶，有的在做手工，有的手捧一本书，有的在浏览网页，他们身上都有一种平和与悠闲，一种淡泊名利泰然立世的生活态度。这儿少了大城市的喧嚣与浮躁，也少了大城市的急功近利。古镇朴素，人心也朴素，古镇沉静，人心也沉静，古镇端庄，人心也就有了一份端庄与从容。于是我在想，人是不是普遍都是受环境影响的生物呢？

当时，恰逢四川美术学院的学生在此写生。上里到处都是一些支起画架写生的学生，河边、桥头、小径、古巷、木屋旁，一样的年轻，一样的认真，一样的投入，他们在用心地描绘，描绘一座古镇的风雨岁月，他们的年轻，显得上里愈发的沧桑与古老。走过他们身边时，我会忍不住停下脚步，驻留在他们身后，静静地观赏。他们中有描摹风景的，有画吊脚楼的，有写意小桥流水的。对于绘画，我虽不精通，因为喜欢，也略懂一点儿。我立在他们身后，看他们的一笔一式，有线条的勾勒，有颜色的渲染，有构图的比例。绘画是个考验人耐心和审美的活，需要勤奋，也需要天赋，当一张苍白的纸在他们的笔下渐渐地变得丰满而富有情趣时，画者的内心一定是很有成就感的。

一座古老的石桥吸引了我，吸引我的不仅仅是桥上那些写生的学生，还有桥上晾晒的竹笋。那些竹笋很白很鲜嫩，白亮亮地铺在竹席上，竹席用的年代久了，已经泛出棕褐色，它的沧桑与竹笋的嫩白形成了鲜明的对比，它们在桥面耀眼地排开，强烈地刺着人的眼。四川不愧是个出竹子的地方，上里的竹笋及竹制品便可窥其一斑。桥上有晾晒的，河边的石坡上有晾晒的，街面上还有一簇一簇的人围在一起削竹笋，那些竹笋大且肥硕，形状酷似青笋。这些不同性状不同功用的竹笋，让上里与别的古镇有了一种不一样的味道，那就是无处不在的竹香气。

我在一群削竹笋的人旁边站定，用一个外来人特有的好奇观望着他们。他们当中，有年长的大嫂，有年轻的女子和媳妇，还有十几岁的小伙子，他们都埋着头，忙着自己手中的活，有削皮的，有切片的，有切丝的，像是分了工。我热情地同他们打招呼，你们好，在削竹笋呀？他们抬起头，把脸一起转向我，一位年长的大嫂说，是呀，竹笋要削去皮才好吃呢！我说，这些竹笋都可以怎么吃呀？他们说，可以炒着吃，可以炖肉吃，还可以做成酱菜。我一听可以炖肉吃，顿时兴奋起来，可以炖些什么肉啊？年轻的媳妇答话了，炖鸡、炖排骨，还可以炖牛肉，都挺好吃的。我听后，立马有了想尝尝的欲望，就说，那你们这有吗？有的。大嫂回过我后，马上又说，我给你叫人去，看样子，那位大嫂就是这店里的老板娘，答过我之后，马上同店里招呼，有客人来了。

少顷，一个汉子从里间出来，将我们让进店里。店不大，却干净整洁，一律的木头桌椅。他给我们推荐了一份竹笋炖牛肉、一份丝带鸡，我们外点了一份清水豆花、一个木桶米饭。店主很麻利，一会儿，菜就端上来了，一句“你们慢慢吃”，他便退下了。我们津津有味地吃了起来，不错，确实不错，竹笋的清香伴着牛肉的醇香，既清爽可口又别具风味，这样的菜，可能只有在竹笋下来的季节才能品尝到，在别的时间，可能就尝不到这么原汁原味的竹笋牛肉了，新笋鲜脆嫩，而干笋就有点儿缺少水分，没有新笋的口感好。我庆幸，我们来的正是时节，既看到了这么别具风情的古镇，又尝到了这么可口鲜香的美味，眼福口福都算享上了。

走出店门，我依然意犹未尽。

一只狗摇摇摆摆地朝我走来，不知是嗅到了肉味，还是一贯爱悠然在街巷上散步，反正没有怕人的意思。它落落大方，步态从容，不紧不慢，穿行在行人和巷市之间，大有一种主人般的气定神闲，眼睛像是在看谁，又像是谁都没看，或许，在它来说，看与不看，它都知道，这些人来上里是做什么的。它走过我身边，朝我瞥了一眼，像是欢迎我，又像是同我打招呼。啾啾，一声鸟鸣，狗“噌”的一下蹿了过去，三步两步跑下河去。我循声望去，几只飞鸟在河岸盘旋，唔，原来，它是追逐水鸟嬉戏去了。

水旺的地方，必然桥多，而上里的桥乃是上里的一大特色，每一座桥都很古老，每一座桥都很沧桑，每一座桥都长满了绿绿的青苔，每一座桥都长满了我叫不上名的杂草，有枯死的，有新长的，衰老与新生并存，繁荣与陈旧相依，它们在没有土壤的桥上生，它们在没有土壤的桥上长，一茬一茬的新生与死去，便成了又一轮生命的起点。看着它们，我不禁感慨，时光不仅沧桑了容颜，也沧桑了岁月，一轮一轮的岁月，在时光中沉淀，最后沉淀成斑驳的光影，那些留下的，是往日岁月的履痕和见证。

朋友叫我，该走了，我应着，但脚下明显的有不舍，我在原地站定，回过头，将上里细细地环视了一圈，而后转身，走过之后，仍忍不住频频回头。我在内心想，要是时间允许，在此住上一晚，在古老的吊脚楼内，有两个人，分椅而坐，品着茶香，听着水声潺潺，伴着时时吹来的古风古韵，上里的夜晚一定是静谧安详而令人沉醉的。可是，我要走了，这个“假如”在此次不能实现，只有留待以后的时间，但能在时间仓促的情况下赶来上里，已让我没有遗憾，那么此次，暂且作别，或许，我会再来，在一个尚不确定的时间点，与上里来一次意外的重逢，留一份缺憾给自己，留一份遐想予未来，生活便有了另一种盼望和期待。

我步出上里，桥头依然有学生在全神贯注地作画。上里，是他们眼中的风景，而他们，又成了我们眼中的风景，他们与上里一起，构成了我记忆中的上里不可或缺的元素。

上里，静好！

愿时光依然……

（本文获“四川散文佳作奖”）

棣花之荷

对于棣花的荷，我好奇着，并疑惑着。天下美荷，多在南方，北方甚少，荷生之地，多是水源涵养之所，棣花乃旱地，何以养得了如此多的荷？更何况是千亩之荷，我一直以为这只是一个传说。

可去过棣花的人都说棣花的荷美，有水道，能划船，花开之际，一眼望不到边，只见荷头攒动，绿叶招展，真真是美煞人也。

别人如此说，我是有些不相信的。我始终以为，不是荷有多美，而是荷因为棣花这片土地而被人高看一眼，荷花长在棣花的土地上，贾平凹也出生在棣花这片土地上，人因为贾平凹而来棣花，因为贾平凹的大名而仰视棣花的荷，棣花的荷便因为贾平凹而与其他的荷大大不同了。

其实，天下的荷大抵是相同的，不同之处在于生长的地域不同，生长的人文环境不同，荷便有了不同的姿态，有了不同层次的意义，很多东西是被人为强行赋予的，与荷本身无关，但因为荷贴上了不同类别的标签，便显出不同了，于是贾平凹家乡的荷便更不同凡响了，贾平凹是中国文坛著名的作家，荷便也成了天下名荷。这就像是出生在有钱人家的女儿一样，一出生就高贵，即使平常，也是名媛，而一般人家的女儿，纵然貌美如花，也只能是小家碧玉。

说句真心话，这些年见的荷多了，有私人庭院的荷，有公园的荷，有水塘的荷，更有南方的荷，尤其是在济南，看到了大明湖的荷，于是，天下的荷在我的眼里顿时逊色。大明湖的荷，那可真真是不辜负传说，石桥、曲廊、画舫、古亭，无论从哪个角度看，都是最美的风景画，湖中荷韵飘香，岸边绿柳垂绦，总感觉一双眼睛不知该往哪儿看才好。在绿柳婆娑间，远处烟波浩渺，青山如黛，我以为，那是最好的摄影师也拍摄不出来的美，可它们却一一呈现在我的面前，让我目不暇接。忽然一副楹联出现在我的面前："四面荷花三面柳，一城山色半成湖。"这是清代书法家铁保所写，此联是对大明湖景色最好的概括，可见大明湖的荷花确实浩瀚无边，更有夏雨荷与乾隆皇帝的故事，不管这个故事是真是假，大明湖的荷花确实是美的，确实美得令人心醉。

棣花的荷塘开放好久了，我却一直没有去，一者因为我不是一个爱凑热闹的人，二者觉得所有的荷都已烂熟于胸，常见之物，也少了去探究它的兴致。棣花的荷于我，也正如我邻家的一个菜园子，感觉很熟悉，却不知道里面究竟是如何耕种的，哪块是菜，哪块是葱，或者还要种上几棵瓜和西红柿。因为，对于棣花这个地方，我真的不陌生，因为贾平凹，我早早地探访过它，而且在此前的很多年中，我几乎每年都要经过那个地方，于是，别人的好奇，于我都算平常。我知道棣花街在路北，荷塘在路南，我常常以为，自己闭着眼睛都能想象出棣花荷塘的样子，因此，我便觉得，我是不需要刻意去看的。

一个偶然的机会，来到丹凤，同行之人说要去看看棣花的荷，于是便陪同前往。来到棣花，放眼四望，原来，棣花的荷竟是不逊于济南大明湖的荷花的。在秦岭山中，这样一个崇山峻岭的县城，也会有如此浩瀚的江南之地、烟波水乡，着实让我吃惊不小。这个千亩荷塘，还真不是一个传说，我不仅诧异，而且惊喜，我常常追逐于江南的水乡，而就在我所处的商洛，也一样有着这样一个水光潋滟荷叶田田的水乡，我竟然几年视而不见，太辜负了，太辜负这片生机勃勃的荷塘了。

据说贾平凹的《秦腔》中的清风街就是以棣花为原型写的。贾平凹的《秦腔》获得茅盾文学奖后，我急急地买书来看，时至今日，我对那个清风街还有着很深刻的印象。去年九月，丹凤举行民俗文化艺术节，我受邀来此，还专程在这条街上走了一遭，当再次看到“清风街”这三个字时,《秦腔》中引生与白雪的形象又浮现在我的眼前。在这部作品中，引生是一个悲剧人物，就算清风街上的“贤人”夏仁智，也在满怀忧患中去世了，农耕文化随着老一辈人的逝去而逐渐消亡。秦腔，这种在新生代中快要被遗忘的剧种，其实也意味着人们快要遗忘的土地和农村，人们争相往城里去，土地荒芜，村庄倒空，偌大的村庄，便只留下老人和留守儿童，想到这些，顿时觉得心情沉重。

在思绪的转接中，大片的绿色如风一般飘进我的眼帘，不几分钟车已来到荷塘边了。我放眼望去，荷塘在我的眼前如铺开的一幅硕大的锦画，绿荷、拱桥、长亭、游船，一眼望不到边。我静静地打量了几分钟，心中顿时豁然，总是喜欢江南的开阔，喜欢江南的无遮无拦，喜欢一眼可以看出几里外的视觉，因此，眼前的荷塘，又让我有了找到“小江南”的感觉，看到那些在荷塘中穿梭迂回的船只，我不禁心动起来，划船去，划船去！何不尽兴地划一回船去？在蓝天白云绿荷之间，荡舟逸情，倾听生命的开开合合，那也该是这个夏天最美丽的时光吧。

思罢，我便急忙跑向码头。朋友看出我的意图，问，你是想坐船吗？我说，是。那年，在大明湖，因为时间紧，没能坐上船，心里一直遗憾并惦记着。初听传闻说棣花的荷塘能划船，我还不信，因为感觉棣花不可能有那么大的荷塘，可是，棣花还真就修成了这样大的一个荷塘。看样子，在荷文化上丹凤算是做了大文章了，我也才觉得自己是坐井观天，一直以为天只有碗口那么大，而天外早已经是春花秋月，四季变换好几回了。看样子，用老眼光来看世界是跟不上时代的步伐的。

在一个女子的引领下，我们上了船，船顺着水道“嗖”的一声向前驶去。第一次坐船，坐北方荷塘中的船，这种感觉是兴奋且激动的。我一边用手拍水，一边欣赏着满塘的荷花，突然想起了杨万里的诗：“红白莲花共塘开，两般颜色一船香。恰如汉殿三千女，半是浓妆半淡妆。”此诗恰好写出了此时荷塘的景色，水波两边，荷花开得正艳，粉的，白的，竞相往出窜，共争一池春色。现在正是赏荷时节，人说来得早不如来得巧，我们在无意之中赶上了一塘荷的盛宴，在这里，观赏到了荷生命中最美的姿态，袅袅婷婷，如豆蔻少女一般的绽放。

水面上有好几条船，有在前的，有在后的，我们在观荷之余观望着他们，他们也在观荷之余观望着我们，我们彼此成为对方眼中的风景，偶尔相遇，擦肩而过之际，发出会心的微笑。在风景怡人的地方，人的心情也是怡人的。这一笑，阳光也倾城。人生惬意之事莫过于在心情大好之际游历风景养心怡心之所。划船的是一女子，我问她，会唱歌不？她说会唱，只是唱得不好，怕污了听客的耳朵。大家一听，更来劲了，说，没事，唱，只要是你唱的，都好听。那女子竟然真唱起来了：“胭脂红，照天明，天上飞来龙和凤。啥龙？火龙。啥凤？火凤。大火烧开武关城，照得江水一片明。”唱罢，大家纷纷鼓掌，连连说好听。女子声音婉转，犹如山间画眉一般，悦耳动听。女子一唱，逗得船上的人也都唱了起来，你一首，我一首，歌声飘荡在棣花的荷塘上，久久不散。

一群一群的鱼儿在水中浮游，待我们的船划近，便箭一般钻进荷花丛间，我想逮上一尾，竟未逮着。船驶过，船后又有鱼游出来，见到这些在荷丛中钻来钻去欢快畅游的鱼，我蓦然想起汉乐府《江南》：“江南可采莲，莲叶何田田。鱼戏莲叶间。鱼戏莲叶东，鱼戏莲叶西，鱼戏莲叶南，鱼戏莲叶北。”采莲是江南的一个生活民俗，夏秋之际，青年女子乘舟荷花荡之间，渔歌互答，采摘莲子，是一项很有趣味的生产劳动。此时不是采莲的季节，我也只能臆想一下。我是没有采过莲子的，可愈是没有机会体验的事，愈是充满好奇，采莲于我，便是如此。

棣花的荷，于我是近的，有机会我可以再来，或者是专门选在夏末秋初的某一个星期天，来这里体验一场采莲的过程。我想，那也应该是一件蛮有意思的事，最起码可以了却我的一个愿望，一个对于荷的未知的探索和了解的愿望。写过荷的诗，写过荷的文章，但是一株荷从种到收的全过程，我似乎又不是完全了解的，我所知道的荷，也往往是它们生命中的某一个横断面，因此，了解荷、揭秘荷一直是我想用心做的一件事。

船依然在行进，我们已经置身满满的荷丛当中，纵眼四周，全是荷，挤挤挨挨，将我们簇拥着，于是，心也如这船儿荡漾了起来。有人取笑我，某人还说不就是片荷吗，有啥可看的，看看，是不是比谁都兴奋和开心呀，说说，这一趟到底跑得划算不划算？我自嘲地笑了，连连说，划算，划算！

自此，对于一件没有考察论证过的事情，我再也不敢妄下断言。

一花一世界，一叶一菩提。万物都有自己的不同，在荷的世界里，每一朵荷看似相同，其实又是不同的，生长的土壤、气候、环境以及地域地貌特征，都会让它们产生很大的不同，有的肥厚，有的瘦削，有的丰硕，有的娇艳，而在花的世界里，它们又都有着自己的生命轮回，有早开的，有晚开的，有绽放一生风华的，也有被无情的风雨摧折的。我们看到的，只是它们生命中最灿烂的时刻，而它们所经历的艰辛与所经受的磨砺我们却不知，它们在成长的过程中也会遇到风雨雷电，甚至是人为的戕害，也会遭遇一些我们常人无法想象的挣扎与抗争，最后才得以绽放在世人的眼前，成为我们眼中最美的风景。棣花的荷，也注定是要经历艰辛的。它也是从一个个小的叶片逐渐成长起来的，长成这郁郁葱葱健硕丰满的荷塘，最终盛开成这一片天光灿烂的荷花。任何成长和成功都不会是一蹴而就的，正如贾平凹辉煌的文学成就，那是贾平凹用心血和汗水浇灌出来的，如果没有日复一日、年复一年的写作，他如何能著作等身？如果没有写出优秀深刻的文学作品，他又如何能屡屡获奖？

今天，我们在看着这些葳蕤的荷的时候，似乎眼前又不仅仅是荷，还有荷成长的历程在里面，透过荷，我们看到的是生命努力成长顽强向上的精神。

棣花的荷，注定是与别处的荷不同的，它有着别的荷所没有的成长经历，有着自己的性格和品格，有着自己的人生故事和人文情怀，它与天下荷是相同的，又与天下荷是不同的。正如，众生有别。

问西湖

一提到西湖，我的脑海中便会闪电般地蹦出一个句子："西湖山水还依旧？"

上有天堂，下有苏杭。若论杭州，最先让人想到的便是这西湖。不管到没到过西湖，对于西湖，许多人早已从古诗文中熟稔，大凡能识文断字的人，免不了对西湖滋生出一个梦，一个不到西湖誓不罢休的梦。

而我对西湖最初最深刻的印象，却来自秦腔折子戏《断桥》。陕西人素来爱秦腔，我母亲便是一个秦腔戏迷，她不仅爱听秦腔，也爱唱秦腔，无事的时候，便会哼唱一些秦腔段子，而《断桥》便是母亲经常哼唱的秦腔段子之一。母亲记性非常好，虽识字少，但很多戏文的唱词她却能烂熟于胸，这是我一直佩服母亲的地方。

我真正看到的《断桥》是著名秦腔演员马友仙演唱的。那时，我们家刚有电视，母亲看《断桥》的时候，我就在旁边。马友仙的唱功好，扮相也好，一身白衣白裙白冠，从西湖边的烟柳中飘然而出，悲怆之气声声入耳，西湖在那一刹那让人感到了一种天地同悲的苍凉，于是西湖在我的眼里不再是单纯的水光山色、烟波浩荡，而有了一种人生苍茫的凄美。我痛恨法海，为白娘子的境遇鸣不平而叹息不止。后来，母亲再哼唱此曲时，便引起了我强烈的兴趣。

《断桥》是一曲悲情戏，说的是许仙被法海捉走后，白娘子因为失夫痛彻心扉而又面临生产那种悲怆与无助之际，恰又与许仙相逢悲喜交加的一段戏。戏中唱道："西湖山水还依旧？憔悴难对满眼秋，霜染丹枫寒林瘦，不堪回首忆旧游。想当初，在峨眉，一经孤守。伴青灯，叩古磬，千年苦修。久向往，人世间，繁华锦绣。弃黄冠，携青妹，佩剑云游。按云头，现长堤，烟桃雨柳。清明天，我二人，来到杭州。览不尽西湖景色秀，春情荡漾在心头。与官人真乃是良缘巧凑，谁料想贼法海苦做对头。到如今夫妻们东离西走，受奔波担惊慌长恨悠悠。腹中疼痛难忍受，举目四海无处投，眼望断桥心酸楚，手扶（上）青妹向桥头。"马友仙唱得呀，是声声含悲，句句盈泪。世间最好的结局是大团圆的结局，而世上最好的艺术，却是悲剧的艺术，悲剧是最能震撼和打动人心的，它足以让人物和事件直捣人心，并深入骨髓，再也拔不出来，白娘子于我，便是如此。

从那段戏中，我知道了白娘子和一个关于白娘子的传说，也就是在那部戏里，我知道了西湖，知道了一个和西湖有关的故事——白蛇传，许仙和白娘子的爱情传说，从此，这个故事在我的心里扎下了根，以至于后来，电视上演《新白娘子传奇》时，我从头到尾一集不落地看完了，为美丽的传说，也为风景如画的西湖。

后来，我走进了唐诗宋词，没想到唐诗宋词里也有西湖，唐诗宋词里的西湖更是美轮美奂，妙不可言。那些写西湖的诗文，我最喜欢的是杨万里、苏轼、欧阳修的，还有白居易的。杨万里是这样写西湖的："毕竟西湖六月中，风光不与四时同。接天莲叶无穷碧，映日荷花别样红。"西湖的六月，荷花开得正妖娆，袅袅婷婷，冠压群芳，独占鳌头，在满目青绿中，唯有荷花是最惹人怜爱的。苏轼在《饮湖上初晴后雨》中写道："水光潋滟晴方好，山色空蒙雨亦奇。欲把西湖比西子，淡妆浓抹总相宜。"这写的是雨后初晴的西湖，雨后七彩的阳光照着波光粼粼的水面，让山色显得愈加的空蒙和通灵，如果把西湖比作西施，浓妆淡沫，怎么看都是美的。欧阳修又写了西湖傍晚的迷人景色："残霞夕照西湖好，花坞苹汀，十顷波平，野岸无人舟自横。西南月上浮云散，轩槛凉生，莲芰香清，水面风来酒面醒。"白居易则在《钱塘湖春行》中描写了西湖的无限春色："孤山寺北贾亭西，水面初平云脚低。几处早莺争暖树，谁家新燕啄春泥。乱花渐欲迷人眼，浅草才能没马蹄。最爱湖东行不足，绿杨阴里白沙堤。"他将西湖的春色，写得春意浓浓，鸟语花香，生机勃勃，趣味盎然。这些名篇佳作，空前绝响，成了人们透视西湖的最佳窗口。从任何一个角度切入，西湖都是美不胜收的，诱人如美酒佳酿，让人觉得此生不走一回西湖，将是毕生最大的遗憾。

还有一个宋代的词人柳永，也是不可以忽略的，他的《望海潮·东南形胜》可谓将西湖的美写到了极致："东南形胜，三吴都会，钱塘自古繁华。烟柳画桥，风帘翠幕，参差十万人家。云树绕堤沙，怒涛卷霜雪，天堑无涯。市列珠玑，户盈罗绮，竞豪奢。重湖叠巘清嘉，有三秋桂子，十里荷花。羌管弄晴，菱歌泛夜，嬉嬉钓叟莲娃。千骑拥高牙，乘醉听箫鼓，吟赏烟霞。异日图将好景，归去凤池夸。"此词一出，竟让外夷起了窥觑之心，从此挥鞭北宋，让一个王朝从此更迭。

当然，我也是禁不住诱惑的，在现实与人文的西湖的诱惑下，借着休年假的时间，来到了西湖。一路上，我的脑子里都回荡着"西湖山水还依旧？"我像是问西湖，也像是问自己。西湖会否是我最初认识的西湖？西湖会否是我想象中的西湖？西湖会否又是我希望见到的西湖？

我一路遐想着，一路揣测着，又一路憧憬着。想象与现实中的西湖能不能达到完美和谐的统一？

一路上，我都在遥想。毕竟，西湖在我的心中盛放太久，在我自觉与不自觉中，已经融进了好多好多，地理的、人文的、历史的，甚至包括文学的、艺术的西湖。它们在我的心中纵横漫延，生枝长叶，以至我一想到西湖，它们就扑面而来，在我的眼前和心中仿佛过动画片一样，一幕幕，一幅幅，鳞次栉比，滚动而来。

我是乘火车来到杭州的，早上八点多的车，到达的时候，已经是下午时分了。我坐车有睡觉的习惯，可是此次出行，我却没有一点儿睡意，显然路途中的我是兴奋的、充满热望的。我神情亢奋一路眺望窗外，一边翻腾着我记忆中储存的西湖，不知不觉，车就到站了。到达之后，我没有匆匆赶去西湖，只先找了一家酒店住下。我想先养好精神，再慢慢地品味西湖。对于久盼的西湖，我得庄重，不可贸然前行，我要在整理好精神和心情之后，以一种平静的不加任何忙乱的节奏去走近它，这才是我希望的西湖之行，这才会不负我长久以来对西湖的渴念和盼望。

第二天，早起，为了赶时间，我叫了一辆出租车将我拉去西湖。

我是带着一种虔诚的心情走近西湖的。清晨，西湖边人不多，有散步的，有晨练的，这些人，一看就是西湖边上的住户。看着他们悠然自得的神情，我觉得能住在西湖边上，真是上天赐予的一种福气，天天徜徉在西湖美丽的山水中，那对心灵和性情确实是一种非常好的浸润。

先去了断桥、雷峰塔，我想从我最初了解的西湖介入。站在断桥上，马友仙的唱腔又飘然入耳：“西湖山水还依旧？憔悴难对满眼秋，霜染丹枫寒林瘦，不堪回首忆旧游。”此时是春夏交接之时，而非秋天，眼前春色盈盈，绿柳如烟，万物皆呈蓬勃之态。我手扶石桥，感慨万千，白娘子虽为蛇类，但是她对爱情的专注与执着足以让人类敬仰。听说昔年曾压过她的雷峰塔已经倒塌，从伦理和精神的层面上讲，雷峰塔是应该倒掉，但是作为一个象征性的景点，我还是希望它能够保留。果然，雷峰塔已被重新修起，又现于西湖之滨。从雷峰塔出来，我去了净慈寺，在那里看到了歌曲里唱到的“南屏晚钟”，虽然不是晚上，但是找到了艺术作品中的实物，亦让我欣喜与侥幸。离开净慈寺，去花港观鱼，穿过苏堤，便来到了岳庙。

岳飞庙铁定是要去拜谒的，说句实在话，我想看看精忠报国的岳飞，还想看看遭万民唾弃的秦桧。一忠一奸，两个大宋朝的臣子，同在一朝为官，死后，得到的却是截然不同的待遇，一个被供奉在庙宇，一个长跪于英雄的墓前，做人的境界决定了他们的结局。与秦桧跪在一起的，还有他的老婆王氏以及张俊、万俟卨，四人反剪着手，跪在岳飞的墓前，向岳飞谢罪。跪像背后墓门上有联“青山有幸埋忠骨，白铁无辜铸佞臣”。前有照壁，上嵌有明人洪珠书写的“尽忠报国”四个字。出了岳庙，往西走，没多远，便到了灵隐寺，过了灵隐寺，听人说苏小小墓就在附近，我便又去了苏小小墓。一代才女为自由而生，又因寂寞而死，虽然她的生命短暂，但是她在世人的眼中已经永恒，她年轻的生命就此定格，也算值了。带着对西泠印社的好奇，我又走进了曾经闻名遐迩的西泠印社。西泠印社创立于清光绪三十年，是我国现存历史上最悠久的文人社团，也是海内外成立最早的金石篆刻专业学术团体，历经了清末、民国、新中国的风风雨雨，说到底，江南文人士大夫文化是西泠印社能够延续百年香火的关键所在。

在西湖待了两天，想去的地方都去了，未能尽兴的是天天是朗日，其实，我是想领略一下雨中的西湖的，因为，在我的想象里，雨中的西湖应该是别有一番滋味的。那水光四溅的湖，那湿漉漉的树，那如烟似黛的青山，那笼罩在雨幕中的小桥和廊亭，那撑着伞的男的和女的游客，那雨中划动的画舫和一只只在空中翻飞的水鸟，那将是另一番情趣与意味。如果说晴日中的西湖是一幅美丽动人的画，那么雨中的西湖应该是一首醉人心扉的长诗。

此次未能看到雨中的西湖，那么，且留一份遗憾吧，人生，因为有不完美，才会去追求完美，好的东西，还是不要一次看尽，看尽了，便也就失去了探究它的雅意与兴趣。

回来后，好久好久，西湖的山山水水仍在我的脑海里，一静下来，那些绝美的画面就会浮现在我的眼前，让我醉心其间，巡游于其中。

2016年9月，G20峰会在杭州的西湖召开，让我的心又一次飞向了杭州，飞向了西湖。我的心在飞向西湖的同时，又发出了新的疑问："西湖山水还依旧？"

其实，无须多问，西湖肯定不是我去当日的西湖了，它的美丽自不必言说，就冲着这次G20峰会，西湖也将增添许多内涵与外延。

此时正是秋日，菊花吐艳，万物绽露风华，盈盈荡荡一湖水，笑纳秋味满庭芳，西湖以秋天的壮美迎接了这一场浩大而空前的盛会。

在那两天里，我天天守在电视机旁，静候着来自西湖的消息。在美丽的西子湖畔，二十国集团领导人共商"构建创新、活力、联动、包容的世界经济"，未来世界的格局将因为此次会议而被重新构建，美丽古老而又蜚声中外的西湖，因为G20峰会而再次成为全世界关注的焦点，这次会议不仅是杭州史上规格最高，也是近年来中国规格最高的外交会议，实是非同寻常。当灿烂的烟花从西湖的上空升起，西湖沸腾了，西湖的人民沸腾了，中华儿女沸腾了，全世界的目光齐刷刷地抛向西湖，西湖再一次成为人们心中的圣地，它以它的古老、美丽和优雅，向世人绽放出夺目的光彩和端庄的容颜。而我，不禁为它欢呼雀跃成了个孩子。我为西湖自豪，也为我们伟大的祖国自豪！

西湖山水还依旧？显然，西湖每天都是不同的，它的日新月异，有时光的变迁，有人与物以及事的变换，更有不断注入的历史和文化，正在不断融入的各色人等，这些让西湖更具兼容性与包容性，更加丰满与厚重。我们应该为它喝彩和鼓掌，它就像一件年代久远的珠宝，虽饱经时光的浸润，却历久弥新，魅力四射，焕发着诱人的光芒。它是古老的，又是全新的，说它古老，在于它的声名久远，说它全新，又因为它的一岁一枯荣，黄回绿转，一年一度，总能春回大地，老树发新芽。西湖是旧日的西湖，而它的日月雨云，又在晨夕更迭。

前一阵出差，路过杭州，因时间紧，未能再去看望西湖，心中颇觉遗憾，但这一次的擦肩而过，又勾起了我对西湖的无限惦记和遐想，西湖山水还依旧？

我常常在想，倘若能生在西湖，天天守在西湖旁，揣一湖美景，那该是最奢侈的人生了吧！

高淳老街

这是我第二次来到高淳老街。要说第一次来，纯粹是走过场，奔着老街的名，怀揣好奇去的，因此，便显得匆忙，有点走马观花了。

而今天，是个闲日子，午后的太阳暖暖的，明亮地照在高淳的每一条街道上，我踱着轻快的步子，心情如飞翔的燕雀，优哉游哉地来到了高淳老街。

老街坐落在高淳最繁华的地段，周围有很多大型的商场和超市，高淳医院也在这附近，一新一旧，一个喧嚣，一个沉静，形成鲜明的对比。高淳老街就如一枚古玩镶嵌在这繁华闹市之中，如现代都市中隐匿的一个古器物，安安静静原汁原味地不受任何纷扰地静置于其中。

走近高淳老街，忽然间就有了一种穿越的感觉，像是从高科技的现代社会一下子回到了遥远的古代，青砖灰瓦木门木窗木雕花的老宅，用粗粝不平的石头凿磨的青石条铺就的古朴安详的老街，包括老街上的人们，也都是安安静静的。走在街上，或是置身于店铺之中，是那么的静谧和安详，就连一只狗，也能安之若素地卧在墙角晒太阳，一切都是那样的沧桑与古老，透着时光的气息和印痕。

猛一回头，在“高淳老街”的牌匾背面，我看到费孝通先生的题字“金陵第一古街”，这又让我一惊，这条古街被誉为“金陵第一古街”，可见历史悠久，年岁已经不轻。据一个卖珍珠项链的阿姨说，高淳老街已经有九百多年的历史了，在六朝古都南京，除了秦淮河畔的夫子庙，便是这高淳老街了。在同她的聊天中我得知，高淳老街早在宋朝兴市，是华东地区保存最为完整的明清古街，它经历了明清两代，几经悲欢，亦几经曲折，光名字，就变更了好几回。辛亥革命胜利后，为了纪念伟大的革命先驱孙中山先生，它曾叫“中山大街”；日军侵占高淳后，又强行改名为“和平街”；“文革”期间，又改为“东方红大街”；最终，又沿革高淳的地名，叫回了“高淳老街”。

高淳老街呈“一”字形分布，一条街笔直地从北到南，店铺都在步道的两边，均为楼宇式双层的砖木结构，上下两层，褐木黛瓦，挑檐，斗拱，镂空的门窗，风姿古朴，造型精致，老街是清一色的石板路，中间是由胭脂石铺设成，两边再用青石条围拢，整齐又美观，走在上面，高跟鞋叮当作响，发出铿锵有力的回音，余音袅袅，在时光中回响。在这里，没有疾驰的摩托车，没有奔跑的汽车，也没有钻来钻去的自行车，全是姿态悠闲徐徐慢步的行人。一路之隔，恍若两个世界，两个天地，两个时空，而我的行走，便显得有些匆忙了，因为在这里，任何匆忙的行走和观瞻都显得有些不合时宜。于是，我也慢下了脚步，以一个观者的姿态开始品读和鉴赏这条老街。

在这条街上，各类店铺都比较多，有卖瓷器的，有卖竹器的，有卖绣品、中式衣物的，有卖饰品与首饰的，吃的用的，以及各类珍玩，但都古朴典雅，系纯手工制作，并且彰显的是江南的特色和风情。与北方最为不同的，有固城湖的螃蟹、珍珠、羽扇、臭豆腐，以及各类绣品、绣花鞋和包包，小巧雅致，独具匠；还有腌制的、风干的鸭和鱼，以及各种特色餐饮及风味小吃，只要尝一口，那味道就再也忘不掉。

一个挂着帘子的店铺吸引了我，这是一个什么样的店呢？别的店面做生意都门面大开，这个店怎么会挂着帘子，让人看不到里面的究竟？带着这份疑惑与好奇，我掀开了塑料门帘。一个中年老板端坐其中，见我进来，便开了口，是想鱼疗吗？蓦然一听，我竟是没听懂的，复问，你说什么？我没听懂！他见我一脸疑惑，便指了指墙上，墙上一个介绍栏上写着：亲亲嘴鱼疗。哦！我恍然大悟，鱼疗呀，它跟火疗、水疗、药疗、针疗原来是异曲同工的，都是一种保健养生项目。看过介绍，我又好奇，鱼疗是怎么个疗法呀？男子便指着店铺里的玻璃池子说，您看，这些池子就是做鱼疗的，客人只需要将脚放进池子里就行了，鱼儿会自动地跑到您的脚跟前，吃掉您脚上的老皮和角质层，就会让您的脚光滑细嫩，这也是一种穴位的按摩方法，它可通经活络，因为，人体中脚上的穴位最多，它贯穿着人体的五脏六腑和全身的脉络，经常做脚部按摩，可通经活络，促进血液循环，对养生保健有很大的好处。

老板的话引起了我极大的兴趣，对于鱼疗，我是第一次听说，也是第一次得以遇见。当然，在我所处的北方，是不具备这样的条件的。鱼疗，也只有在这南方的水乡，水产丰富、鱼类众多的地方才会有，它需要大量的鱼儿，而且是一二寸长的小鱼。而眼前的池子里，便是如此，每个池子里都有几十条乃至上百条小鱼，它们灵活地在玻璃池子里游动，一会儿凑群，一会儿分散，一会儿游离，一会儿又聚拢，鱼疗便是通过它们嘴的亲吻，或者是咬噬来实现的。了解了这些，我便有了试一试的想法，可说到底，我只是一个好奇心强的人，并非一个胆大的人。在老板的鼓励和示范下，我脱掉鞋袜，将脚放进浅绿色的琉璃池里，池子里冒着袅袅的热气，温度适宜，不凉，也不烫，刚刚好。我的脚一放进去，便有成群结队的鱼儿涌到我的脚上，将我的脚团团围住，许多鱼儿的叮咬立时让我有了一种奇异的感觉，麻麻的，酥酥的，痒痒的，那种感觉很特别，很奇妙，只是麻酥痒，但并不疼，是我以前从未体验过的，这不禁让一向胆小的我有点儿一惊一乍。在老板的安慰和劝导下，我淡定下来，静静地感受着小鱼的亲吻和触摸。

在我鱼疗的时候，又来了一男一女两个人，两人像是情侣，他们俩坐在一个池子边，不等老板介绍，就将双脚放进池子，一边泡，一边嬉戏着，看样子，是经常来光顾的老顾客。在鱼疗的过程中，我跟老板攀谈了起来，老板是安徽宣城人，来此地几年了，一直做着鱼疗的营生。鱼疗，夏天是旺季，冬天是淡季，一者来说，冬天出来游玩的人少，二者来说，冬天衣服穿得多，鱼疗要脱鞋袜，一些人就嫌麻烦，但也有一些老主顾，时不时地会光顾，因此，鱼疗馆便一直开着。老板每个月抽空回去几天，看看老婆和孩子。我问，怎么不将老婆孩子接过来？他说，孩子上初中了，学习稳定，不想来来去去的折腾，影响孩子的学习。我打量着这个鱼疗馆，这是一个上下两层的店面，一楼全部用作鱼疗，据店家说，有二十四个池子，可供四十八个人同时泡脚，楼上自己居住，屋子装饰得古色古香，四处放置着鲜绿的花卉，有吊兰，有绿萝，有铜钱草，还有一些我叫不上名字的南方的绿色植物，这些草木同那绿汪汪的池水相得益彰，养眼润心，让置身其中的人不会觉得乏味或单调。

从鱼疗馆出来，我脚下顿时轻松了许多。也是，这么久以来，生活一直是紧张的，初来这个城市，有新鲜感，也有对各个方面的梳理和适应，而今日，恰遇这样一个难得的艳阳天，风和日暖，丽日高照，不由得心情大好。同事建议，今日天气好，可去四周走走转转，我便选择了一直挂怀和念念不忘的高淳老街。

一条老巷吸引了我的目光，我侧身入内，这是一条青石板铺就的巷子，巷子略窄，仅有一米多宽，两边都是住户。在巷子的深处，有一处开阔地，一口老井赫然而出，高高的井檐被磨得油光锃亮。井沿是由一块完整的石头凿成的，泰然地置于井上，这口井便显得与别处的井有些不同了。我俯下身去，朝井里看了看，井里的水清亮亮的，映着天光，能照得出人影，因为这口井，这条古巷顿时充满了烟火气息，井里的水是可以用来洗菜与淘米的，抬起头，墙上有一个小木牌——“乾隆古井”。哦！我就说，怎么在这样的小巷里还有这样一口保存完好、水质清冽的老井呢，原来是乾隆帝曾经饮用过的御井啊，只见牌上写着：“乾隆古井，原名大成井，后因清朝乾隆皇帝三下江南时曾饮用此井的水，百姓便称之为‘乾隆古井’。该井始建于明嘉靖四年，距今已有500年的历史了，其间由于古井被淤泥堵塞，曾先后于清道光十四年和清光绪元年由当时陈姓希彻公公堂出资，进行过两次清淤掏挖，因此，该井之水始终保持清澈洁净，成为人们饮用的甜水井。新中国成立后，居民虽然普遍用上了自来水，但此井仍在继续使用。”上面分别有英文和韩文介绍。一口老井，讲述了一段历史，也成为一段美谈。乾隆曾三度微服私访下江南，作为一个皇帝，算是一个明君，最起码，他愿意深入民间，了解人民的疾苦，不计旅途辛苦和舟车劳顿，甚至淡却个人安危，作为一代君王，也算难得，而他能到此，饮此井水，沏茶煮饭，当地百姓也引以为幸，这口普通的井也便成了御井，被历朝历代保护起来，作为一种历史的见证，也成了当地文化的根脉。

走出老井，久久沉浸在乾隆三下江南的一些片段和遐思中，却在不远处，又见到了一处牌坊，上面有几个青绿色的大字：“名誉江南”。至于这几个字是谁写的，牌坊太高，看不清楚，但足可见这高淳老街的不同凡响。在江南，这是一个不可忽略的地方，这里曾是商贾繁荣街市昌盛的商贸重镇，以至让帝王都无法忽略，曾几度来此，而我，今日有幸与它邂逅。如果不来高淳，不会知道有这条老街，来了，竟然是如此的喜欢，喜欢得不停地徘徊和逗留。多数的景点，看罢一次，也就罢了，可能真正愿意一次次徜徉其间从心里拔不出去的，一定是它的人文魅力和历史文化的吸引，还有那份与自己心灵的贴近与吻合。

想坐下来喝杯茶，便瞥见老街书坊，不由推门而入。室内已坐着好几个人，几男几女，各自面前摆放着一本书，却在谈天。我在偏角的一个藤椅上坐下，一个年轻的女孩走了过来，问我想要点什么，我说来点茶吧，她便为我沏了一杯，迅速地拿了过来，含笑递给我。我问她，这里的书都是免费阅读的吗？她说，是，这是一个公益书坊，也是老街唯一一个品茶的地方，可以读书，可以喝茶，也可以自己带书来看。我说，真好，像世外桃源，没有功利，没有利益，只是读书，享受读书的空间和闲趣，这是忙碌生活中最难得、最奢侈的事。女孩说，老街嘛，就是慢生活。其实在高淳，就是一种慢生活，曼度高淳老街，国际慢城，山慢城，水慢城，都是在追求一种慢生活，让人心放慢，让生活节奏放慢，让生活的步调放慢。但是在高淳，人的思想并不慢，而我此次能来高淳，也是高淳与陕西人才交流的结果。高淳在引进人才和善待人才方面做得比较好，它们明白人才的社会效应，因此，把引进人才、妥善安置人才、为人才提供方便和搭建平台当作一件重要的事来做。来高淳这短短的一个多月，我深深地体会到了这一切，也为这个地方的人才理念而击掌叫好。为何南方总能比北方发展得快？最主要的就是抓对了人，而世界的改变，也是由人才引领的，譬如说比尔·盖茨，譬如说马云，譬如说屠呦呦。没有人才，一切妄谈，有了人才，以一当十，事半功倍。任何行业的发展都离不开人才。而在北方，官本位思想仍很严重，很多事都要靠关系、靠特权，在人才的运用上，多注重背景，少注重能力和才学，这就是用人理念的差别，也是用人方略上的误区。改变北方落后的瓶颈，首先是纠正用人的误区。俗话说，好钢要用在刀刃上，宝剑用来劈柴和剁猪草，显然是在暴殄天物，是对优势资源的亵渎和浪费，而多数情况下，人才是唯一的，不可再生，亦不可复制。于官员来说，浪费人才等于说是在对社会犯罪，或者说是阻碍了社会的发展和进步，因此，作为一个官员，一定要善于并懂得用人，让人才充分发挥其潜能，为社会发展服务，要将人才的效能和潜能发挥到最大，以使人尽其才、物尽其用。这或许是我此来高淳最大的思考和感触。

一个面食店的老板，竟然在店门前摆放着好多的文昌草。这些文昌草极其纤细，但一丝丝一根根却极其青绿、茂盛，虽是深冬，依然绿意葱葱，焕发着蓬勃的生机，盆都不大，小的如茶碗，大的如汤碗，整齐地摆放在店门前，不细看，还真不知道，这个店是做餐饮的，还以为就是个兜售花草的。老板将这些文昌草看得极其珍贵，我想用手摸一摸，老板立即制止了我，说，不能摸，这文昌草很怪，一摸就死了，我赶快缩回了手，不管他说的是真的还是假的，他护文昌草的心是真的，这个，我也理应尊重。我又在想，在这条街上待得久了，人是不是也会自觉不自觉地被这种氛围所熏陶，变得儒雅了，变得文心可雕龙了？他们是在做生意，但他们又似乎是在经营自己的内心，经营一种雅致的慢步调的生活，似乎也是在讨生活，但似乎又不全是为钱所驱，这让我从内心对这些生意人多了些尊重与好感。他们是在这儿兜售生意，如何不是在兜售高淳的地域文化？他们将高淳的好、高淳的美、高淳的物产和地域风情一起搬到这老街上，让这老街不仅在外貌上老旧和古朴，而且满是时光深处的脉络和印痕，就连化妆品店，也出售的是老上海的雪花膏、香水以及胭脂。这里所有的一切，都是那么的和谐、妥帖，是那么的古意深深、精巧与雅致，漫步和徜徉在这被岁月磨得铮铮发亮的青石板上，让人觉得是一种灵魂的回归和追溯，是一种古老文明的再现和呈现。

离开高淳老街的时候，我去买了一瓶虾酱和一瓶豆腐乳，虾酱是南方的特产，而豆腐乳是北方的味道，我将这两种味道一并带回公寓，想家了，就吃一点儿豆腐乳，没有胃口了，就调一点儿虾酱，一南一北两种口味陪伴着我，身处异乡的我的生活便不至于单调和乏味，于是，生活的五味调和便尽显舌尖。

壶口瀑布

站在壶口瀑布，犹如置身云端，那奶白色的水雾笼罩在人的周围，如仙境一般。

黄河水自高处滔滔而下，溅起漫天的水雾，氤氲在偌大的河面上。整个壶口瀑布就像一口煮开了水的锅，沸腾着湿淋淋的水气，细而密，浓而白。透过白森森的雾气，宽阔的黄河水像是突然进了闸门，闸门又豁然被打开，如一把倒悬的巨壶，水流急速冲泻而下，顷刻间，波涛汹涌，激流澎湃，旋起一朵朵巨大的黄白色浪花，像硕大的银耳，像木工旋起的巨大的刨木花，在滔天的激流中翻滚、跳跃，打着旋涡，彼此簇拥着快速向前涌动，涌到深涧里，变成雪白的牛奶，或是才磨出来的鲜豆浆。于是，一条大河便浩浩荡荡白灿灿一片，在秦晋大峡谷中倾泻流淌，有了美食般馨香诱人的味道。

此时，我想起大唐诗仙李白的诗句“君不见，黄河之水天上来，奔流到海不复回”，又想起了边塞诗人王之涣的诗句“黄河远上白云间”。看来，李白和王之涣是真的来过黄河，见识了壶口瀑布，要不然，他们绝对写不出这么气势磅礴的诗作。

可是，我又在想，我们从西安到壶口瀑布，开车都走了四五个小时，李白和王之涣，还有我本家——那个旅行家徐霞客，他们是怎么来到壶口瀑布的呢？我在好奇之外，对他们是万分景仰的。

那个时候，没有车，也没有飞机，最气派的出行，也就是骑一匹骏马。他们的出行，多是徒步和舟车，少有单骑走天涯的时候，更何况，在那时，无论是从大唐的都城长安，还是从"牧童遥指杏花村"的太原到我眼前的壶口瀑布，都有三四百公里。这三四百公里的路程，在山路陡峭、杂木丛生、人迹罕至、荒无人烟的黄土山涧，无论如何都要走上半个多月，若方向不明，走上一个月乃至三个月都有可能，可是他们硬是靠着双脚徒步走到了壶口瀑布，这让我这个坐着小车来的观摩者自惭形秽。要是在古代，我这样一个女子，断然是没有能力、没有毅力，也没有体力抵达壶口瀑布的。因此，能够见识这波澜壮阔的壶口瀑布，我还得感谢现代化的交通。

彼时，正是初夏，阳光恰好，山上的树木已经发青，泛出稀薄的绿意，在干旱的黄土高坡上，透着生命的坚强和希望。午后的阳光明亮而温和，欢畅地照在壶口瀑布上，那些太阳光被水珠分解，在光的作用下，折射出一弯迷人的彩虹桥，横跨在激流澎湃的壶口瀑布上，闪烁出迷幻的色彩，美丽极了，迷人极了，引来大人小孩一阵一阵的欢呼和惊叫。

没有风，亦没有尘，便也没有了沙尘暴，因而河流是干净的，大地是干净的，空气是干净的，就连两边的山峦也是清清爽爽清晰动人的，这样的天气，于陕北来说，无疑是最好的日子。黄河恣意不拘地奔流，一路向东，向东，再向东，最终归入大海，在壶口这个地方，流出大河苍茫，流出巨浪滔天，流出旷世奇观，流出一曲千古的绝唱。据史料记载，壶口瀑布是中国第二大瀑布、世界上最大的黄色瀑布，当然，它的颜色是因为黄河特殊的地理地貌所带来的冲积沙形成的。

河对面也有好多观瀑的人，他们也在激动和喧哗着。我问，那些人是怎么过去的呀？随行朋友说，他们是从山西那边来的。原来，一条黄河水分两省，河这边是陕西，河那边便是山西了，一条河流，两省共享，此地还真是一个神奇的地方。一河水界，将两个省份生生地切割，自成天堑，互不相扰，这也是最好最自然的划界为邻，以水为界，永无纷争。众人所立足的崖下面，是一个石洞，人们称之为“龙洞”，自然天成。人们穿洞而出，正好置身黄河岸边，因而那里便成了最好的观瀑点。

在河对岸的山西，有一个壶口镇，属吉县，在河这边的陕西，有一个壶口乡，属宜川，而壶口瀑布便处这一乡一镇之间，听这地名，倒像是一户人家的兄弟俩，长大后，各自分了家，分了家的两兄弟又以水为界，临河而居，临河而栖，你看得见我，我看得见你，喊得见话，听得见声，却各过各的日子，各人在各人的土地上成长。兄弟间能够和睦相处，平分秋色，互为一家，却又各自为安，这似乎是亲人之间相处的最好状态，也是大自然中最好的生态法则。

在河对岸的山西，四百余米宽的黄河岸边，有很多窑洞。那些窑洞镶嵌在山体边，一排好多间，形成一个一个的窑洞群，世代安居，而黄河上的纤夫，我想，便是来自黄河岸边的这些人吧。以前，没有车辆，黄河两岸的通行和贸易往来只有依靠船只。现在，交通发达了，两岸的居民不用再涉险过河了，而黄河岸边仍有居住的人群，这让人觉得生动又亲切。在我眼里，再美的风景，如果没有了人，也会显得寂寥和空洞，而一旦有了人，风景便活了起来，有了烟火气。正如此时，我及这些匆匆赶来的人，让一条河流生动昂扬，充满了活力和张力。如果单单是一条荒无人烟的河流，就会寂寞很多，贫乏很多。恰如眼前，因为有了这众多观瀑的男男女女，这条奔流不息充满野性的河流更加意气风发、激情高涨，迭荡出生命昂扬欢快蓬勃的音符和旋律。童年时，读茅盾的《风景谈》，便喜欢里面的句子：“人是大自然的主宰者，再美的风景，没了人，也就没有了灵性和灵魂，有了人，精神高贵的人，自然就变得生动和意趣无穷。自然是伟大的，人类是伟大的，然而充满了崇高精神的人类的活动，乃是伟大中之尤其伟大者。”这段话一下就撞进了我的心里，道出了我对生活和自然的理解。因此，不管是在写文章，还是在照相时，我都喜欢设计一个动态的人物在里面，以便人景相得益彰，以增其活力和动态的美。单纯而空洞的景色，我总觉得苍白乏力且单调，加上一个人，或者几个人，男男女女，大人或者小孩，画面便有了动感和耐人寻味的意蕴与情趣。看着河对面的那一片窑洞，我竟然是喜欢的，或许它们现在已经被作为行者的客栈，供游客下榻或者是休憩，就算这样，也是好的，因为最起码可以让游客感受到这里独特的黄河风情，体验一把黄河人家的别样生活。

住在黄河岸边，有明月朗照的夜晚，吼上一嗓子《黄河船夫曲》：“你晓得天下黄河几十几道弯哎？几十几道弯上几十几只船哎？几十几只船上几十几根竿哎？几十几个那艄公嗬呦来把船来搬？我晓得天下黄河九十九道弯哎，九十九道弯上九十九只船哎，九十九只船上九十九根竿哎，九十九个那艄公嗬呦来把船来搬。”那一定是一件很过瘾和酣畅淋漓的事，倘若再有三五个人来相和，烧上一堆篝火，如此明月之夜，清风送爽之间，听着黄河滚滚不息的涛声，一边唱着船歌，一边品着烈酒，再一边侃着大河奔流，中华文明上下五千年，那滋味定然如神仙般逍遥和快活。

返身回望，这边也是有窑洞的，只是没有山西那边的窑洞多。陕北以世代寓居窑洞而闻名，这一带因为地势狭窄，反倒所见窑洞颇少。山西和陕西素有“秦晋之好”，两边的住房、方言以及生活习惯都颇为相近。在鲁院，我有两个同学，一个是陕北的郝随穗，一个是山西的李心丽，郝随穗爱唱陕北民歌，便被贴上了陕北的标签，而李心丽一直用普通话同我们交流。有一次，我好奇，想知道山西话是什么样子的，便让李心丽用山西方言说话给我们听听。李心丽第一次亮出了她的方言，蓦然一听，竟然神似陕北话。我大为惊讶：怎么你说的话那么像陕北话呢？她说，是有点接近，吕梁与榆林只隔着一条黄河嘛，因此，口音与陕北话是有些接近的。我这才理解，人们平常所说的“秦晋之好”并非虚名，也并非趣谈和笑谈，而是有着真正的文化底蕴和基因在里面的，两岸的人们在多年的交流和守望中已经有了共同的生活基础，他们虽然分属两个省份，却有着许多相同、相近和相似的地方。山西与陕西，永远都是打断了骨头连着筋的亲兄弟，正如我们每一个中国人都是兄弟姐妹一样，我们的身上永远都流着中国人的血，黄皮肤永远是我们最鲜明的标志和标签，不管我们走到哪里，我们皆爱吃中餐，我们都爱穿中式的衣服，我们留恋自己的国土，我们爱自己的同胞，我们将“中国”两个字镌刻在心底，就算是死，也希望叶落归根、魂归故里，这便是故园情结、家国情怀。

黄河，我们的母亲河，从青藏高原流来，呈“几”字形，自西向东分别流经青海、四川、甘肃、宁夏、内蒙古、陕西、山西、河南及山东九个省(自治区)，最后流入渤海。可以说，这条河流经了小半个中国，而独独在秦晋大峡谷留下了惊世奇观，成为世间一绝，引得无数文人雅士、贩夫走卒前来观望，为之歌咏赞叹，为之流连不止。据说，《黄河万古奔流》的作者史小溪先生为了能好好地感受和揣摩壶口瀑布这一旷世奇观，竟然被同伴丢在了黄河滩上，一个人在壶口瀑布感知这样一个惊天动地的夜晚。他的停留，终是值得的，他写下了旁人所没有写出的大气象，以及气吞山河的豪迈感、撕裂感和壮烈感，呈现了一种只有壶口瀑布才有的力与美、野性与豪迈、悲壮与苍茫，将它最壮观、最惊心动魄、最有生命力与活力的一面展示在了世人的面前。

站在壶口瀑布边上，我的心情是复杂的，一条黄河养育了华夏儿女，并且繁衍了中华五千年灿烂的文明和历史。八十万年前，黄河岸边便有了原始人居住生活，它是中华民族的发源地。可黄河也给人们带来了无数的灾难。在旧社会，每年黄河岸边都有大片的农田和房屋被冲毁，受灾的难民，不幸者家毁人亡，幸者妻离子散，他们沿黄河乞讨，流落到中原，最后不得不客居他乡。一条大河，该如何说它功、言它过呢？其实，黄河就像一个顽皮的孩子，调教好了，它可以为人类服务，发挥出无穷的潜力，调教不好，它就会给人类社会带来危害。世间大功者，皆一个“引”字。一个“引”字，让人心向善，让万物顺天。老子道：“上善若水。”这世间最大的法则，莫过于顺着水流的方向去育人做事，此乃顺天应人也。

说到这里，我又想起了大禹治水，因为在来壶口瀑布的路上，有人指着一片房屋给我看，说那是大禹庙，已经修好了，还没有对外开放。是啊，在这黄河滩上，大禹确实是一个不可忽略的人物。三皇五帝时期，黄河水泛滥，常年冲毁两岸的良田和房屋，大禹父子授命尧舜二帝，治理黄河，禹一改父亲鲧“堵水”失败的教训，引导疏通，使水患得以成功治理。为了治水，他“三过家门而不入”，历经十三年，治理九州十余座山系，终于将往日咆哮的黄河水驯服了。大水得治，黄河两岸的农田复耕，农民又过上了安居乐业的生活。这在中国农业史上是一个巨大的了不起的创举。大禹治水的事件也因此被彪炳进史册，成为千古一叹。无疑，大禹治水，便是“引”的成功范例。

眼前，这壶口瀑布从高处跌落，翻滚，涌入深涧，巨浪滔天，又化作一河激流，向远方流去，黄河东流，最终入海，完成了一条河的使命，从此，卧石观云，笑看天下客。

壶口瀑布的悲壮和撕裂，又何尝不是黄河的重塑与再生呢？它之所以如此壮美和豪气冲天，就在于其置之险地而后生的勇气与魄力。

纵身一跃，便成了惊天一叹！

在眉山，仰望一个灵魂

在来眉山之前，我竟然不知苏轼是眉山人，这个，想想，自己都不禁哑然失笑。

这么多年来，一直喜欢苏轼的诗词，熟读他的诗文，只知他是北宋名震朝野名贯古今的文人才子，却少关注他是哪里人，出生地在哪里。自小有一个习惯，喜欢一个作家，就只读他的文本，少关注他的奇闻逸事，因为觉得杜撰的成分太多，所以不以为意。

坐拥眉山之境，忽听苏轼生自眉山，顿有寡闻之感，不禁自嘲，虽自诩“苏粉”，却是一个完全不合格的“苏粉”，竟然连他的出生地都没有认真地了解和确认过。

苏轼生自眉山，我打量着这片土地，不由肃然起敬。突然间，心中生出种种疑问和慨叹：眉山啊眉山，这是一片怎样的土地？会诞生如此一个伟大的灵魂！这是一片怎样的灵山秀水？会造就此等的一个旷世奇才！这里有着一个怎样了不起的妇人，竟孕育出这样一个文学巨匠？我不禁想追根溯源一究到底。

苏轼生于眉山，具体时间为宋仁宗景祐三年十二月十九日，公元1037年1月8日。其父苏洵，育有三子，兄景先早亡，卒时年仅八岁。苏轼为次子，似乎还有个妹妹，生世不详，其下还有一个弟弟，名为苏辙，这我倒是清楚地知道的，唐宋八大家，苏洵、苏轼、苏辙，父子三人均位列其中，可谓一门奇才，满腹锦绣文章。人说“好花开一树”，用在苏轼他们家，是最合适不过的。

说到苏轼，这里不得不说到一个人——他的母亲，一个伟大的女性。苏轼幼时，父亲苏洵游学四方，母亲在家主持事务、教育子女，她对苏轼要求很严格，经常让他读经史子集之类的书。一次，在教苏轼读《后汉书》时，读到了《范滂传》，苏母为范滂母子不畏强暴、为正义视死如归的崇高精神而深深感动、慨而叹之，年幼的苏轼也被范滂的英勇行为深深打动，遂问母亲：“假如我长大后和范滂一样，不惜舍身就义，母亲允许吗？”苏母慨然道：“你能像范滂一样，难道我就不能做和范滂母亲一样的母亲吗？”母亲的言传身教，给了苏轼一个超乎常人的世界观和人生取向。做人的境界决定着做人的格局和情怀，苏轼的文辞能有那样恢宏的气势，和他从小形成的人生观、世界观和价值观是有一定的关系的，而这，不得不说，苏母的教育起着举足轻重的作用。一个人的三观足以决定其未来的人生走向和作为。

另一个对苏轼影响大的人，是他的父亲。苏洵27岁起步，才感觉到读书的重要性，自此闭门苦修，广读古今文章。苏洵虽晚学，但沉得下心，静得下性，一头扎进诗书五六载，终于一举及第。而苏轼和弟弟苏辙，同年参加科举考试，同台应试，同时中榜，被当朝人誉为“美谈”。在父亲勤学苦修的影响下，苏轼也喜欢上了文学，又加上自小在母亲的影响下饱读诗书、博学经史，年纪轻轻，世界万物在他心中已成丘壑，因此，苏轼的异军突起是迟早的事。将门无犬子，其弟苏辙后来也成了宋朝杰出的文学家。苏氏一门，英才辈出，三杰同辉，后被人称为“苏门三学士”。可见，家庭环境对个人成长的影响实在是不可忽略的。

巴蜀之地，多出奇才，古有司马相如、李白、李密、苏轼等。这是一方神奇而又充满未知的土地，不定哪一天，这儿又会向人间放出一颗“卫星”。苏轼，便是眉山向大宋朝放出的一颗“卫星”，他一到京城，就艳惊四座，文压群儒，成为当世文坛的佼佼者。在大宋朝那样一个人才济济的社会，苏轼能迅速脱颖而出，足见其才华过人。当时，欧阳修、王安石等文化名人的文学修为已经相当高，苏轼一现身京城，便被二人看好，并惺惺相惜。乌台诗案，多亏王安石向皇上上书说：“安有圣世而杀才士乎？”这场诗案因王安石“一言而决”，苏轼得到了从轻发落。在当时社会，王安石与苏轼虽然政见相左，但是作为文人，却能够惺惺相惜，爱护对方的羽翼，在那样的一个时代，苏轼又是幸运的。

一个人一生能将一件事情做好，都已经很了不起了，可是苏轼的才华，纵横驰骋，诗、词、散文俱佳，可以说都达到了中国文学的高峰，这不由让人叹为观止、惊为天人。他一生写下诗词三千多首，创下令人望尘莫及的奇迹，他在文学上所取得的成就，后世几千年也无人超越，这不得不说是一座令人仰望的高地，一个数世难觅的奇迹。

年少时，我非常喜欢苏轼的一首词《蝶恋花》：“花褪残红青杏小。燕子飞时，绿水人家绕。枝上柳绵吹又少，天涯何处无芳草。墙里秋千墙外道。墙外行人，墙里佳人笑。笑渐不闻声渐悄，多情却被无情恼。”一副多美的人间生活图景呀！初读时，不知何人所作，后见是苏轼，便喜欢上他了。后又寻得他的诸多词来读，方知他的境界远非如此，有人间佳景，更有高天流云、旷世惊鸿，而这首词，才仅仅是苏诗文学才华的冰山一角。因为喜欢，这首词被我背得滚瓜烂熟，可在不同的年龄段，对它的体悟和感受又是不一样的。少女思春，成年了，明白人生即是如此，多情总被无情恼，活自己的，开心就好，不必非要苟同，或者刻意讨好谁。

当我站在眉山这片土地上，仰望一个灵魂，心潮澎湃。苏轼的一生，因为坚守一份信念与政见，几经磨砺，饱受坎坷，可却正是被放之四海的这些经历成就了他，让他的人格与精神更加通达与完美，精神上更加趋向于自由，因而写出了那些无人企及的诗词文章。在中国文学史上，苏轼开辟了中国词文化豪放派的先河，其词以意境高远、气势恢宏、汪洋洒脱、直抒胸意为主要特点，让人读了如品佳酿，酣畅淋漓，不亦快哉！如此丽日，仰望一个文学巨匠，就像是在仰望一座浩瀚的星空，其之博大，其之深邃，其之光芒四射，其之广阔辽远，令我深深折服、顶礼膜拜。

其实，我曾数次邂逅苏轼。在江苏的常州，专程去了东坡公园，在宝鸡凤翔县，专门去了东坡祠，每次走近他，我都是以一种朝圣般的虔诚去感知一个灵魂的博大与精深，去品评一代文学巨匠的悲欢人生。一个不为仕途所拘的人，身心必然是自由的，最起码可以过一种天马行空的生活，纵然没有当大的官，却一直在做自己喜欢做的事，这未尝不是一种幸福的人生。有人说，苏轼一生仕途坎坷，那又有什么关系呢？当再大的官，终有一日，要从官位上走下来，再耀眼的人生，也总有一天会暗淡。而走上文学的圣殿，将会获得万民景仰，万世流芳，就连君王也会高看一眼。苏轼去后，宋高宗追赠他为“太师”，谥号“文忠”。这何尝不是一种无上的荣耀？

苏轼一生颠沛流离，而这也让他有机会览尽天下风物与风情，所谓读万卷书不如行万里路，便是这个道理。书本上的东西是死的，而生活才是活生生的百科全书，我相信，苏轼在生活中学到的远远要比在书本上学到的多，万物览于胸，笔下如行云，才能出万千气象。苏轼的成就，得益于他丰沛而又跌宕多变的人生经历。对一个作家来说，磨难是人生最大的财富，倘若当初苏轼顺利地升任丞相，那么，他的一生又会如何？可能多在政治势力中周旋了。可是，他现身江湖，行走五湖四海之间，淡泊名利，心阔地宽，对酒当歌，人生几何，闲来赋诗弄词，岂不逍遥快哉！

纵观苏轼的一生，在官上，官不大，但却深得民心，广受百姓拥戴。

在文学上，他一飞冲天，登上了中国文学的最高圣地，人生如此，又如何不是成功的呢？

有朋友说，咱们去吃东坡肉、东坡肘子吧！我说，多叫几个人，吃得热闹！其实，我是不擅吃肉的，但既然来到了眉山，这儿的东坡肘子、东坡肉也是该尝尝的，人少，吃不了，多叫几个人，吃得热闹尽兴，也省得浪费。

吃着东坡肉，品着菊花茶，在竹风清韵中，仿佛苏轼已飘然而至，静静地坐在我们中间，他不说话，已诗香俨然。在悠悠的肉香中，我想到了他的《猪肉颂》："净洗铛，少著水，柴头罨烟焰不起。待他自熟莫催他，火候足时他自美。黄州好猪肉，价贱如粪土。富者不肯吃，贫者不解煮。早晨起来打两碗，饱得自家君莫管。"

《猪肉颂》是苏轼在黄州任团练时赋就的一首诗，在北京鲁院上学的时候，我听康震说到这首诗，因为有趣，便记住了。此诗流传到民间，一传十，十传百，人们开始争相仿制，并把这道菜戏称为"东坡肉"。东坡肉在全国各地都有，不久前，在江西修水，就见到了这道菜，它被修水人奉为一道美食，凡来贵客，必是要上这道菜的，可见，在民间，苏东坡真是深入民心。当然，苏轼与修水结厚缘，也有黄庭坚的因素在里面，两个宋朝大文人，少不了以诗煮酒。

岁月是一条长河，在这条滚滚奔涌的河流中，大浪淘沙，淘来淘去，过了数千年，苏轼仍然是中国文学史上一颗璀璨的巨星，正可谓："大江东去，浪淘尽，千古风流人物！"而苏轼，于文墨纸香中，孑然而立，尽得旷世风流。

第二辑　指尖流沙

河水流过的村庄

我家住在一个丁字路口，端直上去是高垣，左拐是西川，顺着两条路的方向是两条河，两条路在我家门前汇成一条路，两条河在我家门前汇成一条河，这条河绕着我所在的村庄流淌，形成一弯新月，将村庄紧紧地环抱在其中。

这条河长年不断。自我记事起，它就一直流淌着，现在也不知疲倦地流淌着。

村庄里有五十多户人家，沿着山脚下一顺儿排过去，排成一个长长的“一”字，将村庄拉得老长。在这些“一”字形的零零碎碎的房屋前，是一片六十亩肥沃而宽展的大平地，这是村庄里最引人注目的地方。土地平整开阔，光照充足，太阳一出来，就能朗朗地照着，因为有着那条环村而过的河，村庄一年四季都没有干旱过，在最不好的年份里，村庄里的人也没有断过吃的。

村里分上院和下院，下院的人在村口的小溪里取水吃，上院的人就在这条绕村而流的大河里取水吃。因此，从某种意义上说，是这条河滋养着我们整个村庄。

河流有五六米宽，水质非常清澈。水是从秦岭沿线大山中流出来的，除了洗漱饮用和浇灌，没有遭到污染，因此河水总是清凌凌的，一望见底。水里的鱼很多，有黄豆瓣、金钱鱼、黄辣丁，还有泥鳅等，它们在水里自由自在地游来游去，与人相见惯了，便不再怕人。无人的时候，它们畅游，有人的时候，它们仍畅游，反正河水是属于鱼儿的，那里便是它们快乐的家园。有时，在打水的时候，一不小心，便会将鱼同河水一起舀进桶里，舀进桶里的鱼儿见自己突然被圈住了，便四处乱窜，以求逃脱，有人无欲无求，便将它放了，有人见这是自己撞进的勺中之物，便将它带回家，养于盆中，供孩子赏玩。孩子得了鱼，便有了乐事，每日观赏、打捞、嬉耍，一直到鱼儿的生命奄奄一息，当然，这是一条不幸的鱼，它是为了人类的欢乐而牺牲的。在人与自然的相处中，人总是处于主宰地位，其他一切物种都处于从属地位。它们的出现，基本上就是为人类服务、为人类所享用，它们没有决定自己命运和生死的权力，人欲之生，则生，人欲之死，则死。

就拿鱼来说，鱼的命运无非两种：一种是被人吃掉；一种是供人赏玩。在这个村庄里，我曾无数次看到鱼被电击、被药死。

每年的夏天，都会有城里的人来到这里，他们要么去西川，要么去高垣，将成包成包的鱼塘精放到河里，药物自上游而下，迅速地冲遍全河，一会儿，河里便泛起了白花花的鱼，那些被药晕的鱼被冲浮到水面上，顺水而下，药鱼的人便拿着塑料篮子和网兜顺河拾鱼，就像两军相战，得胜一方在打扫战场一样，喜出望外，雀跃于形，一河两岸，便聚满了拾鱼的人。幼时的我们，也会参与到这条浩浩荡荡的拾鱼大军中，将拾得的鱼拿回家，让母亲给我们拌上面粉，煎着吃。

记得有一年，我拿着父亲编织的塑料篮子去河里拾鱼，一不小心，踩着了石头上的青苔，脚底下一滑，半篮子的鱼“哗”的一下倒进了水里，鱼一下被冲散，顺河而去。我费了好大心力拾的鱼又被别人分拾而去，我急得“哇哇”大哭。村里的一个大叔将他拾的鱼分了一半给我，说，这些鱼拿回去，够你妈给你煎一盘吃的，我破涕为笑，将鱼带回家。后来，母亲为感谢人家，专程请那个大叔来家里吃了顿饭。

村里的人，多如母亲和大叔这般厚道。

等我慢慢地长大，我才意识到，我们吃鱼没有错，这是自有人类以来，一直在践行和传承的事，我们也无法说自己会不去吃，但是我们不能将那些没有长成的幼鱼也一起药死，这是一件非常残忍的事。药鱼的时候，人们常常是大的鱼小的鱼一起药，大鱼可以吃，小鱼苗有的还不够半寸根本没法吃，可它们的生命却也就这样戛然而止，再也无法生长，这实在是一件让人遗憾的事。一次药鱼之后，河边到处漂浮着鱼儿弱小的尸体，它们在阳光的暴晒之下，几天之后便开始腐烂，发出一股难闻的腥臭味。看着这些无辜死去的小鱼，我就觉得，人为了贪吃，简直是在造孽。

然而，就算是这样，这条河里的鱼也一直很丰沛，年年生，年年长，河里的鱼的数量似乎并未减少。这，让我稍感安慰。

现在想来，最主要的还是这条河的水源好，水质没有被污染，适合鱼的生长，在这样纯天然的生态环境中，无须刻意为之，鱼都会自然地繁殖和生长，自始至终保持着一种生态的自然平衡。

在村庄里，生活着一群人，他们有的是我的长辈，有的是我的晚辈，我们多多少少都有着点亲戚关系。外村人称我们是“徐家大院”，因为在这个村庄里，以徐姓为主，少数的外姓人都是从西川和凤镇来的，他们来后，与徐姓一族成了共同体，成了世代相依休戚与共的乡亲。

村庄里的人都爱到河边来，有的来担水，有的来洗衣服，有的来河边闲坐，还有为数不多的几个人会来河边读书，因此，河是不会寂寞的，河边总有人影晃动，人一来，河便活了，有了一种动静相宜、相得益彰的美。最热闹的是洗衣服的女人，她们在河边大声地喊着话，无所顾忌地说着自己的老公和孩子。在村庄里，家家都是没有秘密的，谁家的事大家都知道，也没有必要藏着掖着，大家都胡乱地开着玩笑，胡乱地唠着，于是，河面上便泛起了如浪花一般的笑声。

在河流的拐弯处，有一处深潭，是河流在拐弯的时候，将水也留在了那里，积成的一个很大很深的潭。这里便成了村里人的一个天然澡堂。白天，这里是男人的天下；晚上，这里便是村里的女人们的去处。夏日的午后，一过十二点，太阳把河水晒暖，闲着的男人们便会下河，在河里畅快地泡个澡。天天泡，日子久了，不会游泳的也会游了。受大人们的影响，那些男孩子小小年纪也都学会了游泳。一到暑假，他们就天天在河里泡着，逮鱼、摸泥鳅、打水闷子，把一湾河水搅得没个歇的时候。

白天，河湾是男人的世界；晚上，便成了女人的天下。一吃过晚饭，姑嫂呀，姐妹呀，娘俩呀，还有一些相好的小姐妹们便相约下了河。河湾上面是一堵高坡，对面有一大片坡地，离公路尚远，正好在一个背湾处，因而就算是女人来这里洗个澡也是不会走光的。但是，女人们也很警惕，生怕被男人偷看占了便宜，一边洗还一边观望，偶有人影晃动，便大喊，不要过来啊，这里有人洗澡，走远点，都自觉啦。因此，多半情况下，有事的，没事的，都没有机会靠近河湾，女人一来到这里，这里便成了女人的天下，恣意地在这里嬉戏打闹。

村庄里的日子，一年四季，都是有河流陪伴着度过的，村里的人一年四季忙得热火朝天，河流一年四季哗哗地流个不停。

村庄里，哪里死了个人，哪家又娶了个新媳妇，谁家生了个小娃娃，谁家夫妻昨晚打架了，河水都知道得清清楚楚，河水的欢喜和悲伤都与村里的人息息相关。

有一年，河湾里发生了一件事，令村里的人一直心痛，也令河水一直心痛，这是在这个河湾里发生的最让人不堪回首的一件事。

那是夏天的一个中午，一群孩子又来到河湾处，个个脱光了身子，赤条条地跳进河里，七八个人在河里嬉戏打闹，玩得好不欢实。可是，西川方向降雨，明明村庄里晴朗朗的，却有混浊的河水如黄河浪般自上流而下，一时三刻，水头翻滚，直扑村庄而来。孩子们还在河里，猝不及防，有孩子眼尖，眼见水头直扑下来，便赶快喊着，水头来了，快跑啊。腿脚快的孩子跑了，大一些的孩子也跑了，一个十二三岁的孩子没来得及跑就被凶猛的浪头打走，几个漩涡，再也不见人影，只见滚滚泥浆从村庄前滔滔而过。听说有孩子被卷走了，人们从屋里蜂拥而出，一路沿河追寻过去，三队追到二队，二队追到一队，都没有追到，最后在溶洞下面的河边发现了孩子的尸体，孩子被石头碰得遍体鳞伤，早已呛水而死。孩子被用席子卷回来，村里人看着都流下了无言的泪水。

孩子丧生后，好久，没有人再到河湾里洗澡。

又一年的夏天来临，河水依然明朗荡漾着，那些男人忍不住又下河了，男人敢下河了，女人也敢下河了，河里又热闹起来。

河道很宽，两边都有好多的沙地，就近的人也就将它种了起来，种上一些红薯和花生，这些作物比较适合在泥沙地种植，长得饱满又好打理，挖出来都干干净净的，省去了许多收拾的麻烦。这样，每次我们这些小孩子在河边玩的时候，少不了会偷偷地扒上几个，过个嘴瘾。主人看见或者知道了，也不骂人，要吃可以，不能糟蹋。经主人这样一说，我们也不好意思了，就算嘴馋，偷吃个一回也就罢了，不好三番五回地造次。

通往河边的路旁有一棵柿子树，高高大大，应该有几十年的树龄了，因为我小时候，它就那么高大，现在还是那么高大，估计我长了，它也长了。我看不出来它长高了多少，反正它总是高高大大的。

这是一棵火果柿子树，熟了的柿子红得就像火一样鲜艳，因此，我们叫它“火果柿子”。火果柿子不大，只有一个杏那么大，但是水分特殊多，特别甜，每年到柿子熟了的时候，不知道是谁就会在树下放上一根竹竿，想吃柿子的人就可以自己夹上几个或者是几枝子，坐在河边慢慢地吃。我们小姐妹们在打猪草的时候，总少不了摘些吃，每次总是几个大的姐姐去夹，我们在树下帮忙接着，她们夹的够我们几个吃的了，我们就用挎篮装上，拿到河边，剥去皮，有滋有味地吃起来，吃完了，再背起我们的挎篮去打猪草。

当时，要吃肉，家家都须得自己养猪，因此，打猪草便成了我们每家孩子必须做的事。河边的草总是长得很旺盛，水灵灵的，地边、河边、石头窝里，都有绿油油的肥草。这些草吸引着我们，隔几天我们便会来走上一遭，一茬割了，一茬又会很快长起来。我们这些孩子爱极了这地方，这一河上下，好像就是一个天然的草场，不长庄稼，草却是长得奇美。在这里，我还认识了很多药材，鱼腥草、水芹菜、水薄荷，还有金银花，等等。长在河边的草药，多有去火去热的功效，它们自然生，自然长，一年一茬，你采它，它长，你不采它，它照样生长。村里的乡医，多会适时地采一些草药回去，晒干，晾成药，等村里人有需要的时候好用。

河边还爱生长另外一种药材，茵陈。不知为什么，这种药材特别爱长在沙地里，一到春天，满地都是。有药商专门来收购这种药材，说是能治什么肝炎。药商来收购的时候，我们就会来到河边，将那些茵陈小心翼翼地采下，凡有之处，一棵不漏，等晾晒好后，送到药商处，换了钱，买上几根皮筋，或者一些学习用品，比如说本子、圆珠笔啦，或者几粒水果糖。手捧着这些东西，甭提有多高兴了，这可都是我们用自己的劳动和辛苦换来的。

这条河上一直没有桥，在天最冷的时候，人们没法蹚水而过，便在河面上架了几根圆木，用铁丝一捆，作为临时的桥。这种桥人走得多了，铁丝容易松动，铁丝一松动，人走在上面就踩不稳，老晃悠，年轻人无所谓，老人和孩子经过的时候，就有点让人担心了。有心人见了，就再用铁丝捆住，这样桥就扎实了，一直能走到第二年的春天。春夏交接之际，一河春水，这座桥便再无踪影，它被水吹走了，吹散了，吹到哪个背湾的地方去了，人们不再理会。天气暖和了，水不寒凉了，人们多可以蹚水而过，有桥没桥都无所谓，就算是再费力架上一座圆木桥，过不了三天两早上，照样会被水冲走，遇上实在不能过河的女人和老人，多会被人背着过去，反正所有的事，在人跟前都不是事。

村庄的庄稼总是长势很好，绿油油的，很旺盛。绿油油的麦田，绿油油的玉米地，绿油油的大豆，绿油油的红薯和花生，还有那房前屋后绿油油的果树，有杏树，有桃树，有苹果树，有梨树，还有葡萄和木瓜。反正，在我眼里，村庄大部分时候就两种颜色，一种是生长时铺天盖地的绿色，一种是收获时遍地的金黄。当然，还有春天里姹紫嫣红的各色的花儿。因此，村庄在我的眼里总是健壮而丰硕的，总是生机勃勃风情万种的。

有一日，传说村里要建桥，并且是上下两座同时修建，村里人欢天喜地。几个月后，桥被建起，两座水泥桥，结束了村里河流上一直无桥的历史。河流有了一种庄重感和威严感，好像一个穿着西服打着领带的男人。于是，从河里经过的人少了，来来往往的人都走桥面，走在平整的水泥桥上，如走在平地，脚不带水，也不湿鞋。于是，走水泥桥成了一种新的习惯。

慢慢地，村里人用上了自来水，各家各户相继买了洗衣机，人们已不必再下河挑水，也不必再下河洗衣服；家家又安装了淋浴器，洗澡也可以在家里洗了，不用害怕被水冲走，也不用害怕被人偷窥。河水便变得冷清寂寞了，有时几天也没一个人来，偶尔有来河边的，是采药之人，想来河边找一些鱼腥草之类泻火的凉性药。于是，河流一下子老了下来，再也没了往日的朝气与活力。它独自慢慢地流着，它的高兴，没人知道，它的悲伤，也没人知道。

奇怪的是，没有人频频而至的河流，也少了那些成群结队的鱼儿，有人说是环境污染造成的，也有人说鱼儿们离开这条河流，去别的地方了。现在的人都争相去城里发展，不肯待在农村，鱼儿估计也是跟人一样，到城边上的河流里寻求热闹去了。听到这种说法，我就在想，农村现在已经污染，难道城市里就没有污染吗？鱼儿突然到了城市里，能适应那里的生活吗？我在心里嘀咕着。

河流没变，河流所流的方向也没变，河流旁边的公路也没有变，只是村庄变了，村庄不再种庄稼，村庄成了别的功能型建设区，村庄的人也已经迁徙。我想，这应该是河流变老的原因吧，人一悲伤就会苍老，不是有话说，“一夜白头”嘛，这都是愁的。

其实现在，我也是没有资格谈论村庄的，因为我也是一个离开了土地和村庄的人。可对于村庄，我却有着经久不息无法抑制的怀念！

故乡的秋天

很久没有在乡间走了。

看到路边的银杏树叶变黄，突然很想去乡间看看，这个念头瞬间即变得很强烈。

对于乡间，我最不能忘却的当属我的故乡，故乡那充满乡野气息和耕作的村庄。说句实话，自从整村迁移，我便很少回老家了，不是不想回，而是那种陌生感让我再也无法找回故乡的感觉，因为在那个地方，除了现实意义上的土地和房屋，我再也找不到任何的念想和回忆。

可是，我对村庄的怀念终是无法淡却的。

国庆期间，老公和我一起回到了久违的故乡，不为别的，只想看看故乡的秋天。故乡的秋天是不是真的已经物是人非，再也找不到我记忆中的物像？

车子在公路边停下，我们走了下来，沿着一座水泥桥走进村庄。村庄里到处堆着沙子、石头和砖块，看得出来，这里在搞大型基础设施建设，村庄里的那些老房子几乎都已被拆除，少数几间没拆的，也写上了大大的“拆”字，门前荒草齐腰，残砖破瓦一地，几近残败之像。村庄里的乡亲们已于前年搬离，一两家没搬的，也在去年搬走了。这是一块被重新规划的土地，不管愿意还是不愿意，搬离都是必须，因为这片土地将不再以村庄的面貌呈现，它将以一片新的建筑群的形象出现在这里，或者工厂，或者疗养院，或者休闲功能区。

总之，这片土地正忙碌着，热火朝天地忙碌着。

有几个原来的乡亲在这里干活，见到我，忙跟我打招呼。他们在这里做工，一天 100 块钱，用当地的话说，是小工，就是干一些不要什么技术的力气活。他们每天在自己的家里吃住，只是在这干活，因为搬迁的村庄离这儿只有一里开外的路，在这干活不算远。那些没有挣钱门路的人就在这里打个短工，家里有事了忙事，没事了就在这里挣几个零用钱，工钱不高，但买个油盐酱醋是可以的，既然村庄迁移是无法改变的事，好多人也就承认了这样一个既定事实。

村庄一边是热火朝天的，一边又是野草萋萋、断壁残垣的乱象。除了车来车往的道路干净平整，其他地方到处是荒草，高高矮矮，杂草丛生，只有一些高大的柿树腾空而出，依旧如常地生长，那红红的柿子挂在枝头，圆圆鼓鼓的，饱满而红润，呈现着一种丰饶之象，其他，难见收获的稼穑。我不禁失落，万分失落。

故乡的秋天，原本多么美啊，美得我闭上眼睛都能看到它金灿灿的风姿和满山的锦绣。那一望无际的玉米地，那沉甸甸的大豆，那在风中点头的高粱，任何一个物种都是一首韵味无穷的诗，任何一个角落都是一幅优美绝伦的风景画。我的乡亲们，一个一个站在地中间，男的，女的，老的，少的，收获遍地的金黄，你在那边喊话过来，我在这边喊话过去，声声都蘸满了浓浓的喜悦，放眼四野，到处是欢天喜地的景象。

太阳看着这一切，也欢喜地笑了，它温柔地投下慈爱的目光，轻轻浅浅地照在这片黄土地上，与大地一起分享着乡亲们的喜悦和收获。这是一片肥沃的土地，在四个队中，三队的土地是最好的，它平整、宽阔、光照好、土质厚。我的祖上就是在这里发家的，王坪四个村庄，就出了我们一家地主，当然，现在说来，这是一件不堪一提的事，甚至是羞于提及的事，但在那个年代，我的祖先就是靠着辛勤的劳动拥有了一大桩的房屋，并且开垦了大片的土地，成了当地拥有气派房屋和大量土地的耕读传家的大户。我的曾祖父是从安徽逃荒过来的难民，他之所以能够发家致富，与他的辛勤劳作肯吃苦有关，也与这片土地的土质好有关。

而今，这片土地做了它用，说真的，我从内心来说是觉得可惜的，不仅仅因为它是生我养我的村庄，我对它有着深厚的感情，更主要的是，我觉得好的土地还是应该用来种庄稼和蔬菜。尽管现代化已经是发展的趋势，但是现在的食品安全实在令人担忧，转基因，各种添加剂、防腐剂，甚至毒馒头、毒粉条，让人去超市都不知道哪些能买、哪些不能买，在餐馆吃饭也不知道该怎么下筷子，什么是能吃的、什么是不能吃的，心里完全没谱。记得有一次，我在电视上看到毒粉条事件，自那之后，就再也不敢买粉条，再也不敢吃粉条了。因此，对于土地的消失，我深感惋惜。

当然，这是题外话，但值得每一个人深思，尤其是那些危害食品安全的人，人要赚钱生活，但是不能赚昧良心的钱。

老公喊我，将我从飘忽的思绪中唤回。

原来，我们已经来到了我家的柿子树下。老公问我，要不要下一些柿子回去？我仰头，向柿子树上望去，今年的柿子结得很好，满树柿子红彤彤的，像一个个悬挂在枝头的小灯笼，看来，这棵树的柿子还没有被任何人下过。以前，每到秋天，家家户户都会将自家柿子树上的柿子收回来，或暖熟了，或刮去皮晒成柿子干，或者将它放在楼板上搁软，到了冬天，自己食用，或者拿来待客，还有的将它跟腌菜放在一起腌了，腌熟之后，切成块，脆生生的，是很好的下酒菜。现在，人们都跑出去打工了，已经不在乎这些果树了，好多东西市面上都有卖的，而且还可以买到许多反季节的水果，就算是在寒冬腊月，想吃啥也都能吃得到，村庄易主了，这些柿树也无人问津了。看着水润润的柿子，真让人觉得非常可惜。我回老公的话，好，下一些吧，咱们带回家自己吃，也可以送人，省得在树上白白地浪费掉。

我们找来一根竹竿，开了个小叉，用木棍撑开，老公爬上树，我在下面接，不一会儿，便下了一大塑料袋，还想再下点，但因为没地方装，只好作罢。老公坐在树上，自己挑了一个软的，吃了起来，一边吃一边连连说甜，又从树上给我找了一个软的，用竹竿递给我。我一边吃，一边给他讲这棵柿树的历史。你知道吗？这棵柿树的年龄比我的年龄都大，在我很小的时候就有了，它起初不是我家的，是八爹家的。八爹有两个儿子，一个去了咸阳，一个去了青海，后来都在外地定居了，留下我八奶一个人在老家。后来，八奶老去，念在母亲常常照顾她，为她送饭担水，就在临终前将这棵柿树送给了我们。在我童年的很多个冬天，我们围着火炉吃的便是这棵树上的柿子。对于八奶，因为当时年纪太小，我的记忆很轻很浅，只记得她是一个小脚的老太太，走路一扭一扭的，很慢，常常扶着门框出，扶着门框进，颤颤巍巍的身影。她的面容，已经完全模糊，但这棵柿树却让我经常想起她。她是一个苦命的女人，八爹死得早，女儿外嫁，两个儿子去了外地，可以说，她一个人独自生活了半生。母亲不忍见她孤苦伶仃，便自觉不自觉地充当了她的亲人，她老年的多数时光，是我们一家人陪她度过的。因此，她对母亲是心存感恩的，临终之前，念着母亲的恩情，觉得没有什么可以报答母亲的，便将这棵柿子树赠予了母亲。说来也奇怪，这棵树长了这么多年，我以为它已经很老了，可是，它仍然旺盛而挺拔地生长着，让人觉得简直是个奇迹。

老公笑了，一直旺盛好呀，旺盛着才能给你保留这些记忆，要不然，柿子树没了，你的记忆也没了。

老公说的很对，现在我回来，村里还有我们家的这棵柿子树，倘若这棵柿子树哪一天没了，或者被人砍了，我再回来，那便真的再也找不回一点点关于故乡的痕迹了。眼下，村庄里的高楼大厦在成片地建起，或者明年，或者后年，这里所有的一切都要被重新规划，这里会被种上新的花草和植被，会有新的建筑、新的庭院、新的道路，大量外来的新的陌生的面孔将成为这里的主人，或者是生活者，那时，我将成为一个彻底的外人和旁观者，我将不再对这个地方有任何的话语权和支配权。今天，我可以带走我们家的一些柿子，日后，我将带不走这里的一草一木，故乡，将永远深埋于记忆。

想到这里，我不寒而栗。

故乡，我真的要失去你了吗？

我从来没有想过，我会成为一个没有故乡的人。我一直以为，故乡会陪伴我一生，就算父亲母亲离去了，但老家还在，故乡还在，故乡的土地还在，故乡那些熟悉的人与物还在，故乡那些陪伴我成长的记忆便不会消失。我从来没有想过，在我的人生履历中，会发生这么大的更迭，以至于在我的有生之年，我竟然没有了故乡，成了一叶浮萍，成了一个无根的人，成了一个身心漂泊的彻底的流浪者。

可是，故乡的消失已近在眼前，我只能眼睁睁地看着它消失，这该是一种怎样的深深的悲哀？

我不禁惆怅满怀。

老公看我半天不言语，遂说，那去村里转转吧，转一次少一次，把你想看的东西都再看一看，倘若真的不能留存，留点记忆也是好的。

我们提着柿子走进村庄。我和老公沿着村庄的步道慢慢地走着，一边走，我一边给他说着村庄里的事情，哪些地方都住着哪些人，哪里都发生过些什么样欢喜和忧伤的事情，甚至还有村庄里发生过的最惊心动魄的事件。奇怪，就在这时，村庄里那些死去的人、活着的人一起涌到了我的面前，个个的面容都是那么的清晰，那么的真切，他们说话的声音，一举一动，纤毫毕现，就像他们不曾从这个地方离开一样。啊，故乡，我对你的记忆太深刻了，深刻到一切的一切都像是烙进了脑子里，深刻到在一个村庄失去之后依然清晰如昨。

每一步都走得很沉重，每一步都储满了沉甸甸的回忆，我们从下院走向上院，又从上院走向下院，三队与别的队相比，要大一些，我们家在下院，但整个村庄的一切，我都熟悉得犹如家里的物件，闭上眼睛都能看到它们逐个的模样和清晰的轮廓。这可是我生活了二十年的村庄呀，二十年的时光，我就是在这个村庄里摸爬滚打长大的，非一朝一夕，也非三年五载，这不是可以用语言叙述明白的，也不是可以用固定的数字记载清楚的，它承载着我人生中太多悲欢离合的记忆和成长中的美好。

而今，走在这片土地上，却像是在与故乡诀别，作一次庄严的诀别。

我神思黯然。

这一次的故乡之行，我不知道是不是我见到的最后的故乡的秋天，但故乡的秋天确实是变了，已经不是我记忆中的秋天，没有了那些金黄的玉米和大豆，也没有了成堆的花生和红薯，尽管那些山峦还在，那条围绕着村庄流淌的河流还在，那些年年红着的柿树还在，但故乡的物与事都在被更替着，它以一种无法预期的速度在迅速地变化着。

看着那些在隆隆作响的升降机，我不得不承认，故乡已远，故乡的秋天，也终将消失殆尽。

槐香满地

最初识得槐，是在我生活的村庄里。村庄里，除了平地，除了坡地，便是林地，我们生活在山中，也几乎就生活在森林里，村人住宅的后面、左边、右边，全都是山，高高矮矮，大小不一，在这些坡林边，最爱长的是槐树，生命力最强的也是槐树。

槐树是一种落叶乔木，春天叶生，秋天叶落。在以柴火维持生存的年代，村人们常常把它当作做饭取暖的木材，这种木柴，上有小刺，却易燃，烧火的时候常能听见“噼噼啪啪”的声音，听起来很带劲，也很刺激，这种声音一响，就感觉火烧得特别旺，就像是火在大声地发笑似的。母亲常常说，火笑了会有好事，于是，我们便希望常常听到火笑，盼着火笑，火笑了，静等好事降临。

槐树不停地被砍倒，又不停地长出，秋天一阵风吹落的籽，都会在另一个山坡上生出芽，一个夏天，就长到高高的一丛。因此，在村庄里，总感觉槐树无处不在。每年的五月份，是村庄最美的时候，到处都是白得耀眼的槐花，风一吹，散发出一阵又一阵扑鼻的清香，槐花开了，就算不能出屋子的老人，也能闻得到，他们会喃喃地说，又五月了。花开时节，整个村庄的上空都弥漫着迷人的花香，从各家的窗户、门飘然而进，飘到屋里的每一个角落，于是，满室生香，满屋生香。

槐花开了，村里人的生活也就变得有趣起来，采槐花成了家家户户的一件乐事。人们在早晨或者午后，拿着镰刀，扛着竹棍，携家带口的就去了，大人是为了去采槐花，小孩是为了去凑热闹，一家人围着一片槐树意味盎然，喊的喊，叫的叫，采的采，乐的乐。槐花是可以生吃的，因此，采下的第一捧槐花总是会喂进孩子的嘴里，孩子嚼着香甜的槐花，总会兴奋地叫着跳着，吃得尽兴了，才帮着大人们将从树上打下来的槐花一朵一朵地摘下来，放进带来的篮子里。等打下一堆了，大人们也会蹲下身子，和孩子们一起摘槐花。摘槐花是个慢活，槐花小，一个一个的，就算最有经验的人，一次也只能摘下四五个，因而干这个活要有耐心，否则，就难吃上那香气四溢的槐花饭了。

做一顿槐花饭，一星半点的槐花是不够用的，最少也要一篮子或者一盆，须得是花多面少，这样蒸出来的饭才酥软、香甜可口，若花少了，蒸出来就是实心的面团，硬硬的，死死的，就不好吃。因此，这是一个费时费力的麻烦饭。但是，每年到了槐花飘香的时候，家家户户都是要做一两顿吃的，一为改善生活，二为满足孩子们的口味，就算再麻烦，大人们也是愿意的。

蒸槐花饭的时候，要先将槐花用水洗一遍，放在筛子里控干水，然后拌上面粉，洒上少许水，水一定要少，太多了会黏，将槐花全部用面粉包起来，变成一个一个的小面子，然后将它放进蒸笼，洒点油，大火蒸熟，半个小时后，便可起锅，然后用筷子一一拌开，又成为一个一个的碎槐花，有心的家长会再炒上一个小蒜青辣椒，或者是一碗炒酸菜，那就别提有多爽口、多好吃了。一锅槐花饭，我们三下五除二，几下就分光了。母亲见我们馋，就笑我们，看你们，一个个小馋猫似的，要喜欢吃，再给你们做，我们忙连连叫好呼应着，以恐母亲随意说着事后忘了。

我的母亲，不仅会做槐花饭，还能将槐花同面粉一起炸成果子，酥酥的，脆脆的，甜甜的，别有一番风味。因此，一到夏天，我们就变得格外勤快，自己主动跑前跑后地摘槐花，高的我们摘不着，我们就到矮的地方去摘。好在村庄里遍地是槐花，不用跑很远的路也能摘到很多，我们手勤，母亲就算再忙，也会抽出中午或者晚间休息的时间为我们做。于是，一个五月，我们总能吃到与别家不一样的槐花果子，这让我们感到快慰且满足。

后来，父亲将我带进了县城，在他所在的学校读书。五月时节，我又闻到了熟悉的槐花香味儿，我对父亲说，这是槐花的香味，哪里来的？父亲说，山后，学校的后面，一大片呢。我说与同学，午后，我们便偷偷跑到学校的后坡。那里果然有一大片槐树林，而且这些槐树一棵一棵又粗又大，高可参天，直耸云霄。站在槐树林里，基本上看不到头顶的蓝天，只能见到一片雪白，亮灿灿的雪白在我们的头顶上向四处延伸。我站在树下，绕着树打转转，任耀眼的白炫目的白在头顶旋转。

知道了那片槐树林，每天的下午、饭后，我们便三三两两相约去后山，在那散步、游玩、摘槐花吃，一直逗留到快上晚自习，才三步并做两步快速地从后山跑回来。在很长的一段时间里，这都是我们几个女生的小秘密。第二年，班里的好多同学也知道了这片槐树林，他们也跟我们一样，迷上了这片槐树林，有花的时候摘花赏花嗅花，无花的时候，在树下读书逗趣，反正这片林子可以让我们在紧张的学习之余放松一下。

第三年，我们快进入高考阶段了，学习自是不敢松懈，个个都有了危机感，天天手不离书，捧着书出，捧着书进，但我们仍会到后山去，当然，是带着书去的。我们给自己宽心说，后山上安静，到后山上去复习。来到后山上，我们会找一个相对僻静的地方，为安全起见，几个人能够相互看到对方，竟正儿八经地读起书来，在树下，自觉不自觉地从花开坐到流火的七月。

那一年，我走出了校园后面的槐树林，也走出了家乡的槐树林，来到西安。

没想到，西安也是有槐树的，那些槐树比我家乡的槐树更高大、更巍峨。这些都是被保护的树，没有遭遇过任何的破坏或者砍伐，它们齐排排地长在街上，长在宽阔坚硬的大街上，人们称它们为“国槐”，它们成了城市的风景树。在五月，它们依然会开花，开出一城的芬芳，满城飘香，于是，乡情与乡思顿时飘然心头，仿佛母亲又来到了我的身边。

后来，我去了北京，到鲁院进修，没想到再次邂逅槐树。城市的行色匆匆，让我并没有注意到头顶上的树就是槐树，因为，在北京，我没有想到还能遇见家乡那熟悉的槐花。我一直以为，槐树一定要长在我们北方的山区，必须与山相依相伴。可在北京，我又见到了槐树，我见到它，是自那一天的花香开始的。

鲁院在一个十字路口，左边是街，右边也是街，因此，往哪里去都算方便。无事的下午，我们常常会去街上散步。午饭后，我和女伴相约出了东门，竟然闻到一股久违的槐香。我惊讶地说，槐花，槐花的味，举头一看，头上已经是一片缤纷。女伴说，真是槐花呀，没想到，在北京也有这么多的槐树。我想想，暗暗地笑了，难怪它会叫“国槐”，这可不是浪得虚名哟，它简直是无处不在，在祖国的每一个地方，大凡是有人的地方，估计都是有槐树的。后来在网上一查，果然，槐树很多地方都有，甚至在少水少土的地方也能生长，可见其生命力之强。

历来，槐树都是作为吉祥的象征存在的，民间有俗语：“门前一棵槐，不是招宝就是进财。”国人将槐树誉为吉祥的化身，追根溯源，当起源于周朝。《太公金匮》中记载：“武王问太公曰：天下神来甚众，恐有试者，何以待之。”太公说道：“请树槐于王门内，有益者人，无益者距之。”槐树因而便被赋予了奇异的色彩，溢满了祥瑞之意。

在物质生活匮乏的年月，槐花多是被当作一种食物被人们在乎着、珍惜着，而在今天，人们吃穿用度皆不缺，它便成了一种景观树，装扮和净化着我们的城市，让天更蓝，空气更好，生活更温馨。

街边上，依然有人在兜售槐花，那是乡人们从山里摘下的，三元钱一斤，为卖钱，估计也是为一份闲趣。

五月，槐花开了。母亲，您在哪里？

每每看到槐花，我都会想起您，想起艰苦岁月里的槐花饭。如今，槐花年年仍会盛开，可您再也不能为我们做槐花饭了，可在那一朵一朵的槐花里，我仍能看到您慈祥乐观的容颜。您仿佛在对我说，生命当如槐树之坚韧，无论在哪里，都该做一棵花繁叶茂的树，芬芳自己，温馨别人，始终如一。

风吹起，阵阵槐香扑鼻而来，瞬时，满城留香！

儿子，我在等你长大

阳光从厚重的玻璃窗透进来，照进餐厅。现在正是午餐时间，我带着儿子来到一家川菜馆。昨天是他的生日，我因为最近生活工作都很忙，竟然忘记了他的生日，中午午休时间，接到儿子的一条短信：“妈妈，今天我生日！”我拍拍脑门：哎，怎么搞的，儿子的生日都忘记，看我这妈做的！竟自怨自艾起来。

我拿起手机，在短信上说：“儿子，妈妈最近忙，杂事太多，竟然将你的生日忘记了，对不起啊，妈妈明天给你补过生日。我明天中午来你学校，你等妈妈啊，妈妈带你到外面吃饭，不见不散！”

因为是给儿子补过生日，我特地定了一个蛋糕，让人在上面写上“涵儿生日快乐，高考顺利！”下了班，我去蛋糕店取了生日蛋糕，坐上公交车，来到儿子的学校。

到的时候，刚好学校放学，成群结队的学生从学校里一涌而出，远远地，我就看见了夹在人群中的儿子，他戴着一副白边眼镜，正和同学有说有笑地走过桥头。

我连忙向他招手，并大声呼喊着，他听见我的喊声，就和同学分手了，向我这边走来。

见我手里拿着蛋糕，儿子有些意外，说："我生日都过了，还买什么蛋糕呀？"我说："今天是一个特别的日子，我希望能给你郑重地补上一个生日。你已经十八岁了，整整十八岁呀，你已经从一个孩子走向了成年人，如果说以前是你的少年时期，现在，你就正式进入了青春时期。我还给你买了十八根蜡烛，你待会儿吹蜡烛，许个心愿吧！"儿子说："看你，弄得这么隆重，跟做什么似的！"我认真地说："是得郑重，有的地方孩子长到十八岁要行成人礼呢，这是一个比较有纪念意义的年岁！"

儿子今年十八岁，又面临高考，无论如何，这都是一个让人不能忽视的年份。

高考，在每个孩子的成长过程中，都是一件非常重要的事，对于儿子，也不例外。

儿子今年高三，学习很繁忙，每个周末都要补课。每每看到儿子，我都满是心痛，但我又不能说什么，学生时代，正是每个孩子该吃苦的时候，一个学生，在该吃苦的时候不吃苦，以后肯定要吃苦的。人生的路环环相扣，一步踏上，步步顺当，一步踏不上，步步都在阴差阳错之中，不管他将来走向社会做什么，都一定要懂得热爱学习，要积累丰厚的知识，这样才不会四处碰壁。对于儿子，我没想让他成龙成凤一鸣惊人，我只希望他能做一个身心健康的人，一个能自食其力的人，如此便好。

我不知道儿子能不能按照我希望的去努力、去学习，获得一份好的学业。面对眼前比我高出半头的儿子，我又是欣慰，又是担忧，欣慰的是他有一副健康的体格，已经长成了一个男子汉，担忧的是，不知道他能不能真正意识到学习的重要性，自发自觉地去学习。

对于儿子，这几年，我没少操心，他在上学，我比他还要着急。他上了三年高中，换了三个班主任，这是我没有预料到的，可是客观事实就是这样，儿子必须得学会适应或者习惯。可是，我在内心又禁不住担忧，他能够适应老师频繁的调换吗？每次我问他的时候，他都会说差不多，其实，我知道，不是差不多，而是有差别。我也是从学生阶段走过来的，那时我也是不喜欢班主任被频繁调换的，因为习惯了一个老师的管理方式，换一个老师，需要好久才能适应。每个老师性格不一样，教学方式也不一样，处理事情和解决问题的方式更不一样，要重新适应一个人，并非一朝一夕，而是需要很长的时间，一个老师还没适应，又换了一个老师，无疑对学生的学习习惯、学习方法以及学习态度都是挑战和考验，这实在是一件让人无可奈何的事。

我满心担忧和不安，却又不敢说出来，只能对儿子说，不管哪个老师教课，都是一样的，你只管好好学就行了。俗话说："师傅领进门，修行在个人。"老师只是起个引导作用，学习的关键还是要靠自己，要抓住课堂上的45分钟，认真领会老师所教的内容，自己下来多温习多巩固。人常言，温故而知新，不断地温习旧的知识、汲取新的知识，才会学得牢固，知识也才会越积越多。我每次说，儿子都应着，我不知道他听进去没有，也不知道他有没有按照我说的去做。

总之，儿子的成绩，说不上太好，也说不上太差，一直在中游，这不仅让我寝食难安，也让我焦虑不已。

这是一个雅间，为的是不让别人干扰。

我把蛋糕放在桌子上，给儿子拉了把椅子，说："小公子，请坐！"儿子坐下，我也在他的对面坐下。

窗外的阳光很好，正是春日，没有风，阳光便显得格外明丽，透进屋子，屋里一片明亮。

我点了几个儿子喜欢吃的菜，服务员为我们倒上茶水就离开了，剩下我跟儿子两个人。

我与儿子已经好久没有这样淡定地相处了。今年，因为调动工作，还有工作以外的事，我着实忙了好一阵。今天，我特地选了这样一个地方，就是为了我们母子俩能好好地说说话。

其实，在心里，我最想对儿子说的一句话是：儿子，你快快长大！

长大，并不仅仅意味着身体的成长，还有心智和心理素质的成熟，在这方面，我觉得儿子还是欠缺的。

或者我有责任，或者他的父亲有责任，总之，这个孩子的学习之路并不平坦，也并不一帆风顺。

儿子小的时候，学习成绩一直是优秀的，基本上保持着班上前五名。到了初中，也还好，大体能够保持在十多名，可就是初三的那一年，儿子成绩一路下滑，滑到了我们难以接受的程度，好在考上了高中，这让我们侥幸万分。

上了高中，儿子个头高了，像个大人的模样了，我想，他应该会懂事一些，应该会懂得学习的。可是，非也，他贪玩、贪睡、爱玩游戏，成绩一直不太好，总在中等，这样的成绩能否考上大学，谁也说不准。我的心里忐忑着，也更加焦虑不安。

几度老师的调换，让我忧心不已。每换一个老师，我都要去拜见一次，去跟人家沟通一下，希望人家能够多关注儿子，给他以鼓励和信心。我总在想，老师的鼓舞与鞭策应该比我的说教更管用。

老师说，儿子的脑子好使，但关键还是要自己肯学，要是能踏实勤奋一些，学习成绩提高起来应该还是很快的，他学习一阵一阵的，一阵好好学了，进步很快，一阵混混搭搭，又会下滑，老师说他会多关注，让我们对儿子也要多关心。

我在心里说：儿子呀，只要你肯学，让我做什么我都是愿意的，只要你愿意努力！可儿子总是说："我知道啦！"一句话，让我语塞。

去洗手间洗过手回来，我把蛋糕打开，对儿子说：“本来想让你邀上你的同学，一起给你过个生日，开心开心，但是，今天吧，妈妈又想单独庄重地跟你在一起坐会儿，说上一会儿话，人多，太吵，你们中午时间又短，所以，就没让你叫同学，妈妈陪你过生日吧！”

儿子说：“我无所谓！”

一句无所谓，我的心就像被人突然揪了一下。儿啊，不能什么事都无所谓，小事无所谓，大事一定要有所谓啊，无所谓可是一种消极的心态，对什么事都抱着听天由命听之任之的态度，这可是要不得的。

做人须得有一种积极的心态，凡事用心，凡事努力，只要用心，只要肯努力，一切都会改变的。如果对什么都抱着一种无所谓的态度，怎么进步？如何去迎接高考？虽然高考不是人生的最终目的，但它却是改变人生走向的一个转折点。

对于一个即将走向社会的孩子，人生最关键的路只有几步，高考、择业、结婚，而亲爱的儿子，你的人生面临的第一个重大转折点，便是高考，只有这一步走好了，你才能有机会去选择你喜欢的人生和科研课题，否则，你将永远游离在社会的边缘，无法去做你真正喜欢的事，更甭说去实现你的理想。虽然知识不是万能的，但没有知识却又是万万不能的，知识会决定你的命运，知识会改变你的命运，同时，知识还会让你的生命熠熠生光，你可明白？

我将蜡烛取出，均匀地插在蛋糕上，十八根蜡烛就像十八棵小树苗，端正而笔直，一根代表一岁，十八根便代表十八岁，儿子十八年的时光，如果每一年都走得坚实，这十八年就是一片美丽茂盛的森林。点亮了蜡烛，我对儿子说：“你许个愿吧，许了之后，尽量用一口气将蜡烛吹灭！”其实儿子吹过很多次蜡烛，但我还是忍不住叮嘱，因为，在这次生日之后，我希望儿子真正地长大，成熟起来。

我问儿子：“应该许个什么愿呢？”儿子脱口而出：“你还不是想让

我许愿，今年考个好大学吗！”我“扑哧”一声笑了：“你明白就好，我着急是着急，但考学还是要靠你自己的努力。许愿只是让我们自己对自己下个决心，立个期望，最主要的还是要你自己肯下力气学，真正意识到学习的重要性，并不是说许个愿望就会实现，这只是一种仪式，让一个愿望神圣化，变得庄严，变得郑重，让我们时时记得，我们得为这个愿望去努力！”

儿子说：“又在讲大道理！”我便不再言语，只说了句：“你许愿吧！”儿子闭上双眼，双手合十，默默地定了好一会儿神，然后睁开眼睛，说：“好了，我吹蜡烛了啊！”我说：“好！”儿子一口气吹灭了所有的蜡烛，这一切，儿子做得从容而庄重，没有丝毫敷衍和应付的成分。

我的心略有欣慰。

儿子和我一起将吹灭的蜡烛一根一根地从蛋糕上取下来，我取出塑料切刀，切下一大块蛋糕放在盘子中，递给儿子。看着儿子香甜地吃着，我就在旁边给他唱生日快乐歌，儿子懂英文，我便用英文唱。他吃完，见我还没吃，就说：“妈，你也吃一块吧！”见他知道关心我，我不禁喜悦起来，说：“好，我吃一块，我儿子的生日，我是必须要吃这蛋糕的！”

吃蛋糕的时候，儿子说：“明天学校要开家长会。”我问：“什么会？”儿子说：“百天迎考大会。”看来，学校已将高考列入倒计时日程了，这最后的一百天，三个多月，在每一个孩子手中都是争分夺秒的，赢得了时间，就赢得了高考。我向儿子举了举拳头：“加油，加油哦！”

沉吟了一会儿，我对儿子说：“儿子，会我一定会去开的，但是，开会无非也就是老师让我们家长多关心你们，保证你们的营养和身体健康，对你们学习抓紧点，这些我给你说过无数遍。响锣不用重锤敲，话我们已经说很多，主要是你要拿出你的实际行动，争分夺秒地复习，在高考这件事中，你永远是主体，我们永远都是客体，我们再着急，再焦虑，也得你通过自己的努力来实现，来取得最后高考的好成绩。今天是你生日，多余的话我也不说了，你知道努力、懂得学习且明白学习的重要性就好。昨天，你已经过了十八岁的生日，你已经步入青年的行列，成了一个成年人，妈妈相信，你有自己的思考和认知，也会对自己所有的行为负责，更懂得要为自己奋斗一个好的前途。妈妈相信你，在今年的高考中能够考出好成绩。”“来，击掌！”儿子愉快地响应，看着儿子认真的表情，我的心略有点安定。

儿子，我在等你长大，从你出生的那一刻起，我就在等待，整整等了十八年，你人生的每一步，都让我期待和不安。而今，你已经十八岁了，你是否真的长大？长大代表着懂事，长大代表着明理，长大代表着心智的成熟，长大代表着珍惜当下，长大代表着懂得规划自己的人生。在你十八岁的第一天，我给了你这么多的期望，你可愿意承担，你可承担得起？你可会成长为一个真正的男子汉，去独立展翅在属于自己的天空，勇敢地搏击自己的人生？这些，我不知道你能不能做到，我只想轻轻地对你说：儿子，我在等你长大！

十八岁的天空，或许会如一只拉满弓的箭，生命因此也将绽放出美丽的彩虹。

我端详着儿子，满心期待……

窗外，阳光正好。

等待一场生命的花开

任何一场等待都是一段心灵的煎熬。儿子的高考，于我，尤其如此。

这场等待是自儿子高三开始的。儿子一跨入高三，我的心蓦然紧了，就像一把弓箭上的弦，越拉越紧，紧到我朝思暮想、日夜忧虑。

儿子上的是寄宿学校，大部分时间都在学校里，而我想见儿子，便只有到学校里去看他。学校在新城，离家不远，只有七八公里。以前，我在新城上班，隔三岔五便能见到儿子，后来，我工作调动，回了老县城，一个月便大抵只能见到儿子两三次了。

见与不见，儿子都在我心上，始终放不下。

我们这一代人，多数家庭只有一个孩子，在国家提倡“只生一个好”的独生子女政策下，我生下儿子后，再无生育，于是，儿子从出生到现在，一直是我全部的牵挂和精神寄托。

因为只有一个孩子，儿子的每一步成长都让我忧心忡忡。这种担忧从儿子的生命在我身体里诞生的那一刻起就开始了。

记得刚怀上儿子的时候，为了给他补脑，为了让他多长头发，我坚持天天喝奶粉、吃核桃，一天两个核桃，雷打不掉，好在柞水是产核桃的，只要我愿意吃，每天都可以吃到，就这样一直吃了七八个月。

我怀儿子的时候，已经开始流行胎教，虽然我们只是普通的家庭，但是我们也不甘落后。我们专门买了音响，为儿子放胎教音乐，记得当时给他放的最多的是《梁祝》，这个音乐舒缓、悠扬，对陶冶人的情趣有好处，还有十大古典名曲，《高山流水》《渔舟唱晚》《阳春白雪》等。每天干家务的时候，我都会放来听，听一两个小时。我自认这些音乐对人的性情和性格的塑成都是有好处的，一方面陶冶娃儿的性情，一方面也愉悦我的心情。

虽然当时我们并不知道这个即将到来的孩子是男孩还是女孩，但既然来到了我的生命里，不管是男孩还是女孩，我都一样珍视，那是上天赐予我无比珍贵的礼物。

结婚之前，我身上的女红不正常，很多时候，一个月会来上两次，为此，母亲担心不已，带我看了多位医生，给我开了好多副中药调理。后来，慢慢地趋于正常，但母亲仍一直担心着。她说，我们村里就有一个女人是石女，一生没有开过怀，没有生过娃娃，后来抱养了一个别人家的孩子。一个女人不能生育，无论如何，都是一种缺憾，这种缺憾会让一个女人一生纠结，无法释怀。

年轻的我虽然不以为意，但是心里却似乎有了某种阴影。因此，母亲带我瞧病，我就随她瞧，让我吃药，我就吃药。反正母亲不管做什么，都是为了我好，我是她最疼爱的小女儿，她是不会害我的。

不曾想，儿子的到来，出乎寻常的顺利。我们并不像别的家庭，结婚三年五载怀不上孩子，以至四处寻医问药，焦灼不已。儿子的到来顺利得让我意外。在某一个夜晚，某一个不经意的时刻，儿子悄然地来到了我的生活中，我竟丝毫没有察觉。第二个月，月红迟迟没有来，我不知何故，只听人说，怀了孩子以后就没月红了，可是羞涩的我没有勇气去医院，只悄悄地去了诊所，买了一张孕检试纸。回到家，我按照试纸说明进行了测试，没想到，竟是双杠。我怀孕了，哎呀，我怀孕了！没想到，真是没想到呀！这么快就有了孩子，真是出乎我的意料。

儿子就这样出其不意地来到了我们的生活中。

母亲听了，更是大喜过望，嘱咐我注意这注意那，把怀孕期间要注意的事项一股脑儿给我说了，生怕年轻不懂事的我会有什么差失。

怀了孕，我便成了家里的功臣，所有人都把我当个宝似的呵护。我一天只管吃饭和运动，其他的事，一概不用我做。

闲暇之时，除了听听音乐、读读书，我还给孩子教英语，我给他唱“ABCD”歌，教他简单的日常生活英语单词，我用手抚摸着肚皮，唤他，一遍一遍地说给他听。邻居每每听到我给儿子说英语，便笑道，你想让你娃将来出国呀，还没出世，就忙着给娃教英语，他听得到吗？我说，好多孩子英语都学不好，提前给他打点基础，嘿嘿。儿子听到没听到、听懂没听懂，我说不清，反正他后来的英语并没有我期望的那样好。

好不容易，九月怀胎，一朝分娩，儿子出世了，五斤五两重，婆婆将他叫作带“苞谷籽”的，意思就是可以传宗接代、延续香火。婆婆欢天喜地，我们一家也欢天喜地。在我来说，男孩女孩都在其次，最主要的是健康，看到儿子五官端正、一切正常，我一颗悬了九个月的心总算落在了地上。

接下来，我要等待的是儿子说话、走路。这在一个孩子的成长过程中，是非常关键的。院里有一家的小孩是个女孩，大眼睛，苹果脸，漂漂亮亮，长到三岁了都没有开口说话，一家人急得双脚直跳都没办法。爷爷奶奶整天唉声叹气，说这娃怎么怎么了，咋还不能说话，每个月初一十五都去城门洞的庙里烧香，以求苍天开眼，让女娃开口说话。

那个小女孩让我的心一直揪着，我焦灼地等待并盼望着，希望儿子能如正常的孩子一样，开口说话，迈步走路。所幸的是，九个月后的某一天，儿子突然张口喊了一声“妈”。我不相信这是真的，又让他重复了一遍，他按照我说的，又叫了一声“妈”，虽然只是一个单字，但这足以让我开心得脸上乐开了花，一下子将他举得老高，将头放在他的小肚子上来回不停地蹭，儿呀，儿呀，你这么快就会说话了，不亏妈妈天天教你，你真是妈妈最棒最聪明的好儿子哟。

在每个母亲的眼里，自己的儿子都是最好的、最棒的、最优秀的，我也一样，犯了通病。

又过了三个月，儿子开始抬脚走路，虽然步履不是很稳，每走一步都要人扶，但儿子总算是沿着我希望的方向一步一步健康地成长着，这让我万分欢喜和快慰。为了纪念儿子完成了人生最初最关键的成长历程，我们带儿子去了照相馆，拍下了儿子周岁的纪念照，一个胖嘟嘟的小男孩，一张圆嘟嘟的小脸，充满了生命的神奇与奥妙。

至此，儿子完成了一个生命成长最关键的阶段。

儿子开始上学了，他生命的另一个阶段开始起步。这是一条漫长的路，一个艰巨的工程，它需要十几年的坚持与塑造。学习于有的孩子来说，是一件自然而然的事，可于有些孩子来说，简直就是赶鸭子上架，或者说是按着牛头强喝水，孩子辛苦，父母也辛苦，孩子累，父母也累。可无论如何，学业都必须完成，这是一个孩子人生中必须经历的阶段。

由于其父的溺爱和过分庇护，儿子胆小又内向，老师向我提及，我满心不安。我们生活在县城，在人口集中的城市，儿子如何会内向？这都是我们做家长的问题。为了改善儿子的这种状况，我常带他到人群集中的地方去玩，千方百计地给他寻找小朋友，以锻炼他跟人沟通的能力。好在这种情况慢慢改善，我心稍得安慰。

幼儿园的基础打得不错，儿子在进入一年级之后，总体来说，学习还算可以，在班上一直保持前三到五名的成绩，这个成绩一直保持到小学毕业，这让我甚是欣慰。如果儿子能够一直保持这种状态，对他的学业我是不用太担心的，可是有些事情往往是没有办法预料的。

进入初中，每每与老师通电话，老师都说儿子学习不错，基本上不用人操心，状态也挺好。可是，就在初二快要跨入初三的时候，儿子的成绩出现了大幅度的滑坡，竟到了让老师和我们都担忧的地步。老师着急，我们更着急，老师跟他谈话，我们跟他谈心，总算让他的心往学习上收了一点，在这种状态下，儿子侥幸考入高中。

跨进高中的门，我们松了一口气，也仅仅是松了一口气。艰巨的学习任务还在后头呢，高中才是他要迈过的人生的最大门槛。学得好，就顺利进入大学，继续深造；学得不好，将面临复读或者是流入社会，如果没有学历作为敲门砖，就是步入社会，也会很艰难。因为，没有知识做积淀的人生，终究是贫乏的，终究是浅薄的，终究是苍白的。

儿子，你必须努力，必须得让自己成为一个优秀的学生。

这是我的想法，但在儿子，却没有给予足够的重视。儿子的年轻，同我当年的年轻一样，我当年是因为没有人点拨、没有人指引，我绝不能让儿子重蹈我的覆辙。著名作家柳青说：“人生的道路虽然漫长，但紧要处常常只有几步，特别是在人年轻的时候。”多年后，我方知此语意味深长，乃是人生至理。如果当年我顺利地考上了大学，想做什么，肯定机会多，平台也多，而我今天能够成为一个作家，缘于我的坚韧与不放弃，缘于我人生的另外一个契机，如果没有这个契机，我现在做什么，我无法想见，或许完全是另外一番景象。

我之人生，亦是儿子的前车之鉴。

每次去看儿子，我都会从不同的角度、用不同的方式给他讲我的人生故事，讲我经受的磨砺与坎坷，以及大彻大悟。儿子听了，有时会发表几句感慨，有时也会指出我的谬误，有时还会予我以鼓励和激励，我喜欢他的这种状态，他能有自己的观点和思想，这对一个少年的成长很重要，最起码他能意识到如何是对，如何是错，该如何做，不该如何做。

有自己的价值观和是非判断，这是一个好现象，无论如何，做一个内心健康的人很重要。

基于此，我知道儿子是可塑的，一个可塑的人总还是有希望的。

教育家说，好孩子都是夸出来的。我遵循这个方法，予儿子以中肯的鼓励和激励，让他觉得自己是有潜质的，是可以成为一个好学生的。除了见面跟他聊天，跟他谈心，我时不时地会给他发去一个短信、一些名言、一些警句，甚至是一些我个人的感悟和心得。我还将颜真卿的《劝学》发给他："黑发不知勤学早，白首方悔读书迟。"在鲁院的时候，我专门请同学给他写了"晴耕雨读"和"天道酬勤"的书法，并署上赠予他，以示激励和鞭策。每每他取得好成绩的时候，我总会及时地给予肯定和鼓励，激发他学习的热情和动力，渐渐地，他变得爱学习了、专注了、肯用心了，每每传来他学习成绩提高的消息，我的心里就跟吃了蜜桃似的，甜津津的。

某天，跟老师谈心，老师说，照儿子的学习状态看，考个二本是没有问题的。我欣喜地问，真的？老师说，应该差不多吧！第二天，我便邀儿子出来吃饭，在吃饭的时候，我便将老师对他的肯定说与了他，谁料他说，我还想考个一本呢！我说，儿子，我没听错吧？儿子说，你说呢？听到他这么说，我知道，儿子长大了，知道力争上游了。这让我多了些欣慰和安慰！

通过跟老师和他的同学聊天，我了解到，儿子确实收心了，多数时候，他都在教室里，闲逛的时候少了，游戏的时候少了，睡大觉的时候也少了。有时，我想出其不意地突击一下他，没想到，他竟然还在看书。我说，睡觉的时候，你咋不多睡一会儿？他说，我睡了，睡下就行了，离到教室去还要一会儿，就看会儿书。见到儿子能这样自觉地学习，我这个当妈的心里充盈着满满的快乐和喜悦。

转眼，高考进入倒计时阶段，百天考生大会，五十天考生大会，时间一天比一天快、一天比一天紧，我也在惶惶不安中掐着指头等着高考的到来。

高考那天，我要去照顾儿子，他没让我去。他说，你不用去，你去了我反倒有压力，对我是一种干扰，你们不在，我就跟平常一样，该咋地咋地，你们都去，我肯定会紧张，会觉得你们都在监督我。听他如此说，我便说，那好吧，我尊重你的意见，只是你要照顾好自己的生活起居，想吃啥吃啥，一天按时作息，别误了考试时间，我等你的好消息便是。

其实，高考当天，我又如何能够安然若素，我虽然没有到学校去，但我的心一直徘徊在学校门口，我在焦急地等待，我在焦灼地盼望，我如热锅上的蚂蚁，在炎炎的烈日里盼望着那一场生命的花开。一整天，我无心做事，无心安坐，我的心像一只小兔子，或者说是有十几只鼓一直在敲打，无法淡定，无法安然，更无法置身事外，无法做出一副与我无关的样子。

当天晚上，我实在按捺不住，便拨通了儿子的电话，问他考得怎么样。他说差不多。我没敢再多问，怕影响他的情绪，影响接下来的考试，只是对他说，考过的，该放下就放下，继续全力以赴地考下一门就是了，看会儿书后就早点休息。我让儿子安心，我却并不能安心，这一夜，我失眠了，脑子里闪现的全是我当年高考的情形，以及我此后的人生种种。

当儿子所有的科目都考完，学校的老师与我通了电话，说此次考试数学题偏难，只这句话，我的心好像掉进了冰窖。在我的意识里，儿子一直数学较好，还希望靠数学成绩为他捞点分呢，怎么会偏偏数学题又难了，这一个偏难，会难到什么程度？会不会严重影响儿子的高考成绩？没有人能给我答案，我能做的，只有此后十多日漫长而焦灼的等待。

6 月 8 日考试结束，24 日公布考试成绩，这中间有半个月的时间。半个月，要经历怎样的心灵的煎熬？半个月又蓄积着怎样的希冀与等待？十年磨一剑，儿子这十五年的学习生涯和寒窗苦读，可否磨出一柄明亮的剑？我天天看着日历在等待着，这十五天的时间，就像是几十年那般漫长，漫长到分分秒秒我都那样焦虑。每天天一亮，我一划开手机，首先要看的就是日历，今天到底几号了，离那个特定的公布高考成绩的日子还有几天。我就是这样等着，终于等来了 6 月 24 日。这一天，有多少双翘首期盼的眼睛？这一天，有多少颗跳动不安的心？而我，便是这众多的人中的一个。我一直在网上，在手机上，在微信上盼消息。时间划到 12 点，我忽然接到鲁院同学李心丽发来的消息“山西省 2017 年普通高校招生本科录取最低控制分数线”，紧接着，她便问我陕西的分数线出来了没有。我儿子高考，心丽也一直关注并操心着。马上，我又接到另外一个朋友发来的陕西高考录取分数线，文科一本 509 分，理科一本 449 分。我让儿子查他的分数，当时，网络一直显示繁忙，网页打不开，能够想见，全省多少人都在这一刻焦急地查询，等待着一个重大消息的问世。我查不了，就托人查，也查不了，没有办法，只有这么一直焦急地等着，快一点的时候，儿子收到了短信，是省招生办的，通报了儿子各科的成绩，总分 465 分，理科线一本。至此，我长长地出了一口气，一屁股坐在椅子上，再也不想动了。这种幸福感让我全身愉悦，有说不出的快意和酣畅，它就像一股甘泉，迅速涌遍我的全身。

足足有三分钟的时间，我就这么一直笑着。儿子见我如此，忙问，妈，你咋啦？我说，没事，我高兴呢！

我笑眯眯地凝视着儿子，良久，忽然对他说，宝贝，你想吃啥？儿子说，干吗？我说，妈妈今天高兴，我请客呀，请你吃理想大虾，好不好？儿子说，好，理想大虾，就理想大虾吧！儿子自以为酷地甩了甩头。其实，“理想大虾”是一个火锅店的名字，名字叫得吉祥吧。

至此，我人生的这一场十八年的等待，以儿子高考的顺利出炉宣告结束。

或许，明日，我依然在等待中。

有等待也就有盼望，有等待也便有希望。

人生，正是因为这无数的等待，才充满了甜蜜和无法预料的惊喜，从而让我们收获无尽的感动与美好。

生命是一树花开。一棵幼苗，在我们的精心培育下，总会开花、结果，甚至长成一棵参天大树。而等待，如何不是一场培育和心的浇灌呢？

第三辑　一瓣馨香

浆水菜的诱惑

夏天，酷热难耐，嘴里没味，不想吃东西的时候，总是很想念浆水菜。

这个时候，我就会满大街的去寻找浆水菜，吃上一碗浆水菜的手擀面，或者是一碗浆水鱼儿，那感觉甭提有多爽了，顿时身心舒畅，满心清凉，夏日的酷热一扫而光。

在西北，吃浆水菜已经成为一种习惯，尤其是70后，对这种记忆隽永而深刻，家家都有吃浆水菜的传统，个个都是吃着浆水菜长大的，这种口味积久成习，已经成了舍不去的味觉习惯。

时下，满桌的美味佳肴，人们还是最喜欢浆水菜凉粉和浆水菜糍粑，当别的菜还是满盘满碗分毫未动的时候，那浆水菜竟是席间人眼中最可口的美味，人们三下两下，顷刻间便将其一扫而光。可见，北方人对浆水菜的钟爱。

浆水菜，是一种书面语，其实在很多地方的城市和农村，是叫“酸菜”的，戏文里唱道：“翠花，上酸菜啦！”说的就是这道浆水菜。新中国成立前，浆水菜是普通老百姓餐桌上的家常菜，也是老百姓日常生活中必备的食用菜，因为其口味呈酸味，人们亲切地称之为“酸菜”。

酸菜是一种经过发酵后泡制成的菜，无盐，呈酸味，做得好的浆水菜，其中的酸水就是一种口味很好、营养极丰富的饮料，淡淡的，酸酸的，清凉凉的，细腻，润滑，口感特别好。在夏天的中午，烦热之时，喝上半碗，顿时清凉无比，通体舒畅。因为经过发酵，它含有丰富的乳酸菌，因此，也是一种极富营养的家常饮品。

我小的时候，日子很艰苦，浆水菜便成了家中必备的菜，什么菜没有，都不可以没有浆水菜，特别是在冬日青黄不接的时候，啥菜都没有，只要有一坛浆水菜，会烹饪的人就可以将饭做得有滋有味，生津爽口，要不然，饭就嚼不出个味来。

母亲是泡浆水菜的高手，她做的浆水菜，总是口味纯正，酸性浓郁。就算不用盐，这种菜吃起来，也特别有滋味。因此，在没有零食可吃的时候，我们就会时不时地打开浆水菜的坛子，捞上几片吃吃，慰口润心。

做浆水菜的原料很多，有白菜、青菜、莲花白，还有芥菜、萝卜缨子。当然，在菜蔬欠缺的时候，我们也会从山上采来一些野菜泡制浆水菜，比如说野韭菜、藤叶、野芹菜、石蜡菜，等等。

关于石蜡菜，这里我要说一点，石蜡菜是一种高寒山区才有的菜，它性寒，多长在海拔 1000 多米的山坡上和沟坳里。这种菜由于性寒、耐旱、耐夏，常被泡制浆水菜的人所青睐，因为用这种菜泡制的浆水菜，夏天里不会腐败，泡上一大坛子，可以吃整整一个夏天。因此，每年的夏天，就有妇女相约着成群结队地进到深山大沟里采摘石蜡菜，打上一蛇皮袋子，回来泡了，分送亲戚与诸友同食。

其实，在那些艰苦年月里，我印象最深的还是白萝卜缨子，也就是萝卜叶子，估计是因为它的叶子长而成撮，形似红缨，所以，人们又叫它“萝卜缨子”。母亲年年都会种莲花白和萝卜，莲花白常用来腌菜，而萝卜拔了之后，这萝卜缨子便成了我们每年做浆水菜的主要原料。

每年的冬天，进九之后，母亲就开始操劳着腌菜，捞浆水菜。农人多是深懂节令的，知道什么时候该干什么，掌握得丝丝入扣。母亲常说，进九后做的菜好吃、爽脆，不易变质和腐烂。

一些家庭图简单，会将萝卜缨子整个的捞了，待吃了再切，而做事细致讲究的母亲，总会不厌其烦地将萝卜缨子切成半寸长的小段，一棵一棵地洗，一棵一棵地切细，然后一篮子一篮子地倒在锅里用滚开的水捞至半熟，然后用篮子盛起，沥干水，倒进缸里，一篮子一篮子地压实，最后压上一个圆形的薄石板，将菜全部压在石板底下，再灌进调制好的浆水饮子，至此，一缸浆水菜就算做成了。

第二天，揭开浆水菜的缸，菜已变黄、发脆，并且浆水已经能牵起长长的透亮的水晶丝。每每此时，母亲就会欣喜地说，浆水菜捞好了，可以吃了。

于是，这缸浆水菜就会伴着我们度过一个漫长而清冷的冬天。

那时，生活是单调且乏味的，但是母亲却能将浆水菜做出诸多滋味来。母亲给我们做浆水捞面、浆水面片、浆水鱼儿，还给我们做酸菜粉条包子、酸菜米儿面、酸菜糊汤、酸菜拌汤，母亲的一双巧手，总能让生活变化多端、滋味无穷。有时，一锅酸菜洋芋片，或者是一锅酸菜洋芋丝，甚至是一锅酸菜洋芋蒸饭，都能让我们吃得心花怒放、乐不可支。

奇怪的是，我们见天吃酸菜，上顿吃下顿吃，一年四季吃酸菜，可是个个身体健健康康，没见谁老有这病那病的，天天忙着干活，天天忙着劳动，还劲头十足。而现在，人们的生活多丰富呀，顿顿鸡鸭鱼肉，满桌子满碗的各类红红绿绿的菜肴，可是人们却经常这毛病那毛病不断，是吃得太好、太丰富，还是养尊处优、养坏了？抑或者是现在的食品安全保障太低，各类假冒伪劣太多，导致人们的健康系数降低？

后来，我接触了一些医药常识，谈到人要多食用碱性的食物，碱性的食物对人的身体健康有好处，而且还能防癌抗癌，因为人体常处于酸性环境中，只有人体内保持酸碱平衡，才会不生病，或者说少生病，这又让我联想到了我们常常吃的浆水菜。萝卜缨子呈碱性，我们常年吃用萝卜缨子泡制的浆水菜，非但没有吃坏，反而一直健康着，可能就是这个原因吧。任何一种蔬菜，我们只要掌握了它的食用特性，合理地加以烹饪，都会对人的健康有益。

住进城里以后，最初的几年，我仍然会学着母亲的样子做浆水菜。因为三口之家，人少，已没有那么大的食用量，再加上现在饮食结构的调整，各类蔬菜街上都有卖的，便不再以单纯的浆水菜为主了，所以，我也不再像母亲那样一次做一大缸了。我买了一个小坛子，咖啡色的，上面有着些奶白色的图案，小巧精致，上面有一个碗形的盖，可以将这一坛子浆水菜封闭得严严实实，这样密闭严实的菜不容易坏。

别看浆水菜是一种很普通的菜，但想要做好，却非常不容易，从小到大，我吃过很多人家的浆水菜，有的酸味太淡，有的酸味过浓，有的根本就没有酸味，有的略带酸味却夹杂着坏味和臭味，想要吃上一口正宗且可口的浆水菜，还真是一件不容易的事。因此，在某地吃到哪家的菜好了，我就会忍不住夸赞，这个酸菜好，味正，好吃。主人家就会开心地说，好吃就多吃点！夸酸菜，其实，也是夸做饭人的手艺。

母亲捞的酸菜，一般情况下都不会坏，或者说是很少坏，主要是母亲做事肯动脑子，讲方法，又不怕麻烦。冬天，天冷，气温低，菜不易坏，耐放，可以多做一些。而一到夏天，气温高，菜不耐放，不能捞太多，所以，就现吃现捞，而且碎菜容易浮出水面，一浮出水面，天一热，接触空气就氧化了，菜就不好吃了，疲了，软了，于是，母亲就会捞制整菜，将一棵一棵的菜实实地用圆石板压在坛子里的水下面，以使菜与空气完全隔绝，因而就不容易坏，并且总是脆生生的，保持着酸菜最纯正的口味。就算不吃，母亲也会天天拿着筷子在浆水菜坛子里搅动几下，母亲说，勤搅动，菜不坏。母亲这是遵循“流水不腐”的道理。我沿袭了母亲的传统和做法，做些浆水菜，分享给机关大院里的人们，大家没时间做的，吃到爽口的浆水菜，偶尔开开胃，也会很开心。

再后来，因为工作忙，孩子住校，家里常住人口减少，再加上偶尔又在单位吃饭，食用浆水菜的时候便少了。浆水菜，少了没法制作，做多了又吃不了，因此，我便不再做了。即便如此，我对它的味道也总是无法忘怀，它始终诱惑着我，让我一想到那酸酸爽爽的味道，就会满口生津、思念不止，思念极了，就去街上买上一斤，或者去哪个口味好的餐馆吃上一碗，以解相思之渴。

或许，在有生之年，浆水菜一直都会是我无法抵挡的诱惑，它诱惑着我的思绪和味蕾，让我一想到它，就想到母亲，一想到它，就忍不住想要吃上几口。

而我的思念与渴盼，一如岁月般余味悠长。

浆水菜，你是我的诱惑，你是否也是多数北方人的诱惑？

想必，有北方人的地方，都是有浆水菜的！

白描先生

白描，我之所以称他“先生”，是因为他在我心中一直是以一个老师的形象存在的。最初知道白描，是在与陕西有关的一次文学活动上，缘于他对陕西文学的关注和忧虑，我才知道，在北京鲁迅文学院有一个我们陕西的文学人，他的名字叫白描。

白描原名白志钢，陕西泾阳人。因为我三姑的女婿是泾阳人，我们曾去过他家，因此，对于泾阳是熟悉的，也是亲切的。当我知道白描也是泾阳人时，突然就觉得特别的亲切。那时，我并不认识白描，有一次在逛博客的时候，无意中逛进了他的博客，才知道他不仅在文学圈享有盛名，而且在其他领域也多有研究和擅长。他好玉石，精书法，对玉石不仅有研究，而且收藏。在他的博客里，我看到很多介绍玉文化的文章，以及各种各样珍贵养眼的玉石，这让我这个爱好玉石的人对玉石有了更多的认识和了解。

于是，我将白描的博客收藏了，闲暇的时候，便去逛逛。在那里，不仅可以看到一些和文学相关的见解，而且可以欣赏到书法，欣赏到各种玉石珍器。逛他的博客，其实也是在涵养我自己的兴趣和爱好。我是一个什么都喜欢的人，但是对任何事物的喜欢也就仅仅限于皮毛，让我旁观，我大略能知道好与不好，但要是让我说出个道道，说出个名堂，我却不能准确地理出脉络。有时，我自己也会怪自己爱好太多、太博杂，没一样能弄精弄通的。

在了解了白描之后，我才知道他与陕西文学是很有渊源的，他的事业并非起步于北京。他在调往北京之前，曾是我们陕西《延河》文学月刊的主编，陕西作协书记处书记，陕西很多作家都跟他有很深的关系，路遥、陈忠实、贾平凹都在他的手中发表过作品，得益于他的扶植和培养，他们是很铁的朋友，彼此间有着深厚的情谊。

1991年，白描调去北京，曾任国家外国专家局国际人才交流信息中心副主任，《国际人才交流》杂志、《专家工作通讯》杂志副总编辑，1999年调入鲁迅文学院任副院长，后任常务副院长。

我认识白描的时候，他已经在鲁院。因为我常去他的博客，偶尔也会在他的博文后面发表几句评论，他便循着我的脚印来到了我的博客，见我发表作品颇多，还在我的博客上留了言："祝贺陕西文坛兴旺繁荣！"见到他的留言，我倍受鞭策和鼓舞。白描能到我的博客留下这样的一句话，一者，他见我发表了很多作品，从内心感到喜悦，为陕西，为陕西文学；二者，也是师者对我的肯定，认为我是一个可以继续成长的作者。

某日闲暇，翻阅了白描的博文，一组系列文章拉紧了我的视线，一共九篇，标题是《我被宣布了癌症之后》。看到这行字，我震惊了，我没想到神采奕奕的白描还有这样的经历。"癌"是一个多么可怕的字眼，它历来与死亡相连。白描被诊断为患了肝癌，这对才五十多岁的他来说，该是多么大的打击，或者说是一场突如其来的人生劫难。在那段时间，他经历了怎样的身体和心灵的双重煎熬？如今，他又如何了？他是在继续治疗呢，还是病情有所好转，或者是有幸好了？这些于我都是谜。

我抱着对白描的担忧和关注，逐字逐段地读完这几篇文章。他的每一篇文章都有一个标题，第一篇文章的标题是《被上帝咬过的苹果》。白描认为，人一生难免会有七灾八难，就像西方人说的：每个人都是被上帝咬过的苹果。他这颗苹果，被上帝咬了，那就只能坦然面对。在一系列检查之后，白描接受了手术。这期间，他始终冷静并理智地应对，以一种超强的心理承受能力在处理着这一切。就在手术前夕，他还专门回到老家泾阳，以正常人的姿态给父母和祖上立碑，就连三个最亲的姐姐都只字未提及，以至她们在他手术后丝毫不知道他的病情。这种顽强的心态，这种看淡生死的从容，一般人是做不到的。白描手术那天，鲁院很多老师在手术室外守候了五个小时。术后，学生们纷纷要求来看他，都被他婉言谢绝了。他不愿意惊扰大家，不愿意打扰学生们的正常学习和生活……读到这里，我对白描老师更多了一份人格上的敬重，这是一个多么好的老师，在自己被医生判了绝症的时候，还在为别人着想，这种精神，这种境界，试问，在我们当中，又有几人能够做到？幸而老天开眼，所谓癌症，是一场误诊，只是一个较为罕见的良性肿瘤，手术后，已安然无恙。但是，在整个检查及治疗过程中，他又有着怎样的惊惧与痛楚，有着怎样的绝望与希冀，有着怎样的对生命的不舍和依恋？旁人万难体会。

2016 年年初，经省作协推荐，中国作协和鲁迅文学院层层审核选拔，我被录入第二十九届全国中青年作家高研班。录生期间，我跟白描一直没有联系，因为我听说他已经退休了，就我个人而言，我是一个不愿意麻烦别人的人，也是一个不愿意让人为难的人，老师既然已经退休，那么，我如若能荣幸被鲁迅文学院录取，到了北京再给他一个惊喜也不迟。这中间，我没有向他打听什么，从未对他提及关于鲁院的事，我们一直保持着隔网相望的距离。

元月的一天，我突然收到一条短信，是北京鲁迅文学院的老师张俊平发来的，短信上说："徐祯霞，您好！您已被鲁迅文学院录取。四个月的高研班，3月14日报到入学。录取通知书已寄出，注意查收！"我当时正在单位上班，收到短信一下子兴奋得不知道怎么样才好，好像一颗心都要跳出来了似的。当时，正是寒冬时节，天已经很冷了，我为了让自己独享这份天外飞来的喜悦，出了办公室，一个人跑到清冷冰凉的院子里，蹲在地上望着一只蚂蚁足足发了半个小时的呆。有同事问，你不冷呀？我说，不冷。其实当时，我的心里就像燃烧着一团熊熊的火焰，温暖、灼热且跳跃着，人心不冷，身体也就真的不冷了。

接下来，我就做起了与去鲁院学习相关的工作，向各部门领导打招呼、请假、办手续。紧接着，收到我的新书《生命是一朵盛开的莲花》出版的消息。诸多的事一下子都涌到了跟前，陕西散文学会又给我召开作品研讨会，忙得我整天都感觉时间不够用。那段时间，我整天都在为新书出版这个事忙得团团转，我的作品研讨会是2月26日召开的，我3月13日便去了北京，因为总想着去北京要带那么多的衣物和生活用品，早去一点，东西啥的都收拾一下，也熟悉一下环境，毕竟鲁迅文学院在我心中太神圣了，神圣到我一想到我将在那儿学习四个月便不由得兴奋和紧张。那儿的环境是什么样的？那儿的老师怎么样？都有谁来给我们讲课？原以为，那些中国文坛的巨子，我一直都只能隔着时空遥遥相望，没想到，我还能坐在台下面对面地聆听他们的讲授，这对于一个小城中的作家，该是一件多么荣幸的事啊！

到京后的第二天，我给白描打了个电话。我说，白描老师，我被鲁迅文学院录取了，您猜，我在哪里？白描接到电话，有些意外，也有些惊讶，他没想到我会突然来到鲁院。在弄清楚我确实被鲁院录取了之后，他向我表示了祝贺，复问，你在哪里，该不会已经来鲁院了吧？我说，是呢，我已经来到鲁院，张俊平老师已经给我安排了房间，我先将东西收拾收拾，下午，同学们可能就会陆续地来。白描老师再次向我表示了祝贺，说：能来鲁院好，来鲁院学习一下对你的写作提高会大有好处。回头开学了，我找个时间请你吃饭。我说，不用客气，北京远，来的时候行李拿的多，也没给您带啥，能见下您就很开心了。白描老师说，我这啥都不缺，不用带啥的，见面肯定是要见的，到时候，你等我电话。

三四天后的一个晚上，白描打来电话说，明天下午我请你吃饭！我说，白描老师，那我请您吧。他说，我还叫了几个人，你不用管，到时我短信通知你。第二天中午，白描老师又发来短信说，你班还有几个认识的同学，想一起坐坐，但有的不在，要么改天，你等我通知就行了！我说，那好，让您费心了！他说，没事，知道你几年了，都是老乡，能在北京聚一下也挺高兴的。

又过了几天，白描来电话了，说今天下午，在花家怡园，大家一起坐坐，地方都已经订好了，你六点准时到。当日下午，白描又亲自来鲁院了一趟，在鲁院的书画室里，我见到了老师，老师正在挥毫泼墨予人写字。眼前的白描，跟网上的照片里一样，浓眉，大眼，脸上棱角分明，皮肤微黑，很有立体感，当我说及我是谁时，他放下毛笔快步走过来与我握手。接下来，他一边跟我说话，一边写字，我便在旁边欣赏他的书法，见落款上有“课石山房”四字，问他是什么意思，他说，这是他的书房名字。

白描在收笔前，予我写了一幅字：“观荷听雨”。或许他在知道我人生风风雨雨的经历之后，专意为我写了这样一幅励志的字。人生难免会有风风雨雨，就算是在风雨中，也应该依然能看到生活中的美好，只要持有一颗美好之心，所有的苦难都不算什么，都是烟云。

当日下午无课，白描出了书画室后，将他要请的几个同学叫齐，并且叫上了张俊平老师——我们年轻的班主任，我们便一起去了“花家怡园”。花家怡园在北京是名店，我们随着老师上了二楼，来到一个包间，白描让我们先坐，说还有几个人，让我们先等一下，一会儿就来了。人陆陆续续到了，其中有《人民文学》前主编、陕西的周明，有《民族文学》前主编叶梅，还有中国作家出版社的兴安老师，以及书法家张瑞田，还有几个我不太熟悉的。大家都落座了，白描一一给我们做了介绍，大家一起举杯，我们和老师们算是相识了。这几位老师，是我在北京最初认识的老师。

那一天，宾主相聚尽欢，我们几个学生都喝了点酒，因为高兴，也因为白描老师的盛情款待，不喝点酒，对不起老师的一番心意。

从那一日起，我算是真正认识了白描。后来，我听到许多关于白描的故事，有他在鲁院当院长时师生间深情厚谊的事，还有他收藏玉石的事，说有满满一屋子都放不下，以及他在鲁院所做的许多开拓性的工作和往事，还有他与陕西文人作家们之间的逸闻雅事，而我们来鲁院的学前教育，就放的是白描与鲁院的纪录片，包括现在，鲁院教学楼前的巨石上还刻着白描亲笔写的八个红漆大字——鲁院的校训“传承、创造、担当、超越”。为了留个纪念，我专门在镌刻着校训的巨石前照了一张相。

没想到，白描不仅喜欢玉石，还写了一部关于玉石的专著，书名《秘境》，这部著作的作品研讨会就是在鲁院召开的。研讨会那天，本来中国现代学院文学馆有专家在做文学讲座，但是因为白描的研讨会，我没有去，而是特意留在了鲁院，我知道，就算我留在鲁院，我也不能做什么，但是，我想，我应该留下来见证和感受一下白描的这场研讨会，或者说是凑个兴，也或者说是尽一个文学老乡的心意。那天，来的人很多，北京评论界的名家大腕都来了，还有我们陕西的师范大学走出的叶舒宪，陕西籍在京的白烨、王巨才、李建军和阎纲，有的，我已经听过他们的课，有的，是初次接触。此次研讨会由中国作协副主席李敬泽主持，研讨会开得很成功。研讨会上，我用手机拍下了许多照片，后制成了一个电子相册，算是予白描做个纪念吧。

在鲁院的四个月，我与白描只见了三次面，但是这样一位老师，却给我留下了深刻的印象。他博学多才，重情重义，在他身上，充满了长者和师者的风范，尤其对陕西的文人和作家，他给予了额外的关注。我想，陕西的那方土地，在他心中始终都是个抹不去也绕不开的结吧，因此，他才发自肺腑语重心长地说出了他对陕西文学的担忧和焦虑，因为爱之深，也便责之切。他是担得起“先生”这两个字的，在他身上，有着为人为文的德与品，亦有着对于文学的敬畏与虔诚，更有着文学于人类的道义担当和使命感。

见到文友魏锋转发的白描病中的文章，终于想为先生写点什么了，为先生的坚强，为先生的豁达，为先生的睿智，为先生胸中所藏的人间大道与大义，亦为先生的劫后逢生。先生一生为师，育就了无数的文人雅士，安居鲁院十多年，桃李满天下，为培养一拨又一拨的文学新人，贡献出了自己满腔的心力和真诚。先生是亲切的、博学的，先生更是可尊可敬的。人常说，好人一生平安，吉人自有天佑，像白描先生这样的忠德之士，连上帝都会眷顾的，他是一只被上帝咬了一口的苹果，却在岁月的阳光雨露中得以痊愈和康复，依旧光泽圆润。于先生，唯有祝福，祝福先生永享康年，生命之树常青！

一棵丁香树

门前的院子里，有一棵丁香树，那是父亲亲手栽下的。

栽它的时候，我们还是孩子，如今父亲去世多年，它都未能开出灿烂的花朵，也未能长成一棵参天大树，只是依然长在老屋的门前。

一个礼拜六，父亲回来了，手里拿着一棵小树苗，说是丁香，特意从街上买回来的。父亲顾不上休息，抄起锄头，来到院子的西南角，在菜园边上的空地上挖了起来，我看见父亲栽树，也到跟前凑热闹。

挖好了坑，父亲将小树苗栽上，培上土，用力地将小树周围的土按紧，然后从灶房里拎出半桶水，一瓢一瓢地给小树浇水，一边浇还一边说："这是一棵树，也是一棵花，它是一棵很坚强的树，也是一棵朴实无华的花。做人，便应该如这丁香！"

当时，我并不懂父亲说这话的含义，只是奇怪，栽一棵树，父亲怎么会说这么多!

丁香树很好活，没多久就长出了细碎的新叶，在父亲的精心照料下，它慢慢地长大了。只是，它一直没有开过花，年年就那么一树稀稀落落的小圆叶，我们看着，便都有些不喜欢，栽个这做什么呀，又不能吃，又不能看！

渐渐地，便没有人再理会那棵丁香树了，唯有父亲有事没事地爱在那树下转悠，看看它细小的圆叶，看看它疏疏落落的树枝，当看到它仍然健康地生长着，就笑笑说：“会开花的，它会开花的！”像是对我们说，又像是在自言自语，还像在自我安慰。

我们对于这棵丁香树，多半已经失去信心，尽管传说中的丁香很美，但是这是不是真正的丁香，我们倒有些怀疑了。碍于这是父亲栽下的，我们不好造次，要是旁人栽的，早就将它砍了烧火煮饭了。

又一年春天来了，门前的牡丹、月季、芍药竞相开放，红的、黄的、白的、粉的，姹紫嫣红，好不热闹，满院春花竞艳，流芳叠翠，暗香阵阵，随风入心。我们每天早晨和下午都会在这些花间徜徉、顾盼、流连，有时会在院子里待到夜色沉沉，只为这些我们喜爱的花儿。

一天早上，我起了床，脸还没洗，就来到院子中间。我在那一丛牡丹跟前端详着，昨天开过的牡丹，今天依然饱满，丝毫没有要谢的意思，我的心里顿时有些高兴。然后我又转到芍药旁边，轻轻地抖动着那些花叶上的露珠，突然闻到了一股不同于寻常的香味，我深吸一口，那是什么？我抬头四处搜寻，终于，我的目光锁定在那棵丁香树上：“丁香，丁香开花了！”我惊呼。

那棵多年都未开花的丁香树，在这个早上，树上竟然出现了一个个淡紫色细小的花苞，碎碎的，密密的，一个一个地挨在一起，虽然不是很多，但总算是开花了，让我们多年的盼望没有落空，也终于没有辜负父亲对它的深情和希望。

大家得知丁香开花了，纷纷跑出来，围着它观望，你一言，我一语，表达着我们的惊讶和喜悦。只见树上零零星星地聚着一小撮一小撮淡紫色的小花苞，浅紫泛着梨花白，朴素而安静，虽然花不是很多，也并不艳丽，但也足以让我们兴奋不已。一棵在我们家生长了这么多年的丁香树，总算可以为我们的庭院贡献一点春色了。

父亲周六回来，一跨进院门，我们就将这喜讯告诉了他。父亲包都没顾上放下，就疾步来到丁香树下，欣慰地抚摸着丁香树干，看着那树上为数不多的花蕊，两眼放光，露出满脸的喜色：“我就说它会开花的嘛！”“它再不开花，就对不起您老人家了！”大家都乐。

不久，父亲退休了，将岗位让给了年轻的同志，我们都说，你没到年龄，干吗退休啊？父亲说：“早退迟退都是要退的，反正年龄大了，让年轻人上来，给他们一个机会，他们能比我们为社会做更多的事。”单位给父亲开了个欢送会，父亲就这样从他工作了三十多年的岗位上回家了。

父亲退休后，操起了锄头，种菜、种地，春种秋收，忙个不停。我们都心疼父亲的身单力薄，但是父亲依然故我，每天在地里耕作，见我们劝他，便笑着对我们说：“没事，干点活儿，锻炼身体！”

于是，田间地畔就常常能见到父亲瘦弱单薄的身影，路人见了都会说，徐老师，你还种地啊？父亲就会说，种地好，有粮吃，有菜吃，还锻炼了身体！而后，路人再见了，便不再这么说了，只是客气地打招呼，徐老师，你种啥呢？或者徐老师，你锄草呢！父亲就从一个教师彻底地变成了农夫。

看着那个头戴草帽、弯腰弓背在地里干活的父亲，我想起了那棵父亲喜爱的丁香花，也才明白父亲说的丁香树是一棵坚强的树，丁香花是一种朴素的花，原来，这是父亲一直遵循的做人原则。

听母亲说，1957 年，柞水发生了特大洪水灾害，洪水淹没了整座县城，为了抢救医院的病人，父亲折断了一根肋骨，此后，便不宜再出重力。本来，父亲是可以按三级残废给予定级的，并给予一定的经济补助，但是父亲从来没有向国家要求这个，而且坚持如正常人一样工作，并且最后将自己的岗位让给了年轻的同志。

退休归来的父亲，尽管身体不好，还是每天坚持劳动，耕种不止，我们吃的粮食、蔬菜，无一不渗透着父亲辛劳的汗水。在家里没有水吃的时候，父亲就自己挑着扁担下河。父亲原是不能出重力的呀，可是他从不对人强调这个，不能挑满桶水，他就每次挑上两个半桶。我们不让他去，他就说："我是个男人呀，总不能还让你妈下河担水吧！"我们无言。

后来，我们兄弟姐妹各自成家，都像翅膀长硬了的鸟儿，一个个飞离了老巢，家里就只剩下父亲和母亲了，母亲先于父亲过世，留下苍老的父亲一个人独自看守着老屋。父亲依然悉心地看护着母亲留下的满园子的花草，悉心地看护着他那棵丁香树。每次回到老家，老屋依然如故，门前依然花红树绿，只是在岁月的风雨中，父亲一天比一天老，这让我不禁有些伤感，慨叹岁月无情、时光难留。

父亲蹒跚的步伐告诉我，他已经身心俱疲。在一个春日的午后，父亲提着一篮鸡蛋和一吊肉来到我居住的县城。当他从竹林旁边屋山花的路口走出来的时候，我正抱着孩子坐在门口晒太阳。见是父亲，我忙迎了过去，见父亲吃力地提着一大篮子东西迈着艰难的步伐，我心里就一阵阵发酸。我责怪父亲："来了就好，干吗要拿东西呀，自己又拿不了！"父亲说："今天是你生日，你妈不在了，我得来看看你呀！"我只觉得眼前一热，两行泪水夺眶而出，我怕父亲见了难过，就赶快背过脸去，拭去泪水。父亲啊父亲，你为孩子操碎了心，可孩子又能为你做些什么呢？

坚强的父亲终于没有抵得过疾病，一如秋风中的枯草和寒霜里的败叶，在一个冬日的夜晚，父亲去了，永远地去了，没有一点儿征兆和迹象地去了。接到父亲去世的消息，我们一个个傻了眼，全然不知所措，只感觉亲情的天空瞬间塌了下来。母亲去世后，父亲是我们在故乡唯一的亲情避风港，而今，父亲也去了，在我们没有一点儿心理准备的情况下去世了，去得这么突然，去得这么令我们猝不及防，一时之间，我觉得生命在被撕裂！

父亲死于突发性冠心病，其实这病他已得了多年，医生总让他休息，不要劳累，静心调养，可是父亲为了我们这个小家，为了一家人能有好的丰富的有营养的生活，全然没有将自己的病放在心上。我家门前方圆二三亩的土地，全赖于年迈的形容消瘦的父亲的耕种，除了家里吃，还带给我们兄弟姐妹们，一年到头，父亲忙得两脚不着地。

见父亲如此辛劳，我们常说，种不了就不要种了，您一个月有退休工资，自己花也够了。他总说，闲着也是闲着，种点菜，种点粮食，自己家里有吃的，也能给你们带一些，让你们吃到一些新鲜的绿色的食品。他自己挖不了的地，就花钱雇人挖，种下之后，就自己锄草、施肥。多年来，父亲已经养成一种习惯，每天的晨昏，都要沿着马路到他耕种的田地四周去看一看，看看庄稼和蔬菜的长势，哪里需要锄草，哪里需要施肥，哪里需要补苗，他伺候作物的认真和虔心，丝毫不亚于他以前教学生。尽管我们心痛父亲，但是父亲总不肯歇下。

可是，就是这般坚强的父亲，怎么能说去就去，一声不吭地去了呢？我们始终无法相信，满头乌黑、没有一根白发的父亲会去世，整天在田间地头干活的父亲会去世，时常给我们送东西的父亲会去世，一直在告诫我们做人要自强自立的父亲会去世。我们一直以为，父亲永远是刚强的，永远不知疲倦，永远作息规律，永远老当益壮，永远做我们生活的指南！

就在父亲去世的前几天，我回了趟娘家，父亲还特意去镇上给我买了我最喜欢吃的猪肝和猪骨头。父亲如此疼我们、爱我们，他膝下还有这么多的儿女需要他的关心和爱护，他怎么能说去就去啊，怎么可能舍下我们说去就去了啊！我一生辛劳的父亲没有在医院里躺上一天，没有睡倒在床上爬不起来，没有老到踉踉跄跄走不稳路，怎么会说没就没了呢？尽管我们都知道父亲老了，但是我们从来没有想过父亲会死，总觉得他会一直陪伴着我们，更何况以父亲目前的状态，“死”这个字似乎离他还很遥远！

可父亲还是去了，任我们怎样声嘶力竭地呼唤，任我们怎样的泪雨滂沱，父亲再也没有睁开他那双细小而炯炯有神的眼睛。埋葬了父亲之后，我给丁香树周围培上新土，希望丁香树能够继续旺盛地生长，以后再回到这老屋，屋里没有了父亲的身影，唯一能让我安慰的便是这丁香树了。

人去屋空。

老屋在岁月的风霜中一天天地凋零与衰败，墙壁上的白石灰已经严重剥落，朱漆大门上的油漆也已经严重褪色，门上的大铁锁生出了很厚很重的黄斑锈，满院的花草皆被好花之人移走，唯有丁香树有幸留存。是它的不事张扬，还是它的朴素淡雅，使好花之人手下留情，让它得以与老屋相伴，静静地为我们看守着曾经让我们乐居多年的家园？

入夜，我做了一个梦，梦见父亲化作一棵丁香树，他对我说，想家了，就回去看看，丁香树在家就在！我醒了，久久未能再入眠……

最后的婆婆

后天是婆婆落葬的日子，突然很想写一点关于婆婆的文字。婆婆落葬之后，便与我们阴阳两隔了，此后再想起婆婆，唯有看看她的照片，曾经熟悉的坚强的微笑着的孩童气的婆婆于我们便成了永远的追忆了。

婆婆咽气的时候，只有大儿子在跟前，也就是我的老公，女儿和小儿子都不在跟前。女儿去北京出差了，小儿子还在四川，因此婆婆一直咽不下最后那一口气，她想见他们，但是她又无法等待，因此，她顽强地同命运抗争着。她不想就此撒手人寰，她有太多的放不下，她有太多的期待，她眼含泪水，无助而又虚弱地望着她的大儿子，眼角流出两行混浊的老泪。老公伸出手，紧紧地握住婆婆骨瘦如柴的小手，想给她一点力量，给自己的母亲一点安慰。婆婆也紧紧地抓住大儿子，像是抓住了一根救命的稻草。母子四目相对，泪光闪烁。作为婆婆的儿子，老公多么地不愿也不想自己的母亲就此离去，哪怕婆婆能够多停留一时半刻，于他来说，都是极大的安慰。母亲在一天，他就是母亲的孩子，他还可以来看望她，母亲去了，他的生命中便会有一块空缺，这是别人给不了，也代替不了的。

老公眼里满是难过和无措，他不知道怎么做才能够挽救母亲的生命，才能让自己的母亲在世间多停留一会儿。母亲紧紧地抓着他，他只有用力地回应，紧紧地抓住母亲，他希望他能够将自己的母亲从病魔的手中抢回来。他们娘儿俩就这样使劲地紧紧地相互抓住对方，任凭医生和护士在一旁手忙脚乱。医生一会儿给她吸氧，一会给她清痰，都没有缓解婆婆的痛苦。婆婆眼睁得老大，大口大口地喘着气。医生见此情形，下了病危通知书。老公握着婆婆的手，无可奈何地用颤抖的手签下自己的名字。医生拿来心脏起搏器，对婆婆进行最后的抢救。

婆婆大张着嘴，急喘着，一口一口，上气不接下气。此时的婆婆，卧在床心，单薄瘦弱得像一个十一二岁的小女孩，完全失去了往日的倔强和好强，脆弱得就像风中断了线的风筝，随时都有被折断的可能。可是，她有那么多舍不得的亲人，她拼尽全力想要活下来，想要观望到自己的子女，等待着自己的孙子长大，还想看着那些孙子们一个一个地给她娶回孙媳妇，她有那么多的愿望还没有实现，她怎么能安心就此离去？

若论婆婆的一生，可谓是负重累累的一生：不仅要照顾在上海的公婆，还要照顾远在四川的姨妈家的六个孩子，供应他们上学和生活。因为生活负担太重，她只生了三个孩子，生活也已非常艰苦，但是她从来没有喊过苦叫过难，她用她的勤劳和顽强撑起三个家庭的生活，硬是让每个人都平稳正常地生活着。大姐初中毕业，农场附近没有高中，为了能让女儿继续学业，婆婆就将大姐送到五六十里开外的兰都县城。青海这地方人迹稀少，路途荒凉，来回一趟要走四五个小时，婆婆为了能让女儿安心学习，每个星期都要徒步去女儿所在的学校给她送吃的和换洗衣服，最终女儿以优异的成绩考取西安音乐学院。她不仅在生活上竭尽所能，无私地关爱每一个晚辈，在工作中也兢兢业业、任劳任怨，凡事身先士卒，做在前面。作为护士长，她每天亲自下到冰冷的河水中清洗绷带和床单，说到婆婆，她的同事们总会由衷地夸赞并饱含敬意。在婆婆生病的几年中，那些她曾生活过的、工作过的地方的许多人频频来看望她，四川的，青海的，上海的，隔着千山万水，有的还一年来一次。我深深地感觉到，很多人是记着婆婆并发自内心地敬重婆婆的，他们是真心地念着和惦记着婆婆，婆婆以她无私而包容的人格魅力赢得了他们的尊重和爱戴。

要说婆婆的病，还得从她年轻的时候说起。婆婆中学毕业后就参了军，也就是在那时，婆婆认识了公公，婆婆看上公公的帅气，公公相中婆婆的美丽，他们结为革命伴侣。后来，服从国家号召，年轻人都到最艰苦的地方去锻炼，婆婆和公公就双双响应号召去了青海。那是一个劳改农场，因他们都是医护人员，就被安排在那里做医护工作。在那里，一干就是近二十年，婆婆也落下了病根，常常气喘、咳嗽。青海属于高原地带，地高气寒，年长日久，高原上强烈的大气压导致婆婆肺部严重收缩，扩张功能越来越弱。年轻时，常觉得气不够用，年龄大了，呼吸愈发困难。

婆婆真正住进医院，是在四年前的那个夏天。那一次，婆婆由于洗澡导致感冒，引发了哮喘，此后便整天整夜咳喘，好多天都不见好，一喘就喘个没完，上气不接下气，喘得胸部疼痛，脸憋得通红，有好几次，都喘得背过气去，天天吃药打针也不管用，后来双腿僵硬不能行走，被送进了医院。经检查，医生说肺功能已经衰弱到了极点，需要用呼吸机辅助养护，否则，病人会有生命危险。婆婆在医院这一住下，便再没能坐起来，也再没有从医院出来。

自从婆婆住进医院，家里最大的事便是照顾婆婆，家里人得轮流去看护婆婆。年轻人各有各的工作，不得不请保姆，大家商议之后，请了一个稍微年长的保姆，为的是细致有耐心。保姆四十多岁，身强力壮，专职看护婆婆，家里其他的人轮换着探望，旁人隔三岔五的去。公公每天必到，不论刮风下雨，这一点让我感动不已。婆婆年长，公公也已年长，公公年长婆婆三岁，一个八十岁的老人，天天乘着公交车去看望婆婆，我时常担心，怕公公被挤倒发生什么事情，但公公说，没事，我年龄大，现在的年轻人好，每次上公交车都有人让座位，不会被挤到的。果然，几年时间，公公坐公交车没有出过一次事情，这让我们好不欣慰，感慨现在的年轻人还真是不错，挺有礼貌，懂得尊老。

公公每天在医院和家之间奔走着。因为婆婆有病，公公便成了一个有事的人，来医院看望婆婆成了他每天的工作，早上十点准时来，下午三点再走，给婆婆喂饭，跟婆婆聊天，给婆婆擦身子，婆婆心安理得地享受着公公的陪伴和照顾。病中的婆婆每天盼着公公的到来，那是她一天中最大的盼头，这一点，我是在公公病中感觉到的。一次，公公痛风发作，不能行走，中间有一个月的时间不能来医院，婆婆就在医院生气、发脾气。保姆打来电话，公公着急，就每天给婆婆写信，让我们在给婆婆送饭的时候捎去，写他的病情，在家里吃什么药，每一天的状况怎么样。有几次，我对公公说，你把要说的话说给我们，我们给带到了，也是一样的，干吗还天天写信呀？公公说，那不一样的，你们带的话，她看不到，我写在纸上，她就能够真实地看到，见到我写的字，她就会安心的。我们能够感觉得到，婆婆的小性子中有着撒娇的成分。我偷偷地笑公公，你看你和妈，都这么大年纪了，还鸿雁传书，比我们年轻人都浪漫。公公得意地笑了，那笑容中有着一份自豪和爱情的甜蜜。

看着公公和婆婆，我常常心里感慨并感动，现在的人动不动闹离婚，看到了他们，才让人明白什么是真正的爱情，那就是不离不弃，风雨与共，相濡以沫，在患难之中还能相依相偎。婆婆患那么久的病，公公没有因为婆婆一病不起而不管不顾，而是每天去看望她、照顾她，给她精神上最大的鼓励和支持，让她知道，还有人爱着她，还有人在乎她，还有人愿意自始至终陪伴她，这应该是婆婆与疾病抗争的最大的精神支持和动力。对一个病人来说，医院的治疗占一部分，个人的意志力占更大的一部分，如果一个人有着强烈的生的愿望和渴求，那么阎王爷也会让她三分。我以为，婆婆就是这样，她是因为有着公公的爱，才顽强地同疾病做着长久的抗争，以至于在极端严重的病况下挺过了整整四个年头。

四年的时间，婆婆一直在病床上躺着，一个好人睡久了也会成为病人，更何况是本身病重的婆婆。自从婆婆住进医院，就开始消瘦，一天比一天瘦，一个健壮的老太太硬是给瘦得脱了形，没了人样，她的脸干瘪着，胳膊和腿瘦得就像一根一根的柴棍，完全没有一点儿肉的弹性，松松的一张皮搭着。看着婆婆，常常让人生出一种无法言喻的心痛。每次托起婆婆的身子，给婆婆翻身或者擦身的时候，就觉得婆婆轻得像是一束干花或是一把稻草，偌大的一个人，瘦得没有一点儿分量，实实让做子女的怜惜和心痛。每每走进医院，看到病床上的婆婆，我心头就会涌出一股无边的酸楚。

瘦归瘦，但婆婆依然坚强，精神状态颇好。她头脑明晰，思维清楚，有着一双鹰一般犀利的眼睛，她在看人的时候，会让人觉得有一种能洞穿人内心的审视，让人不敢有任何的敷衍。对子女，她常常很严厉，严厉到近乎咄咄逼人，大有一种恨铁不成钢之意；但对外人，她又是温和的、慈祥的、亲切的，并流露出一种礼貌而谦和的微笑，彬彬有礼又不失风度。虽然在病中，她依然让人感觉是一个优雅而修养极好的老妇人。

在婆婆的三个儿女中，老公和姑姐是照顾她最多的。婆婆的小儿子在四川，因为路远，一年才能来一次，多在过年的时候，提前来西安待上十天，陪陪老母亲，然后又得赶回去陪自己的老婆和儿子过年。婆婆一生要强，就算在病中，也依然是要强的。她不肯被冷落，因此要她的儿子女儿孙子外孙常常来看她，尤其是老公和姑姐，几天没来，她就会生气。别人来了，她都是笑脸相迎，倘若这两兄妹几天没来，她就会黑下脸，来了也不搭理，如果刻意去引逗她，她会狠狠地伸出手，打上几巴掌，满屋子人都知道婆婆生气了，皆笑，打过之后，她出了气，又好了，又迫不及待地想知道这知道那。人言老小老小，年龄大了，也会任性和刁蛮得像个孩子，但她只是限于她的儿子女儿，对旁人却不这样。她的心里是明白的，谁是可以撒娇的，谁是不可以撒娇的，她心中跟明镜儿似的。

婆婆字写得很好，甭看她那么瘦弱，但写出来的字却是有力的，一笔一画，苍劲舒展，透着力道。自婆婆入院后，脖子上插了管，不能说话，与人的交流一般就是用笔写，因此，在她的病床上常放着一个小本，本上绑着一支笔，来人了，微笑点头打过招呼后，便用笔交流。在她病中，最费的不是卫生纸，而是写字的本子，几天一本，频频更换。婆婆除了不能说话、不能离床，意识和思维同正常人没有什么两样，同样是重症监护室，同屋的人走了一个又一个，唯有婆婆依然清醒地治疗着，坚守在这间病房里。当然，婆婆对于这一切已经习惯了，又加之以前是医生，早已见多了生死，见怪不怪。

多数时候，我只在周末才能去看婆婆。对于媳妇，婆婆是宽容的，也是理解的。她知道我工作忙，不曾怪罪于我，每次去的时候，我唤她一声“妈”，她就满脸溢足了微笑，用手暗示我坐在她床边的单人沙发上。我听话地坐下，问她吃饭了没有，喝水不？有时，她想喝水，也会跟我比个“喝”的动作，我就将水兑温喂给她，她轻轻地喝两口，表示喝好了，我便放下；陪她说一会儿话。一写来，一写去，时间倒也过得很快，眼见不早，到吃饭的时间了，她便让我去吃饭，吃完饭回去休息。她的体贴与善解人意让我温暖和感动着。我父母过世得早，我便将婆婆和公公当成了自己的亲生父母，对于他们，我没有任何的嫌弃和不耐烦。记得有一年过年，我还专门去一座庙里给婆婆祈愿，希望婆婆一切安好，少受一些病痛的折磨。每年过年，我都会给她包上一个五百元的红包，祝福婆婆早日恢复健康。虽然我知道病中的她没有丝毫花钱的机会，但总希望在过年的时候能让她高兴一下，让她觉得我们并没有因为她有病而轻视她、怠慢她。尽管，我们每一个人心里都知道，婆婆的病是早晚的事，但是总不愿相信那一天会真的到来。

疾病终是无情，尽管医生对婆婆进行了竭力挽救，但婆婆还是去了，婆婆在老公满眼的不舍中松开了她骨瘦如柴的双手。

接到老公的电话时，婆婆已经离世，我满怀悲怆，迅速赶了过来，婆婆已经穿戴整齐，送进了殡仪馆。我是在殡仪馆里见到婆婆的，工作人员已经将婆婆打扮好，婆婆的眼已经在工作人员的协助下闭上了，只是嘴还一直张着，她终是千般不甘万般不甘地咽下了最后一口气，她走的时候，我们都没有在场，只有老公一个人在跟前陪伴着她，连公公，她最亲爱的丈夫都没能赶到现场，就在那短短不到半个小时的时间里，她生生地被病魔夺走了生命。她肯定还有很多话要说，还有很多很多人想见，她的外孙已经给她讨到孙媳妇，只是还没有到合适的时候带来相见，可是，她却在那样一个秋日的早晨，在天刚刚微明之际，在又一天初启的时候，带着遗憾与不舍走了，走得那样仓促，走得那样痛苦，走得那样充满挣扎。我多希望她是在睡梦中去的呀，多希望她在临终前少受些痛苦和折磨。

其实，在婆婆离世的前一个周末，我还去看了她，她清醒着，眼睛依然明亮，我一走进病房，她就冲着我笑。保姆说，今儿还挺高兴，见着儿媳妇，看把你高兴的！她愈发笑得欢实。我给她剥了一根香蕉，她只吃了一点点，说是放着一会儿吃。婆婆自病后，吃东西很少，只吃一点儿自己喜欢吃的东西，比如稀粥、汤圆、香蕉，有时还要吃一点儿巧克力，多数时候是靠蛋白粉养着。因此，在病房中，香蕉一年四季都是不缺的，吃完了就买。我因为口腔溃疡，那一天情绪也不佳，在病房中硬撑着待到下午，晚饭时因嘴疼吃饭不便，婆婆让我回家休息，我就离开了医院，没想到那一见竟成了与婆婆的永别。

后天就是婆婆下葬的日子，我的心里沉甸甸的。婆婆的一生，几经转折，颠沛流离，最后在病床上走完了。四年的时间，她用自己最大的毅力支撑着、抗争着，最终也没能赢了疾病。再过两个月，就是她八十岁的生日，可她的生命永远地定格在了七十九岁，终没能爬过八十岁的门槛。我一直觉得，婆婆是笑着走的，因为她是用她的乐观和坚强走完了自己的一生，纵然有遗憾，也是值了。

人生没有永远的花好月圆，月圆是常态，月缺也是常态。婆婆的离开，让我们的生活和心灵出现空缺，但这也是没有办法的事，相信时间是最好的医生，它会疗治我们心灵所有的伤痕。对于已故的婆婆，我们最好的思念便是健康地生活、努力地工作，我们做子女的幸福与安好，相信会是她永远的牵挂。

婆婆走后，秋天便真正铺天盖地地来了，放眼四野，满目金黄，而此时，婆婆已在云端上。四年了，她没有好好地看过一眼春夏秋冬，于四季，她已经是久违了。在病床上，看不到春天的花、夏天的雨、秋天的果、冬天的雪，而这些，一直都是她期盼的，在她想极了的时候，她会让我们照成照片给她看。今天，她可以安坐云端，尽情地观览，想必她是欢笑着的。

我仰望天空，仿佛在云层中看见了婆婆安详的笑脸。

此时，正有大雁南飞……

云端上的骑手

红柯去了，消息我是在微信朋友圈里见到的，这个消息像是玩笑，一个好好的人，怎么能说没就没？

我立马在微信上急讯了朋友，朋友的答复是肯定的，万分确凿的，红柯是去了，凌晨四点去的，死因——突发心肌梗死。

闻此消息，犹如晴天霹雳，我呆呆地立在风中，半晌回不过神来。红柯死了，红柯真的死了！那样一个英气勃发、虎气生生的老师，怎么会说死就死呢？苍天无眼，老天弄人呐，这样一个优秀的作家，为什么不假以时年，让他的生命长一些、再长一些，让他尽可能多地将他的思想和智慧贡献给人类？为什么就这样早早地夺去他的生命，而且是以迅雷不及掩耳的速度？这太残忍了，也太残酷了，让人来不及相信，来不及接受。生命怎么可以这样无常，这样脆弱，这样经不过风雨雷电的袭击和考验？一个鲜活的生命竟然在新年欢天喜地的日子里仓促离世，那么出人意料，那么让人猝不及防，那么让人难以置信。他昨天买下的书还来不及看，他请朋友吃饭的约请还没有兑现，他三月即将在曲江书城的讲座还没有举行，这么多的事情都还没有了结，怎么就这样匆匆地离去了呢？红柯老师呀，红柯老师，您真是让我黯然无语。

我问苍天，苍天不应。我问大地，大地不答。我将目光再次投向朋友圈，朋友圈已经刷屏，满世界发布的都是红柯老师离世的消息，这个消息犹如一颗重磅炸弹，迅速在朋友圈爆炸、发酵，散发到全国各地，我也发布了一条悼念红柯老师的消息：“一个优秀的作家走了，自此，这世间将不再有红柯，唯有他的作品在静静地散发着墨香，祈愿红柯老师一路走好，致哀！”以此表示我对老师的痛惜、惋惜和怀念，也为陕西文坛丧失一员猛将而倍感遗憾。

2018 年 2 月 24 日凌晨 4 点，红柯老师的生命就此定格，定格在永远的 56 岁，狗年农历的正月初九。

红柯老师，原名杨宏科，宝鸡岐山县人，中国作协会员，陕西省作协副主席。他的作品刚健豪迈浪漫辽远，中西部文化交融，集浪漫、活力与野性于一体，是一位深受读者欢迎的小说作家。他曾四次入围茅盾文学奖，获鲁迅文学奖和庄重文文学奖等多种奖项，是陕西文坛的一名先锋作家和实力猛将。

认识红柯老师是在陕西省文化厅百名文化艺术人才培训会上。那天，红柯老师是以培训讲师的身份出现的，那次一同来讲课的还有我熟知的高建群老师和杨乐生老师，红柯老师是在我们培训的第三天来给我们讲课的。当时正值深冬，他穿了一件毛衣，外带一件马甲走进讲堂，一头的自来卷卷发恣意地趴在他的头上，半似胡人，半似汉人，让人感觉特别与众不同。他红光满面，精神抖擞，往台上一座，放眼一望，声音便如响钟一般出来了，在座的我们精神也为之一震。他的课讲得很生动，完全可以用“眉飞色舞”四个字来形容，他一边讲，一边辅以姿势表达，声音激越，昂扬勃发，一会儿摸摸头发，一会儿托托头，一会儿单手摆动，一会儿双手挥舞，听他的课，就像是在听一堂神采飞扬的演讲，坐在台下的人再怎么思想不集中，也无法忽略他这样一位老师。他的出现，让我有些兴奋，最吸引我的是他讲课时生动的表情和他的激情。他一开腔，便滔滔不绝、洋洋洒洒，似大江奔流，似飞瀑流泉。我就在想，不愧是大学教授，不光肚子里有货，而且能倾吐得如此自如，这便是老师所长。当然，这一天他的课我是认真地听完的，他对于文学的很多观点我都非常认同。课后，有人上去跟他合影，因为他是我慕名已久的作家，所以，我也去跟他合了个影。我介绍说："我是鲁 29 的徐祯霞。"红柯说："那咱们是同学。"我说："不敢，您都应该是师叔级的了。"他说："师叔不敢当，师兄就行。"见红柯如此随性、亲切，我心里更生出了爱戴之情。

第二次见红柯，是在中国作协会员培训会上，会议地点在西安的常宁宫。我是在报到当天中午到的，会务组将我和陈敏分在一个房间。我去的时候，陈敏和商洛的中国作协会员已经到了，我放下东西，便和陈敏约着出去走走。我们站在常宁宫的大门外正在四处打望，便见红柯提着一个布兜从常宁宫里疾步走来，远远地见着是红柯，我们便笑着迎上去，同他打了个招呼："红柯老师，您好！"他见到我们，一边擦额头上的细汗，一边说："你们来得早呀！"我说："我们商州这边的，路远，所以便早点过来了。"见他往出走，我便问："红柯老师，您去哪呀？"红柯说："我刚报到过了，这就回家呀！"我有点惊讶："这儿不是管住宿和吃饭吗，您干吗还要往回跑，来来回回跑来跑去的多辛苦呀？"红柯说："这还早，待着也没事，我回去还要写作呢！"我说："红柯老师，大家都在，一起聊聊，放松下嘛，写作还天天给自己定任务呀？"他说："可不是吗，我现在正在赶一个东西，明天一早再过来。"我们说着话，公交车就来了，红柯同我们道了别，就匆匆迈上了公交车。

在培训的几天中，红柯天天来，只中午饭在常宁宫吃，下午培训结束，照旧回自己的家。培训会最后一天的中午，我跟韩晓英和王晓云说，咱们陕西的鲁院师兄妹合个影吧。他们都说好啊，那我们去跟大家说说，一起照相留个纪念，平时，难得像今天这样聚得齐。我的提议得到了大家的一致附和，当时有夏坚德、杨莹、周宣璞、刑小俊、延安的魏建国和成路、王晓云、韩晓英及我和红柯，高鸿本来是在的，可那天因为有事提前请假走了，因此那次培训中的鲁院校友少他一人。照片是我邀陈仓给我们照的，他很热心，跑来跑去地给我们照了好多，还这样那样的给我们设计姿势。红柯很配合，一直陪着我们照。我们换了几个地方，樱花树下，还有常宁宫中的休闲园中。大家一边照相一边聊天，四月的天不是太热，但红柯脸上一直冒着细汗。我说："红柯老师，您咋那怕热？"红柯说："我胖，老怕热！"当时天气也确实很好，春天的太阳明灿灿的，照着常宁宫的每个角落，院里的樱花和紫藤都开得正艳，很多蜜蜂和蝴蝶在院中飞舞，我们一边拍着照片，一边逗着趣，聊着文学，平时难得这么放松地相聚，大家好像都有说不完的话，一直到吃饭的时候有人喊，我们才意犹未尽地散去。

再一次见到红柯，是在中国和哈萨克斯坦作家交流会上。当时，红柯作为中方作家代表，我记得会上还有高建群、吴克敬等陕西作家，活动为期两天。这两天的时间红柯都来了，记得第一天在跟红柯碰面聊天时，我说："红柯老师，我好喜欢您的作品，您作品里的那种浪漫开阔与野性，没有在新疆生活过的人是写不出来的，其实是新疆的那段生活经历成就了您，那种异域风情的质感，让您成了一个与众不同的作家！"红柯见我如此说，连连说："谢谢，明天给你带一本书来！"我说："那太好了！不过，老师您一定要记得签名哟，签了名的书才有意义，上面有您的印迹和温度，才能见字如人、见字如面，见到您的书，就如同见到了您本人一样亲切。"他说："没问题，一定给你签名。"第二天，他依然是匆匆地赶来，来的时候，我们一群文学后辈正在同哈萨克斯坦的作家合影，他来了，挥着书向我招手："徐祯霞，来，书我给你带来了！"我忙跑过去，他将书递到我手上，脸上依然冒着汗珠。我接过书，书名是《少女萨吾尔登》，打开扉页一看，上面签着“徐祯霞女士雅正”，下面落款“红柯”，日期为“2017年9月8日”。在签名的上面，还备注了一行字：“《十月》长篇小说2014年5期发表，写天鹅与雪莲拯救人类”。看这签名，便知红柯是一个认真的人，将该书所发刊物和所写内容都给注明了，让受书人一看，就知道该书写什么内容。当然，他这签名，也引发了我的兴趣，天鹅与雪莲拯救人类？这一定是一本很有意思的书。果然，书拿到手，就不能放下，会后，我用了两天时间将这本书读完，掩卷，天山美丽的自然风物以及红柯对万物的悲悯与忧患，便深深地留在了我的脑海。

最后一次见到红柯，是在中国作协副主席李敬泽的《咏而归》新著分享会上。那一日，恰逢周末，我回到西安的家中，有文友告知，李敬泽作品分享会在西安曲江书城召开。在北京鲁院，与李敬泽老师有过数面之缘，他给我们授过课，还在几次活动中见过。因此，他来西安，我又恰在西安，是应该去看看的，并且他还在西安举行作品分享会，这个是一定要去的，为崇敬，也为对老师作品的喜欢与好奇。这本《咏而归》到底写了什么呢？看书名，有点循道问道的意思，但究竟写了什么，只有看了书才知道。对于李敬泽老师写的古文化散文，我总有一种说不出的喜欢，读过他的《天下之客》《小白大白》《风中之信》《卫国之肝》等，感觉这哪里是小春秋，简直就是大春秋，一个小的历史事件，在他的笔下，风生水起，笔墨汹涌，小事件呈现的却是广阔的舞台和历史画面。想想，北京作别，转眼已是一年有余，现在有幸在西安聆听他的作品分享，那当有一种久别重逢夙愿得尝之感。我早早地到了，到时，李敬泽主席还没到，嘉宾老师都还没有到，那一日的嘉宾是众所周知的当代著名作家贾平凹。贾平凹是中国作协副主席，最主要他是陕西省的作协主席，作为东道主，他义不容辞地出席了这场活动，我想这场活动也是他策划的。还有获得鲁迅文学奖的穆涛，他是《美文》杂志的常务副主编、鲁迅文学奖获得者，曾编发过我的文章，也是一位我非常敬重的老师。他们都没来，我便看人群中有没有我熟悉的人，正在左顾右盼之际，红柯来了，他仍旧提了一个布兜。我惊喜不已，忙打招呼："红柯老师，您也来了呀？"他说："李敬泽主席不是来了么，正好来看看他么！"我说："我也是想来看看李敬泽老师！"然后打趣地问，"您兜里装的啥，这么一大包？"他很坦率，拉开兜就让我看："给李主席带了点石子馍，现做的，昨天排队排了好半天才买上的，北京啥都有，不稀奇，这个纯手工做的，吃着放心，没事了嚼着玩，挺有嚼头的。"听他如此说，我眼里露出了赞许之光："红柯老师，您真有心，我就没有想到这一点。"红柯说："这也没啥，不值钱的，吃着玩嘛。"人说千里送鹅毛，礼轻情意重，李敬泽老师一定会喜欢的。拉罢闲话，有人陆续就座，我说："红柯老师，您坐哪？"问罢，又接着说，"您是大腕，您坐第一排吧！"红柯说："坐啥第一排，坐这就行。"于是在我旁边的椅子上坐下。那一天，我们依次坐过去的有红柯、我、陈毓、南南千雪。摄影家田建国来了，见到我们打过招呼，说："来，给你们几个照个相吧！"我说："好哇！"于是，他对着镜头，给我们连拍了好几张，有几张还是我们四个拿着《咏而归》照的，其中有一张是红柯拿的书，但照相机一照，视觉错位，好像是我拿着的。没想到的是，这张照片成了我和红柯老师最后的合影。

那天会后，我们目送着李敬泽主席离去，我问红柯："您往哪走？"红柯说："往小寨这边。"我说："那赶巧了，我也往那边。"于是我们同行，一起坐的公交车，在车上，我要刷卡，红柯没让，他给我刷了卡。车上人很多，我们转向车后门的地方站下，车行驶了一段时间后，一个人下，红柯让我坐，我说："您是老师，您坐！"结果我们都没坐，让来让去，旁边一个人见我们都不坐，就望望我们说："那我坐！"红柯说："好，你坐！"他坐下了，我们相视一笑，仍继续站着说话。一路上，他跟我聊了很多文学方面的话题，他的小说，他的写作，还有他在文学方面的看法，我也跟他聊了散文与小说的写作。他说让我写散文，也可以写写小说，能写散文，一定也能写小说的。后来才知道，他原来是写诗的，后来转型写小说，难怪会对我说这番话。当然，他的转型成功，跟他的西域生活有关。车到站后，我往南，他往西，我们在小寨十字处分手，他还嘱咐我，一路小心点。

谁能想到，那一别，竟成永诀。

世事的无常，人生的难料，有谁可以想见？生命有时坚如磐石，有时又脆若芦苇，有的人历经磨难，九曲十八折，仍然能耗过生命的几十年，有的生命，一摧就折，正如这红柯。他原本应该是顽强的，因为在他的身上，体现着一种勇士的精神和作为，或者说他是一个文学的斗士，对于生命，对于文学，他是不屈的。他从西府走到新疆，又从新疆回归到陕西，他的生命，不仅有着顽强，而且透着新疆人的剽悍和骁勇。可是，恰恰是他这样一个热爱生活、热爱生命的人，却被生活的风雨雷电瞬间击倒了，不留一线生命的喘息。红柯走了，带着大漠的辽远和人生的况味，在 2018 年春天来临的时候走了。于是，这个春天不再欢欣雀跃，而透着一种生命无常的悲伤和无奈。

柞水离西安并不遥远，本应亲去祭拜，焚上一炷香，奈何单位连续四场演出，不能拔身，遂撰诗一首，送上一个文学后辈对同门师兄和老师的纪念、怀念和悼念，祝老师一路走好，文心永在！

诗祭红柯

此时　我正在秦岭南麓的柞水 / 惊闻红柯仙逝的噩耗 / 我打了个趔趄　差点摔倒 / 红柯没了　一个如狮子般的勇士没了 / 竟然是被一阵风吹走的 / 而这阵风　恰恰是春风 / 春风没有吹醒河流 / 春风没有吹绿柳树 / 春风更没有吹开桃花 / 却将一个生命力茁壮旺盛 / 激情满怀　正当壮年的作家带走了 / 我站在风中　半晌不能言语 / 心中盈

满了痛惜惋惜和感伤 / 这不是红柯应该走的年龄呀 / 我问天　天不答 / 我问地　地不语 / 我问春风　春风装作没听见 / 我只有朝着西边的天空深深地鞠了三个躬 / 献上一个文学后辈的祭奠 / 我多想 去看看红柯 / 送上红柯一程 / 可手边的事千头万绪　不能抽身 / 总以为未来很长　相见的日子很多 / 总以为是同道　可以一直相伴在文学的路途 / 可苍天无眼　人生无常 / 徒留一腔遗憾与惆怅 / 谁说春风没有罪 / 吹得人间净是悲和泪 / 看春风浩荡人间却再无红柯 / 只有墨香留与后人追

——鲁29　徐祯霞遥祭

2018 年 2 月 26 日，是红柯老师西去的日子，从此，红柯真正地成了一名西去的骑手，一跃跃上了云端。我站在柞水的土地上为他送行，默默地为他祈祷，祝他一路走好，魂安天国！

此后，红柯能留下的只有他的文字，还有他那亲切和善敦厚的脸庞，以及对于后辈谆谆不倦的教导。

第四辑　红尘物语

吹糖人的老汉

初冬的午后，我漫步在街头，安享一份假日的闲适。

见众人围聚在一起，不知何故，出于好奇，我便凑上前去，原来众人围住的是一个吹糖人的老汉。

不见吹糖人的，已有多年。记得儿时有个吹糖人的，隔三岔五地会来学校门口摆上一摆，大抵是利用闲暇时间，赚个小钱，混个闲情，每每下课或者放学上学之际，我们这些贪玩的学生就会立在旁边看上一阵。手上有钱的，买上一个，图着它好看好玩，最后还能吃掉。没有钱的，就看看热闹，舔舔舌头算了，在自己心里臆想一下，过过眼瘾。但他的存在，让我们的生活多了很多的甜味和童趣。可摆着摆着，吹糖人的就不见了，据我猜测，可能是不赚钱，也可能是吹着吹着就去了别的地方。总之，吹糖人的再也没出现。

这个吹糖人的老汉，勾起了我童年的种种意趣。我以为这种手艺已经失传，或者说是绝迹了，没想到又见到了吹糖人的人，这让我突然有了一种失而复得的欢欣。

老汉的行头很简单，一辆自行车驮着一个水桶粗的小炉子，炉子上架着一个锅，锅上热热地煮着一锅糖，糖中冒出暖暖的热气。自行车的侧面绑着一个三层的细木头架子，用来插老汉吹好的糖人，架子上已经插摆着一些，有猪、老鼠、鸡、牛、虎之类的，有要现做的，老汉就用热糖现吹，有要做好的，老汉就直接从架子上取下来。买糖人的多是一些被家长带着的孩子，也有一些少年，有的是根据自己的属相，有的是根据自己的喜好，反正，这些动物在人的眼里都是有趣的、可爱的。

一对父子走了过来，儿子对父亲说："爸爸，你看，你看！"两人兴致勃勃地来到吹糖人的老汉跟前，那父亲对老汉说："做个糖人多少钱呀？"老汉说："五块。"他低头对儿子说："给你做个兔子吧！"儿子开心地说："好，好，好！"父亲就对老汉说："来，给做个兔子！"老汉应着，就着手做了起来，他用筷子从热锅里搅起一团糖，放在掌心中揉搓起来，先是揉成一个圆团，然后就像包元宵一样，往内心按出一个窝，然后再将口收拢，拉长，约有两三寸，再将拉细处放在嘴边吹。糖团经他一捏一提一拉，便变成了嘴、耳朵、四肢和身体，然后根据兔子的特征揪出一个短短的尾巴，瞬间，一只活灵活现的兔子就出现在众人眼前。旁边的人不停地赞道：绝活，绝活，真的是绝活！那父亲见兔子做好，又说："再做一个大的，将小的背上！"听他此言，我不禁问道："你们父子都是属兔的吧？"那父亲说："他跟他妈都属兔！"我笑了："想你这么做，定是有原因的！"众人理解地笑了，那父亲也不好意思地笑了。一个男人能时时心中放着一个女人，想想，那该是幸福的一家人。

又有一个小孩，要了一只狗，又要了一只老虎，做好的糖人刚拿到手，他就让它们俩打架。谁知，这一打，"啪"的一声，狗和老虎都破了，小孩便呜呜地哭了起来。小孩的妈妈说："不哭不哭，这不能让它们打架，你咋让它们打架呀，不哭了，不哭了，咱们再让爷爷重新给你做两个，好不好？"小孩听妈妈如此说，停止了哭声，低低地抽泣着："好！"

老汉迅速地给小孩做好了糖人，小孩拿着两个新做好的糖人，转啼为喜，开心地跑了，老汉忙说："慢点，慢点，别又碎了！"小孩的妈妈略有不好意思地说："刚才的碎了，这两个能不能少点？"老汉说："少，少，给你少的，这两个就给八块钱就行了！"小孩妈妈感激地说："谢谢，谢谢！"掏出钱给了老汉，就去追小孩。老汉在后面嘱咐道："这碎了的糖人能吃，别扔了，麦芽糖做的，能止咳嗽。"

旁边的一个小姑娘听了，问道："爷爷，这糖还能止咳嗽呀？"老汉说："是呀，这糖吃了能止咳嗽的，这是家酿的麦芽糖，好玩，还能吃呢！"谁料小姑娘说："我妈妈这几天正咳嗽呢，我让她也来买糖人吃！"说完，转身就像小燕子一样飞走了。我不禁为小姑娘的可爱与孝心所感动，这世间最宝贵的莫过于一颗纯洁无邪的童心。

又有一个老人带着两个孩子来了，估计一个是孙子，一个是外孙，两个孩子一个要了龙，一个要了牛，两人拿了老汉新做的糖人，欢天喜地，你追我赶，绕着老人直打转转，老人急得一个劲儿地喊："慢点，慢点，别摔着了！"两个孩子自顾自地嬉戏着，一脸的阳光灿烂。

见糖人会碎，我便问做糖人的老汉："大叔，这样的糖人能保存多久？"老汉说："不碰不撞，可以一直保存，就怕下雨，一下雨，就软了，变形了！"听了他的话，我又发出另一个疑问："那天热，就比如说夏天，它会软吗？"老汉说："不会，它不怕热，就怕潮！""唔！"我若有所悟地应着。

老汉做糖人，其实做的全是动物，并非做成真的糖人，男人或女人，抑或小孩，或许，在从艺人的眼里，这也是一种禁忌，因为这些糖人是供人吃、供人把玩的，而人是不可以吃人，或者说随意玩人的。这，关乎敬畏，关乎道德，关乎人性的伦常，关乎对同类的友爱与尊重，因此，当有人问到他这个问题时，他只是摇头，一个劲儿地说："不做人的，不能做人的！"老汉讲不出来大道理，但他心里是有着道德的标杆和标尺的，或者说是行业规则，而这种规则体现的，正是我们人类生生不息繁衍的文明。在从艺人的眼里，糖人是对有动态生命的物种的总称，它并非特指某一种生命，也并非限定在某一类生命上，它的所指是一种广义的泛称，通用。

围观的人越来越多，要做糖人的人也越来越多，老汉不紧不慢地做着，没有一丝慌乱，也没有因为人多就做得粗糙、任性或随意。任何的艺术，都是因为从艺人一丝不苟的认真态度和对本行业的敬业精神，才不断地超越和发展，最终成为一门绝活。可现在的很多人都要挣大钱，这种小钱看不上，或者不屑于浪迹街头靠卖艺为生，于是手艺人越来越少，靠手艺吃饭的人也越来越少，于是很多民间传统工艺由于找不到从艺的接班人逐渐失传，这其实是一件很可惜和遗憾的事。

老汉说，他是河南人，从事这项手艺已经五十多年了，先后带过四五个徒弟，现在只有一个徒弟在从事这个行业，跟他一样，从一个地方辗转到另外一个地方，从一个城市辗转到另外一个城市。靠这种手艺也能生活，就是生活不稳定，有点奔波和辛苦。自己是爱上了这个行业，抛不下，不知道以后还会不会有人愿意从事这个行业。老汉很瘦削，脸上布满了红血丝。从老汉的脸上，我能够看出漂泊的艰辛和沧桑。户外工作无疑是辛苦的，常年在外，风吹雨淋，生活不定，一日三餐不定。可正是因为他的一个热爱，让我们平淡的生活多了一些新鲜与情趣，让人间多了一处罕见的风景，让孩子们多了一个兴高采烈欢天喜地的理由。

再看老汉，让人欣赏的不仅仅是他变魔术般的糖人手艺，更有他对糖人几十年的热爱与执着，是他让这份手艺在民间流传，在街头巷市流传，让人知道，糖不仅可以吃，还可以是一种文化和艺术。或许，人们的赞赏才是鼓励和支撑老汉坚持下来的最大原动力。

如今，那些还愿意从事传统手工艺的艺人不仅很稀罕，而且很可贵，甚至可以说宝贵，因为在他们之后，在若干年之后，这种手艺还会不会留存，这种手艺还会不会出现在人们的视野当中，都是无法确定的事。或许这种艺术形态最终会走进博物馆，或者文化馆，但是在民间，在芸芸众生的民间，它可还有生存的市场和空间？可还有人愿意为了一份爱好而终身坚守，甚至颠沛流离？而让他们能够一直坚守的动力又在哪里？

以前，很多艺人家里都有耕地，他们多会在农耕之余出得门来，一则赚一点闲钱，二则赚一份心情，为赚一点钱，也为四处走走，长一长见识，看一些新鲜的地方和新鲜的人与事。如今，农村已经没有了耕地，多数人是靠打工和做生意来讨生活，于是，很多人都会计较得与失，赚钱的多与少，干什么营生划算，干什么营生不划算，尤其是在物价不断上涨的今天，人们为了生活多会看重利益，获利多，就会下大力气去干，获利少，慢慢地就没有人干了。当今社会，人们获取信息的渠道多种多样，便利而快捷，坐在电脑前，鼠标一点，便知天下事，因而也少有人愿意再四处奔走，为讨一份生活而漂泊流浪。而卖糖人，注定是卖一种技艺，卖一种新奇，更是卖一种闲适与玩性，因而这个营生注定是要过一种流浪的游走的生活，注定不可能长年固定在一个地方，当然，不计较利益而情愿终生坚守的人恐怕也不多。那么，糖人还有没有未来？这是一件谁也无法预测的事！

看着依然饶有兴味的老汉，我的心中有了一丝担心，也有了一丝惋惜，同时，又生出一丝希望。

“爷爷，爷爷，给我做一只公鸡！”一个小女孩拿着五元钱跑了过来，老汉弯下腰接过钱，笑眯眯地说：“好，爷爷这就给你做！”说罢，搅起一团糖，又专注地做了起来……

与霾同在的大地

老公微信发来图片，问我，能看清咱家在哪里吗？两张照片都非常灰暗，浓雾迷蒙，在大雾笼罩下，只隐隐约约感觉像是一群楼，但楼的高矮已分不清，具体的方位也无法辨别。我便问，何以如此？老公回复，西安的霾。我顿时心里“咯噔”了一下。

西安的霾也已到了如此严重的地步。

接着便听到同事说她娃停课的消息，同事的女儿在西安的一所学校上中学，因为雾霾天气，学校通知停课，他们已经将女儿接回了柞水，因为女儿在家，她中午不得不回去给女儿做午饭。

这个消息让我震惊！

我问同事，雾霾天为何要停课，是不是因为雾霾天，道路障碍，害怕学生在来回路上出事故而特意停的课呀？同事说，不是呢，据说是按照有关规定，启动空气重污染红色预警，中小学、幼儿园停课。这已经是她家娃第二次停课了。她很担心，女儿停课了，肯定会影响学习成绩。在学校，生活是规律的；在家里，没有人可以如老师一般教她和约束她。

这一停，便是一周，该如何是好？

同事的担忧不无道理，学生在学校上学的时候，学时和课时都是有安排的，这样一周一周地停下去，对学生的课程安排的连续性和持续性都是有影响的，可这是学校考虑到学生的身心健康，害怕空气重度污染对这些年幼的孩子的身体健康造成严重危害。这也是没有办法的事！

如果雾霾持续不散，旷日持久，是否上班的也要停班？如果什么都停了，这个社会是不是要瘫痪？这该是一件多么恐怖的事！我忽然做此想！如果大家都顶着毒气顶着雾霾生活，会严重危害身体健康，如果不顶着雾霾生活，人又该去哪里寻求生存？

接连数日，网上一直在发布雾霾升级的消息，并持续发酵，朋友圈几乎被雾霾刷屏，个个都在叹息，个个发出的照片都是若隐若现、浓雾蒙蒙。记得去年网上发布消息，空气重度污染的十个城市里还没有西安，可是，不到一年时间，西安的雾霾也到了学生不得不停课的地步。

有很多朋友发来消息：听说西安近日霾重，可好？

我方知，西安的雾霾已经严重到外界皆知了。

几日中，我的心一直不安着，西安的雾霾究竟严重到什么程度？是否真的前所未有？我得去看看，尽管以前在西安也时不时会有雾霾日，但只是天气灰暗，还没有严重到大雾蔽日人影迷离的程度。

元旦值班，调休两天，我便速速去了西安。

车穿过秦岭长隧时，没有眼前一亮的感觉，反倒是惨惨淡淡的一片阴暗之象，天空像撒下了一张深灰色的大网，笼罩着扑朔迷离暗影重重的大地。高速公路两岸高大的秦岭山脉，几乎看不见，只见路旁的景观树，而这些树也是迷离的，呈现出一种非常低沉的暗灰色，好像画家故意渲染的一种暗淡悲怆沉落的意境，在这种意象下，一切都是低沉的、阴郁的、憋闷的。前方，五十米开外，便看不清道路和车辆，前面的车与相继而来的车都打着尾灯，此时，不过下午两三点钟，却仿佛黎明和傍晚，西安的霾比我想象中要可怕得多。

平日里，我坐车都会小睡一会儿，可是这会儿却全无睡意了，我被这漫天的雾霾惊着了、震着了。近几年，全国很多城市出现了重雾霾天气，我却没有想到雾霾会这么迅速地猛袭西安，这可是在大秦岭脚下的西安呀，这里青山连绵、林木丰茂，却也没能抵挡住这来势汹汹的雾霾。如果这满山遍野广袤的森林都维持不了一座城市的空气，那么，我们的城市环境便真的成了一个急需改善的大问题。如此持续下去，后果必将不堪设想。

我在北京鲁迅文学院学习时，也接触到了霾以及和霾有关的人。当时，我并不以为霾有多可怕，因为我尚没有体会到这种天地苍茫一色的悲壮和惊恐，只是见到了一些经常戴口罩的男男女女。在以前，女士戴口罩我是可以接受的，但是男士戴口罩，若非患严重感冒，我便觉得有些矫情和做作，甚至女人气。可是，在北京的这个暖春，天气已经不再寒冷，街上却有许多戴口罩的人，大学生，成年男女，也有老人，我初见，甚不解，天都渐渐热了，捂个大口罩，不嫌憋得难受呀？有人给我解释说，这是防雾霾，北京这些年一直持续有雾霾，人们这样都已经习惯了。听到如此解释，我便勉强接受了这些怪异的行为。最让我屡屡发笑的是，在炎炎的夏天，一些青年男女身穿短袖短裙短裤，嘴上竟然还捂着个大口罩。他们的形象同时下的气候与环境极不相宜，怪异又另类，与他们擦肩而过时，我不禁会窃笑半天，我将他们比作契诃夫笔下的装在套子里的人，又或者是假面医生、图谋不轨的歹徒，反正我充分发挥我的想象力，将他们想象成那些最不可思议的人。那时，我并没有感觉到雾霾有多么严重，只是固执地以为那只不过是一小部分人的小题大做而已，因为北京的春天和夏天，天依然是蓝的，大地依然是清晰可辨的，有少数的阴天，也是我司空见惯的少太阳的阴天，并非人们传说中的大雾弥天、遮天蔽日。我仍旧用我在柞水和西安的生活方式生活着，有同学学着北京人的样，戴起了口罩，但是，我自始至终没把北京的雾霾当回事。

虽然此前看过柴静拍摄的关于雾霾的纪录片《穹顶之下》，实实触目惊心了好一阵，可当我亲临北京，却并没有感觉到雾霾会给我的生活和出行带来什么不适和不便，便以为，是柴静因为女儿的病，有悲愤的情绪在里面。现在想来，并非柴静所拍夸大了事实，或许是雾霾最严重的时候是在冬天，别的季节会好一点，基于此，我便低估了雾霾的危害和扩散程度。

半个多小时以后，车驶入市区，尽管在霾天，尽管限号，市区里的车辆也较公路上要多出许多倍，多数车都打着尾灯，强烈地要体现存在感，好像是在时时提醒周围的人，我在这里，别当我不存在啊。一辆辆车亮着红灯，一辆辆车鸣着喇叭，不由让人惊惧和恐慌，太平盛世，却有种人人自危的感觉。大街上突兀地出现了很多戴口罩的人，众多的男人和女人，白色的，黑色的，蓝色的，口罩的颜色也不一而足，这是在以前的西安见不到的情形。在北京，我还在嘲笑那些戴口罩的人矫情，可眼前，这么多青壮年的男女都戴起了口罩，不是防感冒，而是防雾霾，我却笑不出来了，再也笑不出来了，因为，此时的天，此时的地，此时的街市，此时的人群，都是以一种别样的状态呈现的，用一句不恰当的话说，这浓雾四起的现象真像是一场大火后久久不能消失的烟障。街市上的人个个都在努力与这污浊的空气隔离着，可见着那些戴口罩的面孔，我又质疑，这些防霾口罩真的能隔离得了这被严重污染了的空气吗？是真正能起到一些防范作用，还是人们的心理作用在作祟？我不是专家，无法判定。

我只是觉得，这个西安，已经不是我常常见到的西安了，它已经完全被雾霾渗透了，霾已无处不在，霾已无孔不入，它渗透到有人生活的每一个空间和角落，它像个兴风作浪的妖魔，飘飘荡荡，长驱直入，以风和雷电的速度侵入学校、工厂以及各个生活区，人们对它避之不及，却又无可奈何。

放眼望去，天地混沌，我惊恐万分。

此时，我走在街上，已少了往日的平静与从容。我像个逃兵，又像背后有坏人追赶，我要赶快寻找一处庇护之地，而在这个城市，家，只有家是最能让我安定的地方，我得赶快回家。这街上已不安全，我在这广阔的大街上已经找不到一丝安全感，人人自危，我也自危，这样的环境，我无法置身事外，我不再有好奇，我方明白，这霾，这以前我毫不在意的霾，竟然是人间最可怕的杀手！它的出现，不分地区，也不分阶级，它会危害到每一个人，只要有人的地方，都需要呼吸，而这浩浩荡荡的霾，将是人类生存和发展顽强的天敌，人类是绝对不可以小视的。

说霾是天敌，似是妥的，却又是不妥的，天敌，当是自然出现的，而霾虽然属于一种自然现象，却是在人为的不恰当的开发和发展下造成的，工业污染、厂矿污染、尾气污染等是雾霾产生的主要原因。现在是人啥都有了，啥都不缺了，但是却没有安全的洁净的生存空间了，追本逐末的结果就是本末倒置，到最后是得不偿失，说来说去，还不是人类在自毁家园？！

两个交警出现在我的视线里，与平日里不同的是，他们戴上了口罩，坚定地站在十字路口，指挥着来来往往的车辆。在这样的霾天里，人都慌慌地急急地奔走，如临大敌，可交警依然顶着霾在维护着交通秩序，让道路交通得以正常运转。如他们一般的，还有清洁工、公交司机、快递员等需在室外工作的人，他们是辛劳的，他们又是让人充满敬意的。

空气，本该是一种多么自然的东西呀，它在我们身边似有似无，于我们从来都是无意识的，我们吸进和呼出都是那么的自然，从来未曾刻意关注和在意。当有一天，我们要刻意地害怕呼吸、恐惧呼吸，甚至抵制呼吸、拒绝呼吸时，地球将不再是人类可爱的家园，它将成为我们无处可躲、无处可藏、无处可逃的魔窟。那该是一件多么可怕和让人绝望的事情啊！

此时此际，我就在想，每个人看到这铺天盖地的霾时，应该都是会震惊的吧，相信多数人会有一种胆战心惊后背发凉的感觉。

小时候读《雾都孤儿》，觉得那是一种很诗意很朦胧很富有情调的美，重庆被赋予“雾都”，我还觉得很美呢。可是，年幼无知的我却不懂得，其实那些地方的雾，便是“雾霾”。

社会学家应该都知道，雾霾并不是时下才有的产物，它是自工业化开始的。

1952 年 12 月 5 日，伦敦爆发了人类历史上最严重的雾霾，4 天内死了 4000 多人，2 个月后，又死了 8000 多人。在此事件后，伦敦的霾才被成功治理，这该是多么惨烈的事件啊，用 10000 多人的生命换来英国当局者的重视和警醒！

时下，在我国，雾霾也已经发展到了令各个城市恐慌的程度，虽然政府已经将治霾提上重要的议事日程，但效果并不明显，可见在治霾过程中还得痛下杀手，务必做到令行禁止。我们必须明白，治霾抗霾是我们每一个社会人的责任，我们都该是参与者和监督者，同时也是管理者和被治理者。为了保护我们自己的生存家园，我们应该从自身做起，做一个切实的低碳环保主义者；否则，当雾霾成患的时候，我们将何以为生？每次看到网友发出的来自各地的雾霾照片，我的心都会被深深地刺痛，久久地沉重并忧患着。

一整天西安都在下雨，雨不大，但可以穿透雾霾，这已让我欣喜，希望这场雨后，雾霾尽数散去，永不再来。西安经常呈现的，应是白云蓝天！

立于窗前，我的视线透过丝丝如缕的雨幕，投向遥远的天空，愿各地的霾在这场雨后都能尽快散去，还国人一方洁净明朗的生活环境。

现在，治霾还须靠天，希望将来，治霾可以不靠天，靠我们的意识和全民的自觉，以及使用高科技的能源系统，还大千世界一个朗朗乾坤。

我双手合十，默默地祈祷着！

一张皮纸的诞生

秦岭山中，构树众多。因其适应性强，在哪儿都能生长，因此，秦岭的山山岭岭到处都长有构树。

构树，又称“楮树”，故书中常以“楮”为“纸”的代称，称“楮墨”，因浆汁多，又有人称它为“谷浆树”，而在我们当地，是称它为“构树”的。构树是一种落叶乔木，一般高10米到20米，树干暗灰色，叶呈手掌形，有二裂，或者是三裂，甚至还有五裂，像极了人的手，上面有细密的茸毛，皮肤接触时会有痒感，树冠张开，枝条众多，整棵树迎着阳光生长。

母亲说，构树是宝。在农村确实如此，它的叶子是很好的猪饲料，而且再生能力特别强，打掉一批，又会长出一批，长出一批，又被打掉了，打掉了，又长，一直到秋天打霜，叶落。果实、根、皮、浆、叶子皆可入药。而构树的皮，则是一种非常好的造纸材料，是当地人做皮纸的主要原料。

提到皮纸，想必多数人是见过的，这是一种韧性非常好的纸。在昔日，人们用它来做包装纸，包糖果、食品、中药，以及其他各类物品。还有人用它来糊窗户、做棉衣的里衬，文人墨客会将它用于写字画画。在丧事中，人们会将它用作垫棺纸。在没有现代化的造纸厂的时候，它的用途非常广泛。

随着社会的发展，各种机器造纸设备层出不穷，人们的生活用纸越来越华美、越来越精致、越来越细腻，分类也越来越精细，皮纸业逐渐淡出了人们的视线，成了非物质文化遗产，蜷缩在时光的剪影里。

我调到柞水县文化馆工作以后，又接触到皮纸生产工艺，才再度想起了昔年的皮纸。在时代车轮的快速旋转下，皮纸已经从我所熟悉的物事中退出好久好久了，在当今这个时代，县域各地已经很少有人生产皮纸了，只有杏坪镇的一个村子，还有一群人在继续生产着皮纸，而此时的他们，已经是作为非物质文化遗产的传承人在生产皮纸，也可以说是在国家政策的扶持下，保留着这种传统的手工生产皮纸的技艺。

这让我又有些庆幸，最起码这项手工技艺能够再现，没有失传，人们还可以看到传统的皮纸的生产过程，这种古老的手工生产皮纸的方法也是人类发展过程中文明和智慧的结晶，它不同于现代化的造纸工艺，但却是一项了不起的创举和伟大的发明。

生产皮纸，最基础的工作就是采集原料。皮纸生产的主要原料就是构树皮，当然，桑树皮也是可以的，但是以构树皮皮厚浆多为最佳。初夏时节，人们将构树皮剥下来，束成捆，一捆一捆的，准备足了，才可以开始生产。

剥构树皮是一项精细的体力活，在一般人的想象中，树皮咋剥呀，但是构树就有这种特质，它纤维多、密实，一棵树便能剥下一整张的皮。

剥皮的时候，先要在树根处用刀割上一个小口，用手揭起树皮的一角，一点一点地撕开，在撕到两三寸长之后，可以用得上力了，就使劲用力地拉扯，会剥的人可以将构树皮从树根处一直剥到树杈处，一直到不能再扯了，自然断裂。当然，有的树高大，剥着剥着还得爬上树，从树下往树上倒拔，才能将整张树皮剥下来。因此，剥树皮这种活多得男劳力来做，一般的女人是吃不消的，她们也没有这种攀上爬下的能耐。

民间有一句话："人要脸，树要皮。"此话什么意思？就是人没有脸了无法活，树没有皮了，一样无法活。可是构树偏偏不同于别的树，别的树，你将它的皮刮掉了，树就会慢慢地干涸，最终枯竭而死，可是当你将构树的皮剥下来，剩下白森森的树干，构树照样可以生长，而且不久又会长出新的皮来，长得生机勃勃、绿叶茂盛。

我估计是因为构树能够分泌一种浓密的浆汁，构树皮被剥去之后，分泌的浆汁会迅速将树干四周保护起来，形成一种隐形的保护膜，锁住水分，以至树干仍能够保持足够的水分和营养，健康地生长，不至于枯竭而死。

自小到大，我见过人们栽种很多的树，桃树、杏树、李树、核桃树、毛栗树，但从来没有见过栽种构树的。可是，在秦岭山中，到处都是构树，说不定哪一天，房前屋后就会冒出几棵构树，你不知道它从哪儿来，但是，它就坚定地长在了你的房前屋后。构树究竟是如何繁殖的呢？是风吹散了果实，还是鸟儿吃了构树的果儿，代谢传播的？估计都有，总之，构树是一种生命力和适应性都极强的树，它完全不用人工栽植，却漫山遍野沟沟坎坎到处都是，而这，恰恰为人们制造皮纸提供了充足的原材料。

每年的夏天，村里都有好多的男人采剥构树皮，有的自家用，有的卖给做皮纸的人，反正，在我们周围的山山岭岭，人迹可以到达的地方，所有的构树皮都被剥得光溜溜的，全都裸露出白亮亮的树干。而我们这些孩子，就在这些树上，一轮一轮地采着构叶，用它来饲养我们各家圈里的猪。

构树皮采集好后，我们就将它分成一小束一小束的，放在河里浸泡，泡上三到五天，一直到构树皮全部软化，再将它拉回石窑边，加上石灰水，继续浸泡，目的是让它们在火蒸的时候发生充分的化学反应，迅速蜕皮变质，成为理想的材质。

泡好之后，用铁钩将构树皮钩起，放进石窑里一圈一圈地盘起来，若大蒸馍状，封上顶，就可以开蒸了，这样一次可以蒸 4000 ~ 5000 斤的构树皮。在蒸构树皮之前，要在石窑的底部架一口牛头锅，装满水，像蒸馍一样，在用火蒸的同时，还要不停地从石窑侧边的小洞往牛头锅里加水，以保证锅里时时有足够的水，不能让锅里的水干了，不断散发的水蒸气会促使构树皮不断地软化。蒸时，用土将窑顶封实，目的是下面用火蒸时，可以将水蒸气堵住，充分保持窑内的温度和湿度，让构树皮更好地软化。用柴火日夜不停地烧上四五天，停火三天（这三天常被称为“涡锅”），之后就可以出锅了。

出锅后，拉到河水里浸泡，泡上三四天，直到用手一摸，软软的，滑滑的，就可以捞回来了，捞回来之后，踩水，反复地踩，直到将构树皮里的水踩干，原料的初加工才算完成。

构树皮踩干后，要放在木杵上反复地打，一直到将它打成薄薄的膜状片；之后，用刀切成一截一截的，放到小洞中不断地搅拌，一直要搅成糨糊状；然后，将这些糊状的纸绒倒进 1.2 米高、2.5 米见方的纸浆池子里，再用木耙在池子里不停地搅拌，一般都是两个人同时搅，大约搅上二十分钟就差不多了；再拿上一根木棍，在池中快速地搅动，以使池中生泡，依靠水泡的浮力将纸绒顶出水面，然后用木板将这些绒状体挡在水池的另一面，存放起来。

用木耙子将这些绒状体打成小块，一小块一小块地在池中拌匀后，用竹篾制成的链子在水中进行技术性地挖捞，当链子下水时，必须与水面呈 70° 左右的夹角。链子下水，一定要稳要匀，起水时要把整个链身均匀地浮出水面，不能太快，也不能太慢，要不然，晒纸就不好晒。当然，这种技术要经过长期训练才能够熟练，正所谓“熟能生巧”。裢子出水，右手托起裢尾，左手去捉裢头，把裢头按在平台这一端，右手慢慢地将裢头推向另一端，平整地放下。紧接着，右手拿起裢头，平平的、慢慢地揭起裢子。要注意的是，揭裢子的时候，一定要轻、要柔，否则，皮纸就会被撕乱。

揭纸，应该是整个皮纸制造过程中最具技术性的一环。

这样，裢子就与纸分离了，一张成品的纸胚就成形了。然后，仍旧这样，重复着一张一张地捞。一池纸料，从早到晚，大约可以捞到 1000 多张，它们叠在一起，也就是 0.5 米高。最后，再用杠杆，一头吊上 100 多斤的石头，一头插在墙洞里，纸放在中间，靠石头的重量将纸中的水压干。第三天，就可以晒纸了。

纸压干后，分成两半，分别抱到特制的木纸架上，然后一张一张地将它们分开，用纸刷子将它们贴在墙上，晒干后，再从墙上揭下来，分成 100 张一刀的纸摞，至此，整个皮纸的生产过程才算完成。

一张皮纸，从开始泡构树皮，到最后成纸，前前后后需要 20 天左右的时间，就这，还不算采集构树皮所花费的时间。现在，这在许多年轻人的眼里是不可思议的，但在我们的幼年，皮纸就是这样生产出来的，包括现在，杏坪镇的皮纸生产工艺也是这样一个步骤一个步骤地来完成的。有诗云：“粒粒皆辛苦。”而这皮纸的生产，又如何不是“张张皆辛苦”呀！

尽管世事变得太快，但对于造皮纸的记忆，我却总不能忘却，它就像一幕幕的时光电影，总在我的脑海里闪现。

写下这段文字，是我对一种古老的技艺的保留，也是对幼时生活的珍藏。人类的每一次前进，都是在前段历史的基础上进行的更新，我们只有留住了过去，才能真正地拥有现在，知道我们从何而来，我们的根在哪里，我们人类是如何一步一步地走向另一个崭新的领域。人类社会的进步，便如一个人生命的成长历程，每一个阶段里，都有着坚实的脚步和不可忽略的成长痕迹，没有前一步做铺垫，便没有后一步的发展和跨越。记住过去，便是对人类历史的梳理和总结。

此时，构树上的果子已经红了，一个个圆润如杨梅，闪耀在枝头，而这种幼年时曾让我们垂涎欲滴的野果，现在已经无人问津了，它独自在树上成熟、枯萎、掉落，最后成了雀鸟和蚂蚁们竞相追逐的美食。此时此景，总让时光回溯，回溯到很多年前，秦岭深处那一个一个的小村庄，那一群群充满童真的孩子围着构树竞相采摘鲜红的水润润的构树果的情景，除了那些我们采不着的，只要能采得着的地方，全都被我们采得干干净净。那柔软糯甜的口味，一直弥留在我们的口中。我们嬉笑的身影，就像一股股清泉回荡在蓝天碧水间，多年后，仍让我们幸福着、陶醉着。那是乡村生活中最无与伦比的野趣！

岁月如流光，往事滋味长……

遭遇蜂蜇之后

前几天，听人说，一对夫妻上山游玩，被马蜂蜇了。

也真是奇怪，很多人去了那里，都没有事，恰巧那对夫妻游玩的时候惊扰到了马蜂群，马蜂“嗡”的一声出来了，恰恰两人不懂，本来嘛，他们二人要是静静地待着，或者是捂着头蹲下，也是没事的，偏偏他们见马蜂成群地出来了，拔脚就跑，他们越跑，马蜂越追，他们跑得越快，马蜂便追得越快，而人的脚哪有马蜂的翅膀快，一会儿便被马蜂蜇得满头满脸都是包。

马蜂和蜜蜂都是有毒的。蜜蜂在蜇了人之后，自己也会死掉，因为它们的刺连着内脏，蜇完人后将内脏也带出来了，会死掉的，所以它们一般不轻易蜇人，在蜇人的时候，多数时候是以为人要伤害它们，才发起猛烈的进攻，而它们也将为此付出生命的代价。这样的伤害可谓两败俱伤。而马蜂则不同，它们在遇到攻击和不友善干扰时，会群起而攻之，可以致人出现过敏反应和毒性反应，严重者可导致死亡。

往往一个偶然，或者是一个误会，不幸的事情说来就来了，说发生就发生了，在那片刻之间，来不及淡定，来不及思虑，来不及应对，糊里糊涂地就遭遇一场出人意料的灾难。

据说那对夫妻踉踉跄跄从山中跑了回来，被送进医院时，中毒已深，地方医院无法救治，速送西安医院，入得院中，人已昏迷，经过紧急抢救，人总算救了过来，男的中毒尚浅，女的可能是因为衣服穿的鲜艳华丽，马蜂蜇得多，中毒较深，好在也已脱离危险。只是，一场蜂事，花去了两三万元，提起来，二人难免唉声叹气，直喊倒霉。

谁料想，兴高采烈地出去游玩，会惹来马蜂蜇，若早知道，料也不敢前去。可是，别人也都去过的地方，没见咋的，也没见着马蜂出来蜇人呐，为何马蜂就蜇了他们二人？这真叫哑巴吃黄连，有苦说不出。

蜇了便蜇了，好在人无事，钱财本是身外之物，生不带来，死不带走，人健康，无脑部与脏器的伤害，便是最大的幸运。

生活是一柄双刃剑，讲究人与自然和谐，也并非就能处处和谐。

处在秦岭山中，有其利，也有其弊。好的是，山中林木丰茂，空气清新，处处氧吧，处处风景，走到哪里，都是一幅生动优美的风景画，赏心悦目，养心怡性，身处其中，实在是一件幸福欢乐的事。令人烦恼的是，也会遭遇一些野生动物的侵扰，譬如蛇，譬如蚊虫，还有这马蜂，它们常常会突然地出现，令人防不胜防。

对于蜂害，我体会最深。幼年的时候，我就亲见一回，那次被蜇的人是我的弟弟。弟弟自小淘气、顽皮，上树掏鸟，下河摸鱼，跟人捉野兔，山中采野味，反正一年四季都不肯闲着。

一年夏天，雨季，弟弟早早爬起，跟母亲打了一声招呼，便拿了头一天下午剩的烙馍，拎了个帆布包，跟邻居家的男孩出去捡野木耳。弟弟常常这样跑，我们也习惯了，我们也乐于享受弟弟采撷回来的各种野味，有时是山桃，有时是沙果，有时是杏，有时是八月炸，或者香菇和木耳，反正每次归家都没空手，多多少少都有吃的，不仅可以让我们解馋，还可以时不时地改善一下我们的生活。母亲用他采回来的香菇和木耳给我们做菜做饭，炒着吃，凉拌吃，还能做成汤。因此，对于弟弟的淘气，我们又是喜欢的。

可这一天，却并非如往常一样。

弟弟遇着蜂窝了，被马蜂蜇了。

弟弟在一处草丛中发现了一棵粗大的树，树上结着好多的野木耳。他钻进草丛，欲采摘那些诱人的木耳，在那些草中，有一些刺藤，刺得弟弟钻不进去，弟弟就拿出砍刀，左挥右劈，不知砍到了哪边的蜂窝，蜂“嗡”的一声一涌而出，全都朝着弟弟蜇来。弟弟第一次遇着马蜂，没有经验，见马蜂倾巢而出，吓得抱头就跑，他越跑马蜂越追，他跑得越快马蜂追得越快，他躲没处躲，藏没处藏。跟他一起的邻居家的男孩比他大，忙喊，别跑，快蹲下，蹲下别动。他听了，忙蹲下，忍着头上的疼痛，静静地一动也不敢动。过了一会儿，马蜂“嗡嗡”着飞走了。当马蜂全都飞走后，同伴才赶过来，将他从地上拉起来。幸好同伴有经验，才避免弟弟遭遇更大的伤害，也因为雨天，弟弟身上披着塑料纸，倒也没怎么蜇着，但是头上却被蜇了好多口。同伴赶快将他头上马蜂的刺一一拨出，拨出后，两人再也没有了捡木耳的兴致，同伴也害怕跟母亲没法交代，就带着弟弟匆匆回来了。

还没走到门口，弟弟就喊，妈，我叫马蜂蜇了！母亲当时正在做早饭，忙放下手中的活，让锅里煮着，就过来看。她让弟弟蹲下，弟弟顺从地蹲下了，母亲一看，哎哟，弟弟满头都是包，肿得一坨一坨的。母亲连声叹息，哎呀，我的儿呀，咋蜇成这样了？又连忙喊来我，小女，快去地里摘一些黄瓜叶子。我忙去地里摘了半篮子的黄瓜叶子。母亲抓起一把，将黄瓜叶子揉碎，吐上几口唾沫，连那浆带那汁水，与揉碎的黄瓜叶子一起，在弟弟的头上来回地揉搓，一直搓了有半个多小时才罢了。母亲说黄瓜叶子可以解蜂毒，并且能消肿止痛。我们听着，心都宽了，蜂毒解了，就没事了。我们个个都长长地出了一口气。

饭后，母亲又继续用黄瓜叶子在弟弟的头上揉搓了一阵，一边搓着一边对弟弟说，以后上山要小心一点，先要看看周围的环境，不要乱跑乱钻，马蜂都是钻在草丛中或者树上的，一不小心给惹了，蜇人是很厉害的。你今天是身上披着塑料，要不然，给你身上蜇的到处都是呢。此前，村里有一个人就给马蜂蜇了，后来就死掉了呢，别看马蜂小，毒性大着呢，以后千万要注意了。

我们也在一旁听着，并惊恐地应着，这么小的马蜂能蜇死人？我睁大了眼睛。

后来，我亲自见证了一回，的确触目惊心。

村里有一个人耳朵不好，但身强力壮，在农村，自然是一个好劳力，那一户人家山上的农活，基本都由这个耳朵不好的人来做，山上的庄稼地是他种着，砍柴担水打毛栗核桃的活也都由他做着。

我们村人口多，平地少，因此，家家在山上都有半坡地，山上有核桃、有毛栗，用现在的话说，叫经济林。种地是为了能够吃饱饭，栽植毛栗和核桃林是为了创收，待秋后核桃和毛栗熟了，可以卖一些钱，买一些油盐酱醋。因此，在当时的农村，所有的经济来源都指望着山上的核桃和毛栗树，每年核桃和毛栗下来，大家都会将大大小小的一起收回来，只要没烂，只要能打得着，就一个也舍不得放过。就算打过、捡过，待所有的核桃和毛栗收完之后，还要再在每棵树上找个二回，这叫溜核桃、溜毛栗，可见山里人对于核桃和毛栗的倚重和在乎。

这个耳聋的人叫冬生。

当时，正值暑假，我们都在假期，八月底，家家都在打核桃，我们不例外，冬生家也不例外。

天一亮，各家都早早做了早饭吃了，为的是早点儿上山打核桃。吃完饭，有的背背篓，有的拿篮子，还有拿蛇皮袋子的，然后由男劳力扛上两根竹竿，就上山了。为什么扛两根呢？一者，有劳力的可以帮着打，没劳力的备用；二者，以防一根竿子打断了，没的用了。

我们都在自家的田边地头打核桃，可以遥遥相望，也可以隔山呼喊，但各家忙各家的，都希望能多背一些核桃回去。这些核桃可都是钱呐，秋后数票子，就全靠它们了。看着青油油的核桃，我们个个满心欢喜。

我们家每年都是三哥和弟弟打，我们一伙捡。他们打的时候，我们就在地下捡脱了壳的核桃尝鲜。吃鲜核桃，是每年核桃熟了的时候最大的乐趣，我们会捡一些堆到一起，自己剥一些吃了，将另外一些脱了核的留着，给树上打核桃的人吃。在我们所有人中，打核桃的人是最辛苦的，他们要爬到很高的树上，站在树上，还得四处用力打核桃，这是一个很累人的活，也是一个很辛苦的活，上不了树的人干不了，力气不好的人干不了，眼神不好的人也干不了，这也是一个很考验人体力和眼力的活。因此，我们在痛快地吃的时候，总不忘记树上打核桃的三哥和弟弟。

冬生家的地就在我们对面的山坡上，我们在打核桃，他和他家的人也在打核桃，他是他们家唯一的一个健壮的劳力，而且又是唯一在家的男人，打核桃的活自然非他莫属。他掮着两根竹竿上了他家的坡，跟他一起的有几个侄儿侄女。他们家人少，我们家人多，他们自然没有我们打得快。我们见树下已经打一堆了，便喊三哥和弟弟下来歇息。他们二人将头上的那棵树打完，也就下来了。我们一伙坐在树下，一边吃着鲜核桃，一边兴奋地谈着今年核桃的收成，看着眼前的一堆核桃，个个乐呵呵的。

我们坐在山坡上，看到对面的冬生一个人在核桃树上打着，他的动作有点忙，一者因为他的耳朵不好，二者来说，可能他的智力及反应比一般人也迟钝一点儿。他一个人在打，他的侄儿侄女们都在一边玩耍，说说笑笑，打闹着，老远都能听得见他们嘻嘻哈哈的嬉闹声。

三哥和弟弟坐了一会儿，又起身去打核桃了，我们也各自去树下捡核桃，谁也没有再注意对面的山上。

就在我们正忙着捡核桃的时候，对面坡上传来喊声：“快来人呐，快来人呐。”一声声，焦急中带着哭腔，“我小叔昏了。”我们侧耳一听，坏了，不好了，对面坡上出事了。我们都放下了手中的活，三哥和弟弟也放下竹竿从树上下来了，我们一齐跑到对面的山上。

冬生倒在沙地上，已经昏迷不醒了。他的侄儿侄女说，他们正在地边上玩，听到小叔咕咕咚咚地从树林中钻出来，不停地拍自己的脸和头，原来，他碰着马蜂了，拿竹竿的时候，一不小心，碰到了核桃树旁边树上的马蜂窝，马蜂呼啦一下涌出来，冲着他的头上脸上身上乱蜇一通。他不懂，还折了个树枝子不停地使劲打，他越打马蜂越多，将他蜇得越紧，以致蜇得满身满脸满头都是包，那一窝马蜂几乎个个都把他蜇了一遍，才慢慢地停止了。蜂散了，他才挣扎着从核桃林中走出来，出来后一会儿就栽倒在地下了。他的侄儿侄女一看他昏倒了，吓坏了，忙喊人。我们赶过来了，隔壁坡上的人也赶过来了，几个男劳力把他从坡上抬下来，相互换着背回了家。

村里人听说冬生被马蜂蜇了，都赶来看。恰恰是午饭时间，人围了一大圈，大家东一嘴西一嘴，很多人认为冬生不行了，满身是蜂伤，估计救不过来了，因为村里有过先例，有被马蜂蜇了后死去的人。他的家人也照着母亲的办法，给他用黄瓜叶子挤浆抹了，但是他却一直没有苏醒过来。有人说，将他放在地上，让泥土吸吸他身上的毒气，听人说泥土能解毒，但也没人试过，这个办法也不知道管用不管用。到现在这个份上，也只能死马当活马医了。众人七手八脚地将他抬到院子的天井里，将他脱去衣服放躺在地上。

村里一个老人来了，看了连连叹息，哎，哎，咋就蜇成这个样子了，这可恶的马蜂，这好赖是条命吧，咋办呀？既然将他这样放在地上，还不如给他身上抹一些泥，抹得厚厚的，看湿泥巴能不能吸走他身上的毒气，让他活过来，好赖试试。这可怜的娃，一身好劳力，连个媳妇都没娶呢，就这么没了，可惜啊可惜！

众人听老人这么一说，都觉得有理，到这个份上了，也不管行不行，试试看吧，能救过来当然好，想办法总比不想办法强。于是，众人弄土的弄土，和泥的和泥，担水的担水，在危急的时候，村人的心总是齐的，平日里拌过嘴骂过仗的，有点小纠纷矛盾的，这时候也不去计较了，都叹息这是一条命，不管咋说，能把人救过来要紧。

一会儿，便和了一大堆软泥，村人有的抹身，有的抹腿，有的抹脸，将冬生整个的用泥包了起来，只留眼睛、鼻孔和嘴巴露在外面，然后将他就那样直挺挺仰面八叉地放着。过了一天，不见醒，但也没断气，人们又在他身上抹了一层。又过了一天，还没见动静。一直到第三天的中午，人们拿着碗吃饭，有人就跑到他跟前看，感觉到他好像在动，就忙喊他的家人。大伙仔细一看，果然，他的腿和胳膊在吱扭，想动但感觉有点吃力。在动就好，在动就有希望，说明人基本上已经苏醒，有意识了。他的家人提来两桶水，从他的身上浇下去，并慢慢地洗去了他身上的泥，将他洗干净后，抬回了家。有人说，赶快煮点绿豆汤给他喝，估计毒还没有解彻底，人醒了，能吃东西，就好办。他的家人照办了，果然，冬生慢慢地好了起来，一个礼拜后，一切如常，又能自由行走，又能干活了。

此事一直是个传奇，有人说冬生命大，有人说确实是泥土起了作用，湿润的泥土有解毒作用，将冬生身上的毒气吸走了，究竟是什么原因让冬生脱离了生命危险，没人能说清楚。对于这件事，我一直纳闷。我不是医生，无法从医学角度去解释这个问题，但这件事在我的心中却留下了深深的烙印。及至后来，有了网络，因为这份好奇无法释怀，我还在百度上查过，有一条消息说，深层泥土有解毒功能。我想，如果单纯是土，可能不会起那么大的作用，最主要的应该是将土弄湿，大面积地覆盖于患者全身，而身体又凉放于地上。在冷的环境中，一者病情加剧的可能性小；二者，潮湿的泥土确实起到了解毒的作用，它的吸附性将冬生体内的蜂毒一点一点地吸了出来，从而让冬生脱离了危险。这是一个病急乱投医的方子，却不想，竟救了冬生的命。

当然，这只是发生在我小时候的一件事，有没有通例，我不知道。总之，一个中了蜂毒的人又活了过来，这的确是一件让人庆幸的事。

前几年，频频传来毒蜂伤人的消息，让人好一阵惊悸，以致很多人都不敢轻易地去山里走动了，唯恐一不小心遭遇了毒蜂。后来，政府动用大量的人力清理蜂源，近几年，稍生安息，却又有人被马蜂所蜇。好在现在医疗条件好，什么病医院都能治、都能接，但被马蜂蜇过总是一种伤害，一种想起便让人有些惊悸的伤害，因此，出外游玩，安全第一。

很多人在出门游玩的时候，常爱选一些人迹险远的地方，以猎奇、探险、寻古访幽，其实在满足人好奇心的同时，危险也会悄然而至。自然是美好的，但常常也有一些看不见的危险潜藏其中，因此，在出外游玩的时候，当小心才是。人言，小心驶得万年船，谨慎好，谨慎好，谨慎一些才好！

自然让我们的生活丰富多彩，为我们提供了丰富的生活资源，我们也借自然开阔了眼界，但是自然中往往又潜伏着一些不可预知的意外和风险，人究竟该怎样与自然和谐相处，这是一个值得探究的问题。正如我们为了发展经济而大量开矿和采煤，为了交通方便而大量生产和购置汽车，为了发展工业而产生的废水废气和工业垃圾，经济的发展和环境污染的问题该怎么解决？这是一个哲学问题，也是一个科研课题。

人与自然，是否一言难尽？

芦苇青青白洋淀

因为孙犁，我惦记上了白洋淀，却多年终不得去。想去的地方愈是不能去，便愈是神往得紧，就如女子向往一件美丽的衣裳，男子向往一件古器物，我于白洋淀便是如此。

不得去，却老是惦记，脑海里常常浮现出白洋淀那浩渺无边、天地苍茫的景象，那青青的芦苇，那摇橹的小船，那光着腚子游泳的半大小子们。春天，芦苇青青，绿意丛生；夏天，荷叶田田，湖面飘香；秋天，芦花雪白，随风摇曳；冬天，天寒地冻，冰封湖面。

甚至在某些时候，我的脑海里还常常浮现出游击队跟日本鬼子在芦苇荡中斗智斗勇周旋的画面。他们个个身手矫健，在水中如鱼儿一般，一会儿钻入水底，一会儿浮出水面，小鬼子一个不留神，便被扒拉下水面，摁下个葫芦起个瓢，无数的日本鬼子就是这样被他们消灭的。这么想着，我又觉得这是一个了不起的湖面，它以它的博大无垠和神秘，打击了侵略者，保护了我们的游击队和革命群众。从某种程度上说，它曾为中国人民抗日战争做出过贡献。愈是这么想，便愈是敬仰，愈是敬仰，便愈是神往。

不得去，却记住了关乎孙犁人生的一句话：大道低回。喜欢这句话，喜欢进了骨子里。这是一种怎样的境界？这是一种怎样的人生态度？这是一种怎样淡泊明净的心态？平和低调，无意高蹈，无意邀宠，无意于万紫千红中斗艳，虽然此语并非孙犁口出，它源自《后汉书·杨雄传》，但却是孙犁人生的真实写照，也是孙犁一生的映射。于是，便总想去，去看看孙犁，去看看孙犁笔下的白洋淀，去看看白洋淀的天地苍茫、波光潋滟，去看看那片神性而诡秘的湖泊，去看看孙犁生活过并用情至深的地方。那里究竟有着怎样迷人和荡气回肠的景与物？

来到北京，听说离白洋淀挺近，坐车一个多小时即可到达。近，真近，是该去看看了，以了却我多年的一个愿望。六月荷开之际，怦然心动，遂萌生了念头，并很快付诸了行动。久久的盼望将要变成现实，心中便有一些雀跃和欢畅。

临出发之际，我特意带上了那柄我最钟爱的油纸伞，一个镜头浮现在我面前：一个女子，临水而立，手撑一把油纸伞，徜徉在水岸。彼时，彼境，那水，那岸，那天地苍茫的水面，都因为人的介入而生动鲜活。当然，白洋淀并非只有我一个人，那儿或许还有很多的人，他们都是些什么样的人我是不知道的，我只想有一个我喜欢的画面，或者我带这么一柄伞去，也只是为了拍几张照片，但那也是我期待留下的和喜欢的。

我是在日头正劲时到达白洋淀的，到时，白洋淀已一片喧哗，车声、人声在码头来回地震荡着。时隔多年，白洋淀已经不再是以前的那个白洋淀了，它已经折射进很多现代化的元素，电动车、摩托车、汽车，甚至连那乘载客人的船只也成了电动的，声响处，扬起片片烟尘。

码头上虽然热闹，但游客并不多，这让我窃喜，正好可以淡定而从容地感受一下这辽阔的水域。于我来说，看景，还真是喜欢人少的时候，人一多，思绪便会被干扰，在嘈杂喧闹中很容易成为一个盲从者。以前去过很多地方，往往是满怀兴致而去，无限惆怅而归，总觉得没有尽兴，没有达到自己预想的行游效果。在人多的时候，人往往难得自己，无法做一个独立的自由的人，行动不能自由，甚至连思想也不能自由，因此想做一个思考者和冷眼旁观者都很难，这常常令我沮丧。在安全系数可靠的情况下，我倒挺愿意独游。

我是一个人来到白洋淀的。出发的时候，我没跟任何人打招呼，也没有告诉任何人，甚至都没想过要找一个熟悉的人做导游。我只想静静地走走，静静地看看，看看现在的白洋淀，透过时光观望一下遥远的白洋淀，走进白洋淀深处，做一回真正意义上的看客，用自己的心境和视觉去打量和审视这片既陌生又熟悉且令我无比好奇的水域。

在这片辽阔的水域上，除了波平如镜的水面，便是郁郁葱葱的芦苇，它们像湖中的小岛，将完整的湖面分隔成大小不等的水域。它们并非湖水的主体，但是它们与湖水又是不可分割的，因为它们让广大无垠的湖面有了立体感和纵深感。也因了它们，整个湖面呈现出勃勃的生机，有了一种生命存在的律动和鲜活。

船夫并非只拉我一个人，他要凑齐一船人才肯开船。好在这一船的人都不闹腾，他们也都安静着，默默地观望，默默地打量，默默地审视。他们与我出奇地相似，我也不再视他们为异己，我们共处一船，却又各自独立，同船共游，却又互不干扰，这样的状态是我能接受并且喜欢的。

船箭一般驶离了码头，船舷两边溅起两道雪白的浪花，星星点点射到我的脸上，跌落在我的白色衣裙上，浸润着干涩的天空和闷热的我们。那一簇簇一片片的芦苇像北京街头的树，迎着我们而来，又快速地向着身后闪退去。我们的船就像一条大鱼，在芦苇丛生的湖面上钻来钻去，穿梭巡回，一会儿游离于芦苇荡之外，一会儿又钻进芦苇荡深处。它们重复着、交叠着、变幻着，让人感觉这些水面是一样的，却又是完全不一样的，它们或深、或密、或浅、或矮、或茂密如丛林、或摇曳如水草，不同的地方显出不同的状态，不同的地方显出不同的密度，不同的地方显出不同的风景。有时，一提到风景，就觉得有些伟大，风景是大自然赐予人类最好的礼物，它总能让人心旷神怡，它浑然天成美不胜收，坐而拥之是一种幸福，就算过客，那也是一种无上的眼福。人对于美的东西，大抵都不会拒绝，这是人性的本真本色。

不时，有一两只船从我们身边疾驶而过，有电动的，如我们乘坐的船一样，也有划桨的，年岁都颇长，用力地划着两根木桨，奋力前行。我相询，船夫说，有打鱼的，有往别的村庄或者村镇去的，这些划木桨的大都是长者，少见年轻人。他们依然是旧式的渔人的模样，穿着简陋的衣服，裤腿高挽着，头发有些蓬松而零乱，或者渔人都是这样，立于船头，迎风而上，头发被风吹乱。在水面，这种零乱可能已经成为一种常态，大家都见怪不怪。这些船少与我们并行，它们赶上我们，很快就消失在了青青的芦苇荡中，它们在我们身旁就如一掠而过的飞鸟，或者是身手矫健的鱼，迅疾而来，迅疾而去，眨眼工夫便寻之不见，于是，这些芦苇荡便又成了天然的视觉分隔器，将白洋淀上的人与物自然地分隔开来。他们相互掩藏，相互隔离，又相互遮蔽，就如秦岭山中的山，一山未了一山迎，人都在山中兜圈子，而在白洋淀中，人都在芦苇荡中兜圈子。据说此湖跨三个县，是中国海河平原上最大的湖泊。其实，我们所走过的只是它的一个截面，很多地方我们是没有办法到达的，但纵使一斑，没有看得透彻，也大概了解了白洋淀的生态元素——芦苇是它最不可忽略的意象，兼之蒲草、荷花和白花菜，这是在白洋淀肉眼能见到的最寻常的生物。

六月，正是荷花盛开的季节，不早不晚，正巧赶上。芦苇深处，荷花正艳，有粉红的，有雪白的，竞相攒动着，令湖光水色妖娆，妖娆成白洋淀最美丽的夏天。倘若非有一比，那这些荷花应该是有着江南少女的味道的，婉约、端庄、美丽，亭亭于湖面，穿插于那无边无际的芦苇荡中。尽管白洋淀中有荷花，但是它们比起那比比皆是的芦苇来，仍是极小的一部分。在浩浩荡荡的白洋淀中，那青青的芦苇仍旧是主体，荷花只是芦苇荡的点缀，它们长在芦苇荡的边上，或者说是藏匿于芦苇荡之中，尽管数量和面积都有限，也因为亭亭的身姿，仍显得明艳动人。

悠忽一过，悠忽再一过，我们的眼睛刚好看到那一小片儿，还没有完全看清或者说是适应之际，这些零零碎碎的荷花便飘忽不见，像躲猫猫的少女和顽皮的孩子，你不找它，它出来了，你找它，它又藏匿起来，让你寻它不见。我用摄像机般的眼睛一点一点地捕捉它们，想把它们摄入心底，摄入我记忆的最深处。这些野生的自然生长的荷在这里完全呈裸出自然之美，它们没有人工修饰和雕琢的痕迹，不事铅华，却又风姿绰约，令人想到生命最初的状态，纯洁、明媚与美好。那些盛开的荷花会让人想到刚出浴的女子，我不禁想起秋瑾的一句诗："国色由来兮素面，佳人原不借浓妆。"

船驶过之时，有水鸟飞出。李清照词云："争渡，争渡，惊起一滩鸥鹭。"我们的介入，惊扰了这些可爱的生灵，它们吓得纷纷飞往别处。其实，任何一种生物都有它完整的生物系统，或许在我们外人看来是微不足道的，但对它们来说，却是致命的伤害。我们这些外来者，突然闯进它们的生存家园，或者惊扰了它们母子，或者打扰了它们夫妻，它们对我们的突然到来完全没有准备，吓得纷纷逃窜，以寻觅安全的地方停留。或许我们走后，它们依然会回来，但也受到了一次不小的惊吓。以前，我总觉得这样的事很有趣很好玩，但是最近听到了一个故事，一个关于蚂蚁生存的故事，之后，我的想法改变了。蚂蚁家族辛辛苦苦建立的蚂蚁王国，或者被一场暴雨，或者被人为地破坏，瞬间就有可能土崩瓦解，在我们看来很平常的事情，对它们来说，却是一场致命的灾难。它们的父母兄长妻子儿女，在这场空前的灾难中会怎样？会死，或者受到精神上和肉体上的伤害？如果我们以人之心看它们，它们是和我们一样的，它们所有的一切也都是苦心经营的。在这个世界上，任何一个物种都没有不劳而获之说，可它们穷尽一生的辛苦，在遭遇灭顶之灾之时，也只有痛心、惊慌和无助。

几只飞鸟将我的思绪一下拉出很远。这水上的鸟儿和水下的鱼儿，它们生活在这片水域中，对于眼前的这一切，对于轮船的轰鸣，对于一拨一拨嘈杂的游客，是否早已习惯？

有人喊，卖菱角，卖菱角啦，好吃的菱角，大家尝一尝哦！原来船已靠岸。船夫在兑换手续之际，有妇人乘机上船来，一手拿盆，一手拿着用网兜装的菱角在客人眼前晃荡。有人问，咋卖？妇人答，十块钱四袋。有客人说，不贵哦！便取钱买了，与船上的人分食。菱角是水边的特产，在我们北方是没有的，它形状极似牛头，棕褐色，外壳坚硬。这是一种煮熟了的菱角，与芸豆的味道极为相似，淀粉含量极高。在我眼里，与其将它当作吃的，不如当作一件艺术品来把玩或欣赏更有意趣。别人给了我两个，我吃了一个，留下一个。造物主真是神奇，这样的菱角，虽然是天然而成，却像是人工雕琢之物，不仅形似，而且神似，带给人无尽的遐想。我将它装进包里，风干之后，是可以摆放在书架上的。如果此后有什么可以证明我来过白洋淀，这便是物证，或者说是一个念想，一个让时光回溯的物象。

来白洋淀，孙犁纪念馆是必须要去的，尤其是我，一个已经走上写作道路的人，孙犁的精神和成就永远都是我仰望的精神高地。知道白洋淀是因为孙犁，惦记白洋淀是因为他意趣横生的文字，于是那一片广阔无垠无边无际的芦苇荡便在我的心里长久地生了根，占据着我心灵的一个重要角落。记得家里收藏过一本孙犁的《风云初记》，这本书我读过不下十遍，以前是全书读，后来自己写作了，会挑选一些情节和对话来读，以研究他的艺术手法和表现方式。孙犁的语言是极美极有活力的，他善于用动词和对话，任何一个小的场景或事件，在他的笔下都是意味盎然的。他惯于写小节、写柔情，这是孙犁的伟大之处。写作的最高境界便是看似有法其实是无章法的，无章可循，也无迹可寻，觉得它好，却说不出个所以然来，但仍是忍不住喜欢。

孙犁纪念馆坐落在荷花大观园之中。走进荷花大观园，不亚于走进了一个小西湖，曲径，长廊，草亭，茅棚，万头荷花攒动。孙犁生前是趋于安静的，去世后寓居在这样一个雅致所在，我不禁有些欣慰地笑了。我站在孙犁像前，向他深深地鞠了三个躬，表达了一个文学后人对他的敬仰和膜拜。孙犁不是一个喜欢热闹的人，但是喜欢他作品和痴迷他作品的人却很多。在陕西，在我身边，就有好多个收藏他作品的文友，文彦群便是其中的一个。文彦群对孙犁的痴迷达到了无以复加的程度，但凡孙犁的书，他都收藏，而且关于孙犁生平的种种，他皆系于怀，每每谈到孙犁，他便滔滔不绝。其实，他并不是一个非常健谈的人，但是一说到孙犁，却话如江水，滚滚而来。在他数年的研究中，书写研究孙犁的文章达七十余篇，可见对孙犁的喜欢与迷恋。孙犁的一生，是可以用“大道低回”这四个字来概括的。“大道低回”不仅是他为文的境界，也是他做人的境界。有道是，自古圣贤皆寂寞，耐得住寂寞的人才会有大作为，耐得住寂寞的人才能身后留名，生前的繁华都不过是过眼云烟，如这白洋淀上袅袅浮动的水气，难得久长。我在思考，先生做人的方向，是不是也是我该遵循的法则？我眺望白洋淀，留下了一串长长的思索……

归来时，有人说，这水好清澈呀！用手掬起一捧。这样的水是可以游泳的，但是却没有一个人敢下水。是啊，这水面太宽，有谁有信心从湖中游到湖岸，多数人是不具备这样的体力和信心的。但是，我却想看一看在这浩浩荡荡的白洋淀中游泳人的身姿，四下寻望，竟一个也不见。我们游客不具备，但在这水边生活的人，应该是具备这项技能的。果然，船夫说，这里的孩子打小就会游泳，在水边长大，都识水性，今天咋不见了？平时常常是有的呢！唔，既然有，那么且让我们观摩一下这白洋淀中的泳者，这是我非常想看到的一个场景。我就这么想着，这么期待着，这么遥望着。有时，一些事情还真是奇怪，心中想着的事，想着想着，它还真会出现，我不知道这是意念的作用，还是在冥冥之中有着一种无形的暗示和交流，我的希望竟真的出现了。正前方，有一条船泊在水边，五六个半大的小伙子自船中噌噌跳入水中，在水中酣畅地划了起来，几个猛子下去，头发便湿透了，再冒出来，仿佛几只光光的葫芦，圆溜溜，在水中飘浮着。我们的船逐渐驶近，几乎可以看得见他们大半个身影，他们在水中嬉戏着、打闹着，一个在水里游，几个在后面追，赶到了前面，几捧水洒过去，浇得前面的人眼都睁不开，直个叫骂。然后在脸上抹两把，一捧水再洒过去，还没等对方反应过来，就鱼一样游开了，笑声在水面传出很远。船驶过，我仍忍不住回头张望，他们一会儿钻进芦苇荡，一会儿嬉戏在水面上，玩得乐不可支。我想，这该是水边孩子常有的生活吧。他们仍旧乐呵着，我们的船已经靠岸，岸边有一群更小年龄的孩子，其中还有一个七八岁的小女孩，划水的姿势相当熟练，一招一式都像是个老泳者。近山识鸟音，近水识鱼性，小女孩就是最好的证明。

于此，我也知道，我也只是一个白洋淀的过客，我融不进这片水域，也做不了这儿的鱼儿。其实，有些美好放在心头就好，正如这白洋淀，它会长久地留在我的心头，令我的世界天高地阔、纯净明澈。人心宽了，也就什么都可以接纳了，天地也就宽了。做一个内心与这湖面一样开阔的人很重要，很多人失眠、忧郁，我想，这多与人的心境有关。做人，心头不仅要有一片辽阔的水域，还要有生命的绿色，它朝气蓬勃，促你向上努力生长，长成最旺盛最坚韧的春色，如那芦苇，如那蒲草，那才是生命应有的姿态。

回望白洋淀，已苍茫如烟色，但是它的辽阔和博大却在我的脑海里一直延伸，延伸成一条壮美的地平线，那青青的芦苇，那波光潋滟的芦苇荡，永远都是我心底最美最蓬勃的春色。

我挥一挥手，作别了白洋淀，白洋淀依然青绿辽阔着……

第五辑　笔间春秋

千年凤凰浴古镇

“说凤凰，道凤凰，凤凰是个好地方。山青青，水灵灵，凤凰飞来不思返……”这是凤凰镇流传的一首民谣。

凤凰镇是柞水县的一个古老的集镇，说它古老，到底有多古老？据《柞水县志》记载，距今已经有一千四百多年的历史了。相传，在唐代的时候，这里就开始兴市，那个时候不像现在，那里有码头，有渡口，有碧波如镜的河水，有穿梭往来的船只，是一个水陆运输发达的地方。而它的发达和它的古老到底和凤凰有多少关系呢？

相传在很久以前，古镇并不叫凤凰镇，而是叫三岔河口，因为它在三条河流的交汇处，社川河、皂河、水滴沟河三条河的河水一起流到这个开阔平坦的地方，于是这里便有了比别处更为丰沛的水源，这也是这个地方能成为码头的一个主要原因，当地人据此为它取下了这样的名字。到元代时，这里的集市已初具规模，又被改名为“社川河乡都”。

就在某一天，此地飞来一只凤凰，停在镇西南边山坡的一个高地上。它引颈张望，瞅着这个繁华、热闹又祥和的小镇，竟然不肯离去。当地人见到之后，知道这是一只神鸟，为了不惊动它，便不再去那山上打柴，也不再去那山上割草，甚至连那山上的野果也不再去采摘，将其留给了凤凰，以保证它有足够吃的食物，并给此山取名“凤凰山”。不知凤凰是喜欢这里的山青水美，还是这里人民的善良，反正这只凤凰就没有飞走过，它与当地的人们共生共栖，一起渡过了很多年。

三河交汇，为凤凰镇注入了不同于别的地方的灵气。在旱路尚不发达的唐朝，水路运输无疑是人们从事商业和贸易的首选。水运的发达为凤凰镇的开疆辟镇创造了得天独厚的条件，以水养人、以水养商造就了凤凰古镇的兴盛与繁荣。

清顺治年间，河南、湖北、四川、安徽的客商纷纷来到此地，在这儿经商、贸易，并将家眷也带到了这里，定居下来。人口剧增，商贾来往频繁，码头上船来货往、人潮如流，小镇呈现出前所未有的繁华。人们在此大兴商铺、大造民居，一时间，商铺由原来的几十间扩展到几百间，街道迅速延伸至一里多长。那些商人在修建房屋时，秉承了南方的户型与风格，以徽派为主，青砖白墙，三进三的厅堂结构的四合院，屋脊中间都有粉饰，正门中间镶有莲花和梅花，两旁有龙头和兽脊，房子与房子中间砌有马头墙，以防邻里失火，院里天井的屋檐皆成坡形，以使雨水都能流进天井，然后从排水道排出去，同安徽地方民居如出一宗。商业的繁荣带来了人口的兴旺，一个繁华的集镇就此兴起。

大繁荣未必是好事，久盛必衰，久衰必盛，自然物质的运行法则似乎就是这样。小镇的繁荣招来了大量的客商，也招来了一些兵匪和鸡鸣狗盗之辈，他们杀人掠货、劫色劫财。小镇人平静的生活被打破，人们终日惶惶不安，唯恐灾难降临到自己的头上。小镇上发生的一切被那只颇具灵性的凤凰看在眼里，凤凰日夜哀啼，嘴都叫出了血，可不幸仍是一桩接着一桩在发生。突然有一日，凤凰不叫了，有人看见，凤凰在山上四处衔草含枝，将那些枯枝码在一起，堆放在一个空旷的地面上。就在某一天的夜里，凤凰山上起了火，火光冲天，染红了小镇的天空。奇怪的是，火没有烧到山上的树木，也没有烧到那大片的林带，火只是在一个地方热烈地燃烧，并无蔓延之势，大火在黑夜里熊熊地燃烧，燃烧出浓烈的火焰，燃烧出一种豪情、一种悲壮。人们争相出来观看，观看这一场从未见过的奇观。蓦地，在一片明亮的火海里，飞腾出一只金色的凤凰，冲着小镇鸣叫了几声，声音出奇地脆亮，而后飞向了远方的高空。凤凰飞走了，火焰渐渐熄灭，夜恢复了原来的寂静。

自此之后，小镇上再没有血腥、没有盗匪，也没有那些让人心惊肉跳、昼夜难安的不祥之事了，小镇人的生活又恢复了往日的平静，只是凤凰飞走之后，再也没有飞回来。人们为了纪念那只浴火的凤凰，就给此地取名凤凰镇，并将小镇建成如腾飞的凤凰一般的形状，凤凰镇也因此而声名远播。远近的人都知道了柞水有一个凤凰镇，而且这里曾经栖息过一只神鸟凤凰，人们纷纷来观赏古镇的风光，来听关于凤凰的传说。

凤凰镇确实是一块风水宝地，这里田地辽阔，土质肥厚，不论是庄稼还是植被，都长得郁郁葱葱，住在这里的人们，日子总是过得很殷实，家家钱粮不缺，就算是在庄稼歉收的年份里，凤凰镇的人也不会饿肚子。历来，这片土地被人们向往和羡慕，这片土地不仅养育了凤凰镇的人民，还赋予凤凰镇人很多的才气和灵性，全县十六个乡镇，就数凤凰镇在外面工作的人多，凤凰镇出的能人多。在整个柞水县来说，凤凰镇无疑是块风水宝地，人们将它称作“金山粮仓”，又谓之“柞水的小上海”，足可见人们对此地的垂青与钟爱。

地质结构的改变使县域内水流迅速变小、变浅，昔日的深水码头被束之高阁，成了可见游鱼沙石的小河。那些曾经在宽阔的水面扬帆远航的船只也没有了用武之地，它们被迫静静地停在河边，在岁月的风雨里腐烂，渐至化为乌有。而今，能记录这段历史印迹的只有这一个水旱码头，向人们诉说着这里曾有过的繁华与兴盛。站在这个码头，还依稀能听到船夫号子的吆喝声，还有商人们讨价还价的买卖声。

一晃时间到了二十世纪，中华大地兴起了旅游热，同里、周庄一下子成了蜚声海内外的独具地方特色的文化旅游名镇，凤凰镇的古老也引起了人们的关注，很多人慕名从远方赶来，一睹古镇千年的容颜。一个历经十个朝代，有着一千四百余年历史的古镇，该有多少值得品味和怀想的东西，又发生了多少耐人寻味和不同凡响的故事？前来观摩的人接踵而至，人们像是突然在深山里发现了一座瑰丽的宝藏，纷纷来古镇探秘、访幽。小镇一下沸腾了，在人们的口口相传中，外界都知道柞水县有一个历史悠久的凤凰古镇。凤凰镇出名了，大批旅游观光的人来了，科考的人来了，文物专家还在此挖掘出了高原仰韶文化遗存物。据科考人员论证，此地在新石器时期就已经进入了人类文明。人们才领悟到，小镇的古老，远远超出了历史记载。

生于柞水长于柞水的我真正走进古镇，却是在人们的一片颂扬声之后，虽然我与它相距仅仅九十余里。当古镇蜚声四起的时候，我才产生了要去亲近它的想法。当我带着探究的眼神走上这片土地时，它带给我的新奇与震撼是前所未有的。古老的雕花门，大青石砌就的房子，三三进深的四合院，那方方正正的天井，那高高翘起的屋檐和雕梁画栋的镂空门窗，无不透着书香和雅致，那是一种富家商贾所独有的高贵与奢华，而这些东西的精致与典雅又是和江南女人的温婉细腻分不开的。听当地人说，这里的民居全都是徽派风格，我说怎么有一种似曾相识的感觉呢，原来这里竟是我前生前世所追寻的地方，抑或是我梦中曾经到过的地方，我方领会，我的内心与古镇原来是这样近的。我沿着那条长长的青石板街走着，高跟鞋踩在已经被岁月打磨得很光的石头上，发出“当当”的声音。走过之后，余音还在身后回响，好像是谁在用古筝弹出的一首悠长的乐曲，缕缕不绝。我喜欢这种感觉，缥缈而悠远，像在脚下，又像在身后，或者说是在很远的地方。我看见很多门前依旧挂着那些旧时的牌匾，高房子、古钱庄、茹聚兴药铺、孟占先绸庄、康家大院、郭氏客栈……这些古老的招牌让我的思绪一下飘出很远，我仿佛回到过去明清时代的凤凰古镇，那些着古服、戴古帽的男男女女从这些店铺中进进出出，脸上呈现出各种表情，有快乐，有忧伤，有欢喜，有平静。他们从我身边匆匆而过，仿佛我根本不存在，我看得见他们，他们却看不见我。

2007 年的金秋，凤凰镇上来了两位特殊的客人——凯森和卡罗琳，两个来自英国南海岸的朋友。凯森和卡罗琳来到古镇，游览之后，便被这里古老而又浓郁的文化气息所深深吸引，再也不愿离开了，说是喜欢这里，要留下来执教一年，分文薪水不收，只为能够住在这里，感受古镇的风情。这个消息在古镇不胫而走，一时间成为街头巷尾的美谈。在柞水的教育史上，从来没有出现过一名真正的外籍教师，而这两人的任教却是因为凤凰古镇，并且是义务执教，这无疑是一件极为稀罕而又激动人心的事。县上的领导非常重视，亲自为他们召开了欢迎会，并提出要为他们付薪，却遭到了他们的拒绝。一时之间，此事在县域内外传得沸沸扬扬，各类媒体争相报道。

两人的留居，也留下了一段人间佳话。女教师卡罗琳在凤凰镇中学教学的时候，与本校的一名英语老师相恋了，二人在经历了世俗与现实的种种考验之后，终于走到了一起，成就了一桩跨国姻缘。在中国的这片土地上，自古不乏动人的传说，有牛郎和织女的故事，有七仙女和董郎的传说，有昭君出塞的美谈，如今在凤凰镇的这片土地上，又再现了凤栖梧桐的佳话。这是一个近乎天方夜谭的故事，但是却真实地发生在我的身边，发生在古老的凤凰镇。

千年的凤凰古镇，总是上演着一出又一出与凤凰有关的美丽动人的故事。凤凰的美丽，凤凰的忧戚，凤凰的兴盛，凤凰的发展，凤凰的瞩目，为凤凰古镇书写出了一部厚重的书卷，思其古，观其今，令人浮想联翩，神思激荡。哦，美丽的凤凰，你还会带给人们怎样的惊叹与神奇？

香樟树的冬天

在南方，多的是香樟树。

第一次见到香樟树，是在江西的修水。彼时是四月底，香樟树正开花，那是一种淡黄色的细碎的小花，花很繁、很稠，鹅黄色，柔美而娇嫩，让人的心不禁柔软起来。

来机场接机的是一个年轻美丽的女子，姓周，据说是智障学校的老师，这让我有些惊诧，一个如此美丽优雅的女子，竟然心甘情愿地做智障学校的老师，这让我对她生出一些好感和敬意。现在的年轻女孩大多浮躁、好高骛远，稍有点姿色，就想跳上枝头做凤凰，谁能沉下心来做智障学校的老师呀。有了好感，一路上话就多了。当然，她也就很自然地做了我们一路的导游，我们有什么好奇或者说是困惑，她都会给我们一一解说。

抵达修水县城，满街的香樟树拂过我的眼帘时，我好奇了，不禁脱口发问，这是什么树呀？在我们北方，这样的树是没有的。那周姓女子便说，这是香樟树，南方特有的一种树，四季常青，属常绿乔木，现在正是香樟树开花的季节，所以，您就看到这些鹅黄的花儿。我说，哦，香樟树呀！那我是知道的。以前在一些影视剧里见到过，但今天，它突然就这么突兀地出现在我的面前，让我觉得陌生又新鲜，毕竟是跟它第一次零距离的接触。当熟悉的名字突然以一种真实的鲜活的姿态出现在面前的时候，便愈发好奇了。

我倚着车窗，四处观望，那一棵一棵的香樟树在路两旁整齐地排列着，像是两支列队整齐的仪仗队，以它们的茂盛和葱绿迎接着我们的到来。这样鲜活而蓬勃的绿色，让我的内心丰盈而温润着。周姓女子见我好奇，便放慢了车速，一边走，一边给我们介绍香樟树的生活习性，我们也乐于听她的介绍，任思绪和眼光在这青绿而生机勃勃的街上流淌。

很多年来，我一直生活在北方，对北方的物事司空见惯，早已习以为常，而对南方，只知是气候炎热，湖多水多，但南方真正是什么样的，它以什么样的面貌和形态呈现，却又是陌生的，似是而非，不是完全清楚和明白的，甚至可以说，只知皮毛，而不知其里，如果不真正地走进去，终究只是知道个大概。

这一次，因为我的好奇，在早晨，在傍晚，甚至在雨夜，我一次次地徜徉在香樟树下，感受着一个北方人对香樟树的好奇和探究。我就这么慢慢地在香樟树下走着，香樟树上细碎而浓密的小黄花在叶顶俏皮地挺立着、盛放着，让葱绿的香樟树披上了一层绒黄色的轻纱，宛若婚礼上的新娘一般娇柔与美丽。

修水之行，香樟树给我留下了深刻的印象。

第二次见到香樟树，是在江西的九江。九江是一个水量充沛的城市，它有着国内第一大淡水湖鄱阳湖，有赫赫有名的浔阳江，周遭被水环绕，是一个清灵灵视线开阔的城市。此时，香樟树花已开过，但香樟树葱绿葳蕤得像一列列年轻的战士，精神抖擞，神采焕发，矗立在九江街市的两边，绽放出满眼的青绿，投下一地的浓荫和清凉，让我强烈地感受到这个城市的生机勃勃和绿意盎然。

第三次见到香樟树，便是在南京的高淳了。飞机是晚上到达的，我们沿着国道一路行来，香樟树在明明暗暗的灯光下，又以它熟悉的身姿撞入我的眼帘。之前见过两次香樟树，这次再见到它，已无须他人介绍，便能一眼认出来了。尽管是在暗夜，但是丝毫不影响香樟树的伟岸与挺拔，它们在霓虹灯的照耀下，发出青绿苍翠的光。

此后，我便日日与香樟树为伴了，并且和它们一起度过了一个漫长、清冷又湿漉漉的冬天。

南方的冬天总是又湿又冷的，伴着雨水，伴着雾气。南京的高淳，亦然，只是比我们想象中的还要寒冷。

初来高淳的时候，没想到高淳会这么寒冷，总以为，高淳最冷的时候，不过就是穿件毛呢大衣就可以了，因此来的时候，就没有带棉衣和羽绒服，只带了几件深秋的衣装。走的时候，朋友还跟我开玩笑，你怕冷，刚好天冷了，派你去南方，正好做一只候鸟。是啊，我是怕冷的，自比寒号鸟，常常怯于在北方度过漫长的冬季，北风呼啸，寒气袭人，待在哪里都是冷的，一到冬天，我不是将自己关在办公室里，就是关在房子里，就像冬眠的蛇，一直到来年的春天，我才可以自由畅快地行动。而这次能来南方过冬，说真的，有一点儿小窃喜。

可来了之后才知道，南方并不像我想象中那么暖和，它的夏天是暴热的，它的冬天也是寒冷的，这种冷不同于北方的干冷，它是湿冷，那种潮湿透骨的阴冷。

南方的冬天，似乎雨总是绵绵不绝的。

我来高淳之后，便感觉时常是在下雨，隔三岔五的下雨，好不容易雨停了，或者是太阳出来了，但是晴不上那么一天两天，便又开始下雨了。因此，天稍一放晴，同事们就赶快跑回家去晒被子。南方经济好，上班族几乎个个都有车，开着车回去，晒了被子，赶快又开着车来上班。他们说，不乘着天晴了晒晒被子，被子就会很潮湿，睡起来极不舒服，天放晴的时候晒被子，于高淳人来说，是生活中的一件大事。就包括他们洗的衣服，如果不见太阳，就一直不能干透，老是潮潮的，久了还会发霉。因此，他们回去晒被子，在工作不忙的时候，领导通常也不会说什么。在高淳，办公室里和家里都装有空调，一者用空调取暖，二者用空调吸潮。

在北方，我是不习惯用空调的，总觉得用空调太过于干燥，导致口腔和鼻腔都很不舒服。可是在高淳，在这样潮湿的环境下，天天使用空调也浑然不觉，我们住的人才公寓和办公室里都装有空调，我却没有觉得干燥上火或者不适，这让我觉得，南北方的空气的干湿度差异确实很大。

从我住的地方到单位，差不多有两站的路，多数时候，我都会走着去走着回来，一者来说，我喜欢走路，二者来说，可以顺便锻炼，强身健体，只有在雨下得特别大的时候，我才会坐个公交或“滴滴”。因此，每日在香樟树下步行便成了我整个冬天的生活常态。

高淳的街道两边都栽植着香樟树，一棵一棵的，都很高大，像是篷起一把把青绿色的巨伞，罩在行人和车辆的头上，为人们挡住风、挡住雨，雨下得小的时候，即使没有打伞，也不会淋湿衣服。香樟树的叶子特别的浓、特别的密，挤挤挨挨在一起，不但能遮阳，还能遮雨。

在有太阳的天气里，太阳从香樟树枝叶的缝隙里洒进来，影影绰绰，洒下万道金光，斑驳在人行步道上，人行步道上便洒下了一朵一朵俏皮的太阳花，像星星般眨着眼睛，闪闪烁烁，明亮亮的，特别耀眼，特别温暖，漫步在香樟树下，便有了诗情画意般的惬意和美妙。

起先，人们说香樟树冬天不落叶，我还有些不相信，待得久了，见得久了，确实没有见到香樟树频频落叶，只是树下常常会掉落一些黑色如黄豆大的籽，听人说，这是香樟树的果实。香樟树的果实很繁，正如它的花朵一样，多且碎，只有黑豆那么大，不时地会从树上掉下来。因此，路面上常有许多黑色的小颗粒，一脚踩上去，会渗出一些油脂，这些油脂不仅是做樟脑的原料，也是很好的油料。

要说香樟树浑身是宝一点儿都不为过，它对氯气、二氧化碳、臭气、氟气有抗性，是一种优质的环保树种。它本身就有净化空气的功能，能吸烟吸尘、驱蚊逐蝇，是生产樟脑的主要原料，更别说遮阴避凉、涵养水土、固化风沙、美化环境了，可以说它对人有百利而无一害。

冬天，当很多树木叶子都落了的时候，香樟树依然青绿着，点缀着清冷的城市，装扮着人们的心情，让人们感受生命的旺盛与活力，予人以精神上的能量和滋养。香樟树是无比坚强的，不畏严寒，不畏风霜，甚至不畏雨雪，每天呈现在人面前的都是一种蓬勃的姿态，那青枝绿叶让人感受不到冬的萧瑟和凋零，让南方有了不同于北方的风情。虽然北方和南方的冬天都是冷的，可是南方就是南方，它依然可以四季常青，不朽，不枯，用绿色雕琢出一个优雅洒脱的冬天。记得很多年前看过一部电视剧，名字就叫《香樟树》，三个天真烂漫同年同月同日生的女大学生在香樟树下结下了金兰之谊，之后，她们走向社会、走向生活，经历了人生的种种，很多磨砺和挫折都没有让她们屈服和趴下，她们热情而顽强地生活着，她们身上都有香樟树的影子，她们不仅以香樟树为盟，而且以香樟树的姿态生活着。人活着，不就是要有种信念吗？因为誓言而不离不弃，因为誓言而永不背叛，如香樟树一般生长和存在。这三个顽强的女性，让我记住了这部电视剧，而今日，当我静立在香樟树下，万千遐思一起浮上心头。有人说，生如夏花，而我却愿做一棵香樟树，永远青枝绿叶，予自己以激情和活力，予世界一片蓬勃和清凉，这才是我希望的人生，也是我愿意努力达到的境界。

整个冬天，可以说是香樟树伴我度过的，在它的青枝绿叶下，我走过了晴天，走过了雨天，甚至走过了雪花飘飘轻轻浅浅的南国的冬天。它的每一天，似乎是一样的，但它的每一天，又似乎是不一样的，有站得笔直的警察，有遛狗的少妇，还有暖心的路人，以及我的同事和领导。在这条路上，每天都发生着故事，在这条路上，每天都有不一样的风景，而香樟树永远是香樟树，坚定地挺立，不改初衷。

我常常想，香樟树是如何老叶换新叶的？它年年这样青绿着，是否也像鸟儿褪毛一样，不显山不露水地掉落一些，在我们没有注意的时候，或者说是在夜晚，已经被清洁工扫走了？任何生命都会新陈代谢，香樟树肯定也不例外，它也会新陈代谢，老树出新芽，老叶换新叶，只不过，它不似北方的落叶乔木，一阵寒风吹来，便如秋风扫落叶一般唰唰而下，它是一点一点地凋零，一点一点地掉落和更替抽新，让我们不会感知得那么明显而已，旧的不经意地掉落，很快又生出了新的，因为树叶浓密，反而显不出衰败和零落之象，估计是这样。

走在香樟树下，我常常会这样胡思乱想。

过了年，天气开始慢慢地转暖，雨水少了些，这让我觉得最冷的时候已经过去了，香樟树的冬天也过去了。走在日渐和暖的香樟树下，我竟然生出一种莫名的感谢，感谢香樟树给了我一个生机盎然、青枝绿叶的冬天，感谢香樟树让冬天不再萧瑟和清冷。它们立在街上，却倒映在我的心田，让我时时感到一种青葱和旺盛的美丽，将我的内心点缀，于是我的心灵便不再贫瘠和枯乏，时时充盈着一种朝气和活力。

春来，阳光多了起来，每每从香樟树下走过，看着阳光下那一棵棵挺立的香樟树，我就会蓦地生出一丝留恋。或许不久后我将离去，但这些青枝绿叶的香樟树会永远盛放在我的心田，成为我记忆中永远抹不掉的一道风景，而它们的坚韧和青绿，将一路与我相伴，岁岁年年。

失却故乡的人

父母去世后，弟弟也离开了家，搬到县城居住了，老家就真的荒芜起来。

没有人居住的老家，几年便寥落了，荒草齐腰深，连一条能走到屋门跟前的路都没有了。这估计是父亲健在时没有想到的事。父亲在的时候，为了盖这幢房子，可以说是费了九牛二虎之力，倾尽了我们一家所有的财力和心血，可父亲过世后没几年的工夫，这幢房子就如此不堪了，如此颓废与破败了。

估计初建的时候，父亲会以为，这幢房子怎么也要留存五十年，或者是一百年，乃至他的孙子、曾孙子都会居住在这幢房子里，可是世事的变化远非父亲可以想见。

时代的巨轮在飞速地旋转着，人们的思想观念也在发生着巨大的变化，以前农耕生态为主的社会，现在都商业化、商品化了，人们不只一味地守家居家，多数人选择了一种开放的生活方式，他们离开农村，去城里创业或生活。

我的弟弟便是如此。父亲去世后，家里再无牵挂，他们就把孩子带到城里上学了。城里学校近，教学资源好，而且生活方方面面比老家农村方便，他们便在那儿定居了。弟媳带着两个侄儿上学，弟弟每天该忙啥忙啥，他们一家人很快就适应了城里的生活。

对于农村的老家，弟弟每次路过或是回乡时，都会停下来看一看。可时间是个残酷的东西，只短短几年，老家已面目全非，现在这里只有一幢房子和他思想深处留存的记忆。在现实生活中，这儿与他已经没有任何直接的关联了，他不用回这里吃饭，也不用回这里睡觉，这里也没有保留着他时时必须或者是要用的东西。

因此，每次经过，也就是看看，看看而已。

偶尔，想家了，想父母了，我也会去老家看看，看看老家的房屋，看看老家门前的那棵大核桃树，还有那棵经年不开花的丁香树，以及老家旁边的那一大片竹园。可是，每每回到老家，老家门前总是杂草丛生，荆棘林立，打草丛中经过，会沾一身的草渣草籽和小刺，这些东西粘在身上后，拽都拽不下来。于是，我只好用柴棍劈开一条路，循步走到门前。门前的灰尘堆积多厚，犹如冬日下起的厚厚的积雪。当初粉就的洁白色的墙皮也脱落成一块一块的，零乱在墙面上，黄的白的相间，很是颓废和衰败。门上朱红色的油漆也已经剥落，再也不似当初的艳红，新鲜而庄重。在时间宽裕的情况下，我会掏出一张纸，在门前的石头上坐一会儿。眼前一片凄凉，再想想过去人声喧哗的老屋，恍若隔世，我不禁慨叹连连。

尽管如此，总还觉得老家依然是在的，那一方土地依然是在的，那些熟悉的物像也依然是在的，因为那毕竟是我生活过的地方，是我自小长大的地方，还有那些我们曾经耕种过的土地，那些熟悉的乡亲，那些宽的窄的弯弯曲曲的道路，以及那些四季流淌着的河流和小溪，还有村庄里那么多的庭院和房屋，它们都还在，它们在，村庄就在，它们在，故乡就依然在。

可是，我没有想到，有一天我会没了故乡，我会成为一个没有故乡的人。故乡，那么厚重而丰满，那么令我朝思暮想而又牵肠挂肚的地方，怎么会说没就没了呢?

故乡最初的变更，是名称的变化，在撤村并镇的过程中，我们王坪大队跟沙坪大队合并成了一个大队，名称也由以前的“王坪三队”改成了“沙坪七组”。此后，在很长的一段时间里，我都不能适应，在需要填写我的履历时，我仍填成“王坪三队”，写过之后，才又蓦然惊觉自己写错了，然后又改。在很长的一段时间里，我在思维上都无法更正。

更名没几年，村庄便说是要被征做别用，消息传开，引起村民很大的轰动和骚动。有说好的，有说不好的，说好的是因为能给赔偿，个人可以拿到钱，得到眼前的实惠，说不好的，当然是割舍不下这个地方，毕竟这是我们祖祖辈辈生活过的村庄，是养育了我们几代人的地方，它的一草一木、一砖一瓦，都与我们息息相关，这里储藏着我们太多的情感和记忆。

房屋拆迁，村民安置是首要问题。首先得将这些村民安置妥了，才能够拆迁。当然，在预计征收这片土地的时候，相关拆迁人员已经想好了搬迁方案，经过多方面协商与洽谈，决定将王坪二队靠河边的那一片土地全部征来，用来安置三队被拆迁的居民，根据各家各户的情况，一家按人口划到一个屋庄子或者是两个屋庄子，赔偿款按赔偿比例打到各家各户的账户上，自己修建。

消息传出一年后，征收工作便开始进行了。丈量房屋和土地，清算林木，然后给各家各户划地、赔款，与之相关的一系列工作便大规模地展开了。在大形势驱动下，想征也得被征，不想征也得被征，每幢房屋上都用红漆写上了一个大大的“拆”字。我家的老宅因为久空无人居住，便成了第一个被拆掉的对象。

拆房子容易，但是拆了房子村民住哪里？这是一个很大的问题。最起码他们得有一个临时的住处，才能保证顺利地搬迁。于是，每家按人头补给了临时租房费用，一直到房子建好，搬进新房为止。很多人都去二队租了二队村民的民房居住，以作临时过渡。

建时难来拆时易。村民拿到补偿，陆续搬走了，在推土机的助推下，那些房屋如地震般哗哗地倒下。有的过日子细致的村民，将这些旧木头、旧檩子搬回去锯了，烧炉子，有的不生火，就撇下不要了，任人拾捡。村庄很快呈现出萧条败落之势。一个村庄，几十户的人家，一年多的时间，房子就已经拆得差不多了。那些绿油油的麦田不见了，那些青乎乎的蔬菜不见了，到处是断壁残垣，旧砖乱瓦满地，整个村庄，想找一块干净的地方都找不到，只有一条灰白的道路歪歪扭扭地横亘在村庄里，让人看了不禁满心凄凉。

这可是我的故乡啊，我生活了二十年的故乡，如何在短短的几年时间里就发生了如此天翻地覆的变化？我原以为它会一直陪伴着我，与我相伴终生的，可是，这才几年的工夫，就已经全变了，这让我如何不暗生心伤啊？故乡，曾经是多么灼热的字眼，曾经多么深情而又慈爱的土地，它就像母亲一样，见证我的出生，见证我的成长，它是我成长的摇篮，它是我情与爱的生发地，它是我思想和灵魂的根。可是一架推土机，在瞬间就推走了这一切，推走了我沉甸甸的过去，推走了我与生俱来的根，推走了我热爱的村庄和乡亲。这于我，是多么的残忍和残酷，自此以后，我将成为一个无根的人！

母亲过世后，父亲过世，父亲过世后，等于说我就没有老家了，只剩下这片熟悉而又亲切的黄土地。一直伴随着我成长的故乡，我想念父亲、想念母亲的时候，就回来看看，在村庄里四处走走，和乡亲拉拉家常，在老家的门前坐坐，看一看那些一直陪伴着我成长的山水和树木，想想父亲母亲健在的岁月。可如今，村庄说拆就拆，说搬迁就搬迁，故乡从陌生变为消亡，这于我实为切肤之痛！可面对这些，我却无可奈何，无力挽回，也无法阻止，只能听之任之。

起初是大哥搬走，三嫂因为房子建得慢，还没搬，因而他们家的房子还得以留存。拆迁的时候，三嫂的房子刚建起来没两年，是一幢三层小楼。对三嫂来说，拆迁是令她心痛的，这可是他们一家人辛辛苦苦建起来的房屋啊，刚建好，装修好，人在里面还没有住安生，就面临着突如其来的搬迁，这于他们的身体和心灵都是重创。没建过房子的人不知道建房子的苦和难，建过房子的人都知道，那一砖一瓦，都是用力气与汗水垒起来的，可他们用心血和汗水辛辛苦苦建起来的房屋又不得不拆迁，这份心酸，这份无奈，这份道不出的心痛，不是赔多少钱就能替代得了的。

在村庄里的人差不多都搬完的时候，三嫂也搬走了，搬到了二队他们庄基地的地方，以便建房方便，因为家里东西多，租住的房子放不下，他们只拿了必须用的东西过去，其余的暂留在三队的老屋里，而他们这幢新的楼房，因为一时半会没能拆了，就做了拆迁办公室。好在可以留存，哪怕是暂时的，于三嫂来说，也是一个念想。

世事的无常，任谁也无法想见，要是当初知道这地是要征的，这房子是要拆的，那么且不建了，何至于让自己这么劳神、劳心又劳力。住了多年陈旧不堪的老屋，好不容易建起了一座新宅子，以为自己从此就可以安心了，却不曾想，恰遇商业化时代的来临，所有的一切都要为经济发展让路。大势当前，个人只能选择服从，服从发展，服从大局，心再有不甘，再有不愿，亦只能无可奈何。每每回到老家门前，三嫂总是神情黯然。

有谁能理解三嫂悲苦的一生？拆迁工作人员是不能理解的。他们认为，这不就是个房子吗，拆了给你赔钱，你也没有损失什么。很多的事，并不是一个“钱”字能解决的。三哥身体一直不好，做不了重活，出不了大力气，家里家外的一切事务都由三嫂一个人扛起。为了生计，三嫂一直做着小生意，每天骑着自行车驮着挎篮去几十里外的西川东坪收购土鸡蛋，以此来换得一点微薄的收入，保障家里的油盐酱醋钱以及供应孩子上学。三嫂几乎跑遍了附近的山山岭岭，足迹遍及每个有人烟的地方，提起三嫂，当地没有人不认识。她头一天去山里收，第二天拿到县城里去卖，数十年，这就是她的生活，除了下雨下雪，几乎天天都在那条乡村公路上跑。一个瘦小的形容憔悴的女人骑着一辆加重自行车，在乡村的山路上用力地蹬着，上坡路陡，实在蹬不动了，就下自行车推着走一程，将这一段陡路走过去，又继续骑上自行车，不论是数九寒天，还是盛夏酷暑，从不间断。坐在办公室里的人根本无法体会那种感受，天天看着电视的人也无法感受，工作轻闲的人更无法感受，这份苦挣苦熬的生活里所有的汗水、辛劳和盼望，岂是一般人所能体会得了的？

别人建房子都是请工程队来建，而三嫂家的房子硬是靠着他们一家三口人自己建起来的，自己抬石头，自己拉屋根子，自己砌墙，自己和灰抹水泥，自己粉墙，自己打地板。没有建过房子的人不知道这些程序吧，可我的三嫂就是这样咬紧牙关在做一桩自己觉得是她这一辈子最大的事，她要建房，她要在这幢房子里给儿子娶媳妇，她要在这幢房子里住到终老，她要完成她这一生的人生成就。或许在别人的眼里，这一切的一切都是渺小的，不值得一说的，可是在三嫂的生命里，那是头等大事。可是，计划总是没有变化来得快，突然而来的现实一下子将三嫂的计划和梦想击得粉碎，她自以为伟大的事业清零，这于三嫂的打击是无法想象的。数月之间，三嫂头上有了白头发，并且一点一点地多起来。每次见到三嫂，看到她憔悴而落寞的面容，看到她满头的花发，我总是忍不住一阵心酸。

最终，三嫂也搬走了，搬得一件不留，搬得片瓦不剩，王坪三队终于成了一个空壳。但这也只是很短时间的事，很快，工程队入驻了，各项工程的筹建立即上马，王玶三队改头换面已如大潮汹涌般直逼眼前，大局已定，没有人能阻挡得了，也没有人能改变得了。

明知故乡的消失是无可挽回的事，可是心里还是忍不住惦记，忍不住牵挂，忍不住逢了熟人就打探消息，时不时地，还会打个电话回去，问问故乡的哪些房子拆了，哪儿哪儿都变成什么样了，道路改了没，河流改了没，我记忆中的那一棵棵树有没有砍掉，上院都建了些什么，下院又在建什么，我们经常打糍粑的那个碾盘还在吗。

我知道，那些东西迟早是要被改变的，或者说是根除的，可总是希望它来得慢一点，慢一点，再慢一点，让我现实中的故乡还能保存得久一点，再久一点，那么于我来说，也是一种安慰。就比如三嫂，她就是我故乡的一分子，而且是与我相亲的人，她在那片土地，或者说她的房子还在那片土地，那里就有我们熟悉和倾注感情的物像，我便不会觉得完全的陌生，而三嫂彻底搬离后，那里便完完全全成了别人的土地，与我及我的族人，还有我的乡亲再也没有丝毫的关系，那么，故乡就真的不复存在了。

故乡的消失，意味着我的根的消失，从此，我将成为一个无根的人，成为一叶浮萍，一个身心无所寄托的人。

想到这里，我有些悲伤，悲伤到不能自抑，就像是谁在拿刀割去我身上的某一部分似的。从小到大，故乡早已融入我的灵魂，融入我的血液，融入我身体里的每一个细胞，我此生都与它息息相关，无法剥离。可眼前的现实，真的就让我成了一个没有故乡的人，我的精神和灵魂被掠夺了，从此，我将残缺，从此，我的人生将不再完整。

没有了故乡，我成了一个流浪的人，一个漂泊的人，一个灵魂无依的人，走到哪儿，哪儿都可以是家，走到哪儿，又似乎都不是家，因为它们没有我储存记忆的地方，它们没有我回忆的土壤，而故乡，我生活了二十年的故乡，我已拿不走它的一草一木。

对于故乡，除了长久的喟叹，我已做不了什么，我能留下它什么呢？我唯一能留下的，便是那些根植于我灵魂深处的记忆，它们将化作时光的碎片，在我的心海中跌宕起伏，一任波涛汹涌，我只有牢牢记住这些，记住这些连贯和不连贯的记忆，让它们陪伴着我，陪伴我度过此后的年华和光阴。

故乡，那么，且深埋于心底吧！

夫妻鞋匠

鞋匠是一对夫妻，就住在我的楼下，我是住在这里一个月之后才知道的。

初到这里，只知道对门住着一个老师，年纪和我相仿，这让我窃喜，以为有了可以交流的邻居。

楼上其他的人，皆不知根底。

某天下午，下班回家，一妇人推着一辆三轮车进院了，艰难而又吃力的模样，我正紧随其后，便不由自主地搭了把手，她回过头，质朴地冲我笑笑："谢谢！"露出一口洁白好看的牙。

我方知，她和我同院，就住在我的楼下。

渐渐地熟了，知道了一些她家的情况，他们家有三个孩子，都是女儿，用当地人惯常的话说，便是三朵花。

在当时，多数家庭都只有一个孩子，他们家有三个孩子，要吃饭，要读书，显而易见，日子是窘迫的。

夫妻二人都会补鞋，常常轮流出摊，因此他们的鞋摊总不会空着。

鞋摊摆在离我们所住的小区不远的十字路口附近，那儿有好几个补鞋的，坐成一排，像是一排认真做作业的学生。

鞋匠的生活是辛苦的。不论刮风下雨，还是寒冬酷暑，他们都得出摊，为讨一口饭吃，从早晨坐到中午，从中午坐到黄昏，一直到天黑了，才心有不甘地收摊回家。他们是在露天地里讨饭吃的一群人。

认识他们之后，我每次补鞋都会到他们的鞋摊上去补，因为在一个院住，也因为他们家生活的不易，总想能够间接地帮助到他们一点。

妇人很和气，见人总是笑眯眯的，一脸喜相，特别是她那一口洁白的牙齿，笑起来很好看，每次老远见着，都会笑容满面地同我打招呼，因此，心理上便无端地与她近了。补鞋的时候，她要少收钱，我总不肯，还是按正常价付给她。她一脸歉意地拿着钱，捏在手上半天都不往口袋里放，一直望着我走远。

男人一身好力气，在补鞋之余，还会帮人做一些力气活，哪儿拆个房啦，哪儿下个货物啦，哪儿搬运个水泥啦，他既不嫌脏，也不怕累，接到电话，肩上搭件破旧衣服，兴冲冲地就去了。日子久了，县城里的人都知道他是一个做活的好手，逢到了有活的时候，就会给他打电话。他接了电话，放下手中的活，交代给妻子，自己麻利地就去了。回来，便会揣上一卷现钞，喜滋滋的模样。妇人收了钱，一家人欢天喜地。

虽然这种工作来钱直接，但却很伤身体，全靠卖力气，同时也是有风险的，稍有不慎，不是将腰扭了，就是将胳膊腿弄伤了。等伤治好了，男人又生龙活虎了，照常四处干活。

在外干活的时候，男人总是很有心，将单位一些废弃的轮胎拾回来，作为补鞋的原材料。新买回来的鞋，多数人都会钉个鞋底，这样鞋子便耐穿一些，脚也会舒服一些。这夫妻俩将这些轮胎切割成厚薄不一的皮块，作为钉鞋的材料。这种轮胎钉的鞋底，耐磨又防滑，结实又耐用，深受人们的喜欢，而他们又节省了成本，实在是一举两得。前院因是公共场所，不能堆放杂物，他们就将捡回来的这些废旧轮胎放到自己房间后门的阳台上。阳台上东西堆得一多，便遮挡了光线，房间里便显得非常阴暗。因此，人们在突然走进他们家时，便会眼前黑乎乎一片，好一会儿才能适应过来，看清东西，而他们则习以为常。

平日里，他们在外忙着挣钱，多数时候家里是没人的，除非吃饭时间，家里有个人声，一般情况下，家里都安静得仿佛无人居住。幸好几个女儿听话，放学回来了，自己做饭，有啥做啥，吃饭都不挑剔。她们做好了饭，给父亲和母亲送去，然后她们才自己开吃，虽然是粗茶淡饭，但一家人吃得有滋有味，顿顿锅碗干净，从不剩饭。

在三个女儿中，大女儿是最出色的，不仅人长得漂亮，书念得也好。父母都是补鞋的，少文化，也没有能力辅导她，但是她却很会学习，自发自觉地学习，一天要上学，要做饭，还要干家务，照顾两个妹妹，可是学习却一点没有耽误。她的学习成绩在班里一直是名列前茅。老师也没有因为她家里是补鞋的而看不起她，相反，还常常当着全班同学的面表扬她，让同学们向她学习。

人都说，穷人的孩子早当家，的确如此。她们家的家境如此窘迫，但孩子们却没有怨天尤人，各人安分守己地做着自己本分的事，乐观地生活，努力向上，力所能及地帮助父母减轻生活上的担子，积极地对待生活中的种种艰辛。三个孩子从小就显得很懂事，洗衣服、做饭、收拾家务，样样都能干，大人不在家，家里也能收拾得干干净净、井井有条。几个女儿能打理生活，夫妻俩就能安心地在外面挣钱。据说，他们的这幢房子就是夫妻俩用补鞋挣的钱买来的，虽然没能好好地装修，但是最起码，他们在这个县城里有了一套房子，一块属于自己的天地，孩子们有了一个安定的家，不用再天天租房子，过着东游西荡漂泊的生活。而这，对他们一家人来说，就是生活中最大的安乐和满足。

听院里的人说，夫妻俩在这个县城里补鞋有些年头了。两人结婚时，男方家里很穷，没有维持生计的手段，又加之地处偏远的山村，土地少，种的粮食一年根本就不够吃。为了讨一份生活，男人便跟人学会了补鞋，来到城里，在街道上摆个摊。后来，女的又从艺于男人，也学会了补鞋，两人便一起在街上摆起了鞋摊，成了一对夫妻鞋匠。那时，他们还没有孩子，后来，相继生下三个女儿，虽然风里来雨里去的，生活相当艰苦，但是一想到三个孩子，心里就是甜蜜蜜的，觉得日子有了希望和奔头。

两人从年轻时就开始在这座城市里补鞋，每天起早贪黑。他们在街上补鞋占的都是临时摊位，为了不跟人发生纠纷，他们每天早早地出去，以便能长期地固定拥有一块摆摊的地方。夏天，烈日当头，热得人汗流浃背，一天到晚，身上的汗都不能干，唯一能够为他们遮挡太阳的是林荫道上的树荫，但太阳透过树木斑驳的缝隙还是强烈而肆无忌惮地照晒到他们的身上，一个夏天，晒得他们脸上身上起了一层老厚的黑皮，甚至脖子上、胳膊上也会晒得脱皮。冬天的时候，天冷得像下刀子，他们就自带一盆火，最初是木炭火，后来变成了无烟煤，一盆火只能管到中午十一点多，之后便化为灰烬了，剩下大半天的时间，他们只有干冻着，忍受着凌厉的严寒。这样的工作，一直要干到腊月二十五六，才收了摊，回家置办年货，准备过年。一年当中，也只有过年，才可以放开生意心无挂碍地歇息两天。因此，可以说，补鞋人的生活一年四季都在大街上，除非暴雨暴雪，少有歇假的时候。如果他们有十天半月的不出摊，他们的鞋摊就会成了别人的，再想从业，就无处可立身，因而若非有重大事宜，他们是不能歇的，也是不肯歇的，就算要歇，也得跟补鞋的同行打好招呼，他们还要再来，别让人把他们的摊位占了。这也是妇人要学补鞋的原因，不管家里有什么事，总得有一个人在街上占摊，要不然，他们的生计就断了。这种苦，非一般人可受，可是他们就这样一年年一月月地熬着，熬到三个女儿都上了学。对他们来说，生活虽然艰难，但是看着女儿们一天一天地长大，心里就充满了喜悦。

我和对门的老师都只有一个孩子，依着计划生育政策，农村人可以生两个女儿，可他们却生下了三个女儿，想必是因为还想生一个男孩，没想到生下来的又是一个女儿。按照计划生育政策，已经超生，生也生了，超生就超生吧，被国家罚款，因为孩子，也只得认了。生好生，养难养。一个孩子，从小到大，要吃要喝，要人抱要人管，哪一项都离不开大人的照料。家里没有人照看，就将孩子带到鞋摊上，背在背上补鞋，女儿有时听话，有时不听话，不听话的时候，就在妇人的背上哇哇大哭，她不得不将女儿从背上解下来，给孩子喂喂奶，弄点吃的，哄哄，孩子乖了，就又绑到背上，继续干活。后来，孩子大了点，就放在鞋摊上，任由她在地上爬来爬去，爬得满身是灰满身是泥，也没有办法，只得由着她，脏了，第二天再换。就这样，孩子在鞋摊上长到了上幼儿园的年纪，上了幼儿园，一家人就轻松了，每天早上送去，下午去接回来就行了。

生活没有标准。很多人家里天天吃着大鱼大肉，可是他们家却老是粗茶淡饭，天天都是面条、糊汤、罐罐馍，老这几样。对于吃饭，他们总是啥饭简单就做啥饭，在洋芋下市的时候，买上几袋堆放在阳台上，做菜下饭。在他们家，顿顿饭菜都离不了洋芋丝、洋芋片，洋芋糊汤、洋芋面片、洋芋米饭在他们家是最家常的饭，一堆洋芋又做菜又当粮。记得有一次，我从外面买菜回来，遇上那妇人，我说："一天吃饭都不知道买啥菜，感觉真没啥可吃的！"妇人说："你们还天天买菜，我们家都很少买菜哩，基本上天天顿顿都是洋芋，洋芋做菜，洋芋下饭，来来去去都是拿洋芋对付着，忙，也顾不上做，顿顿就简单着吃了。"逢到过节了，孩子的生日了，才能看见他们割点肉，说是为了让女儿们高兴高兴，平时，一日三餐能凑合就凑合，女儿实在馋了，就去门口的小店里买碗擀面皮吃，过过嘴瘾。生活这样平淡，可三个孩子却长得敦敦实实，一点儿都不瘦弱，比一般家庭娇生惯养的孩子还要壮实。这让我想起了我们小的时候，生活也是这样，我们兄弟姐妹六个，天天粗茶淡饭，个个也健健康康，顿顿饭一好，拿个碗抢着吃，个个跟小猪似的，饭食虽然普通，但也保证了我们最起码的饮食需要和营养。我又想起梭罗的一句话，人最基本的生活需求其实很少，很多人们自认为是需要的，其实都是奢侈品。

一天，在跟院里的人聊天时，有知情者说鞋匠的大女儿考上大学了，而且还是西安交通大学，陕西省的名校。这让我着实意外，这孩子考上大学我不意外，意外的是竟考了一所这么好的学校。人都说，穷人家的孩子早当家。我也这么以为，穷人家的孩子总要比家庭环境好的孩子懂事得早，他们明白生活的艰辛，知道要靠自己的努力赢得一个好前程。人常说，寒门出英才。其实，并不是寒门子弟有多才华横溢，而是他们懂得奋斗，在逆境中崛起，因而才能取得异于常人的成就。人与人之间智商差异都不会太大，除非个别人拥有超于常人的天赋，可为什么好多条件好环境好的孩子没有出息，甚至最后沦为父母的累赘、生活的弃儿？原因就是，他们的生活过于优越，习惯坐享其成，从而不思进取，失去了努力和奋斗的方向与动力。所谓“祸兮福所倚，福兮祸所伏”，便是这个道理。因此，对孩子进行忆苦思甜和艰苦挫折教育是非常必要的。

几年后，鞋匠的大女儿大学毕业。第一年，就考上了市里的公务员。第二年，又考上了省上的公务员。这让人意外得不能再意外。现如今，找了个对象，双双在省城工作。后来，两个小女儿也考上了大学。逢到节假日，大女儿会带着女婿回来。自己开车，拿着大包小包，看望父母和两个妹妹。那鞋匠夫妇脸上就乐开了花，赶到院门口将女儿和女婿接回家。即使如此，一家人依然节俭，买上些酒菜，自己在家里做了饭菜，大伙围着并不大的小餐桌，挤在一起热热闹闹地吃着团圆饭。

在这期间，我搬走了，鞋匠夫妻后来也搬走了。我搬走是因为在另一个处所买了房子，而鞋匠夫妻搬走，则是因为自己盖了房子，而且盖的是一座五层小洋楼。据说是他们在别人手上买的一块地皮，自己盖起来的，盖好后，他们将一层租出去给别人做了门面房，剩下四层房，他们自己住一层，给三个女儿一人留了一层。鞋匠是这个社会最底层的人，他们做着最卑微的工作，但是他们夫妻二人却用自己勤劳的双手，养大了三个优秀的女儿，创造了众人没有想到的财富。在很多人眼里，鞋匠只能住最差的房子、吃最普通的饭菜、穿最低档的衣服，他们会一直卑微，靠着给人修修补补谋生。是的，他们看起来是很卑微，就包括现在，他们也仍在街上摆着鞋摊，都知道他们是鞋匠，但很少有人知道他们的名与姓。他们仍旧天天早出晚归，没有身份，没有地位，但在我眼里，夫妻二人却是精神上的贵族，是晚上最能睡得踏实安稳的一族。他们有优秀的女儿，他们有宽敞的住房，他们用自己的辛劳和汗水实现了人生所有的追求，这该是为人父母最大的理想和满足吧！人生，到这个份上，还求什么呢？

每每走过那片街角的时候，我还会远远地望上一眼，看看那对补鞋的夫妻，有时女的在，有时男的在。在很多人看来，现在他们完全没有必要再补鞋了，光靠收取门面房的租金，就可以过着很宽裕的生活了，可他们仍然在补鞋，或许补鞋于他们已经成为一种习惯，或许对他们来说是与生俱来的本分，如果不补鞋，生活会变得空洞无聊寂然无趣。

就算那男的老了，再也不能做力气活了，起码他还可以补鞋，将每一轮日子过得充实而饱满。

妇人送来了饭，是饺子，男人接过饭，香喷喷地吃了起来。

夜长安

长安，曾离我不远不近。长安于我，不熟悉，也不陌生。

因为柞水县同过去的长安县是邻县，不过，现在长安县已经划归西安市，改叫长安区了。

小的时候，村里常有女子嫁到长安，因为长安地多，长安地好，可以长庄稼，能够吃上白面馍馍和长长的面条，甚至可以给娘家时不时地带上两袋白面。

不曾想，我也有栖居长安的一天。

真正走近长安，才知道长安之大，长安之有趣，长安之广博，尤其是长安之夜，犹如一个万花筒一般，在我的眼前无限地铺陈开来。

长安有一条步行街，还有一个广场，步行街同广场相连，因而长安的夜便集中到了这一块。一到下午，人们就纷纷来到步行街上散步或者闲逛，于是，步行街上便热闹起来。因是步行街，整条街上并无车辆，只有来来去去走动的人流，人们的行动从容而安然。

有闲庭信步的老者，有手挽着手的情侣，有相爱的夫妇，还有推着婴儿车的男女，更有一家老小同出的，他们在街上悠闲地走着，逛着，不惊不慌，不紧不慢，怡然自得。

步行街很开阔，街两旁全栽植着樱花树，将整个街面划分为三部分，于是长长的街道便有了视觉和地理上的分割。花开时节，繁花朵朵，暗香浮动，长安的夜便更加摇曳和迷人了。有的为赏花，有的为怡情，有的为健身，有的为在忙碌了一天之后放松一下，因而长安最美的夜便在樱花开过之后。

日落之时，华灯初上，长安之夜便在霓虹灯的照射下渐渐地拉开了序幕。

最初映入眼帘的是一群甩陀螺的人。这是一群成年的男女，他们甩陀螺的姿势很有范儿。陀螺很大，一个个若海碗，可这些陀螺在他们鞭子的挥舞之下可以随意地旋转，“啪！啪啪！啪！啪啪啪！”，那噼里啪啦的声响犹如礼炮阵阵，不由分说地冲击着人的耳膜，让人忍不住驻足观望。

围观的人多了，他们便愈发甩得起劲。

看着眼前旋转的陀螺，我想起了儿时的情景。我的童年是在农村度过的，冬闲的时候，我们这些孩子就好玩这个。大人们找上硬的木头，比如柞树、板栗树或者是核桃树的树干，这些木头材质坚硬，不易变形，然后用锋利的刀将木头削成上面大下面小的圆锥体，上面是一个圆形的平面，下面尖若铁钉，若想好看，拿上蜡笔在上面再画上两个同心的圆圈，转起来就漂亮多了。这样的陀螺往往只有一个桃或者是杏那么大，同眼前的陀螺大不相同，眼前的陀螺，玩法也没有改变，但是身量却发生了几倍甚至是十几倍的变化。据甩陀螺的人讲，这样的陀螺大的一个要卖 180 元，最小的也要 15 元钱。

在麦场上，在平整干燥的泥地上，我们一群小伙伴在瑟瑟的寒风中甩陀螺的情景仿佛就在昨日。天虽然很冷，但我们一点儿都不觉得，我们舞动着牛皮鞭子使劲地甩呀甩呀，将陀螺甩得满地跑。大伙比着甩，看谁的陀螺转得欢，看谁的陀螺转的时间长，个个玩得兴致勃勃、劲头十足，在寒风四起的冬日，额头竟能渗出一粒一粒的汗珠。谁能想到，在那个衣衫单薄的年代，我们的冬日竟然是这样的温暖有趣。

令我没想到的是，如今甩陀螺竟然成了一种健身运动。在那个年代，因为生活贫乏，人们只得自己找乐子，想办法，因地制宜，就地取材，那样的快乐虽然简单，但于身心都有益。我们在玩中获得了快乐，在快乐中驱走了严寒，那些简单而快乐的时光也成了我们成长中最美好的回忆。

今天，在这个大都市里，在霓虹闪烁的街市，我再次看见了陀螺，不是一个人，而是一群人，他们兴高采烈地甩着陀螺。我想，他们甩陀螺的心情肯定跟我们小时候不一样，我们小时候是因为没有什么玩而自找乐子，而现在的人是玩的花样太多，不知道玩什么了，才又重新拾回儿时的童趣。

正当我沉浸在无边的遐想中的时候，一阵摇滚乐传进了我的耳朵。那是一群跳街舞的青年，他们年龄都不大，基本上在二十岁左右。他们的舞蹈同他们的年龄一样年轻活泼，他们个个身手矫健、体态轻盈，在霓虹灯下铿锵而神情激昂地热舞。

街舞，顾名思义，是在街上跳动的舞蹈，它可以说是城市里的时尚元素，在乡村尚未普及。它同摇滚乐一样，是舶来品，最早起源于非洲，是爵士舞的产物，20 世纪 80 年代传入中国，因它热情激昂又活力四射，被众多城市青年所喜爱。

以前，我经常在电视剧或电影里看到跳街舞的青年，今天，他们直接从影视画面中跳出来，撞进我的视线，虽不陌生，亦是有趣。我忍不住打量着他们，这几个小青年个个都挺瘦，棱角分明，不知道是因为跳街舞运动量过大，还是他们尚没有到真正发育的阶段。黑色的体恤，牛仔长裤，显得分外精干利落，人虽瘦削，但个个充满活力，蹦跳自如。他们的腿脚与骨骼就像是安了弹簧一样，伸缩灵活，那一脚一脚，不像是踩在地上，倒像是踩在弹簧上，“噌”的弹起，“噌”的落下，相当的有节奏，舞步中充满了强劲与力度，动作几乎都是由各种走、跑、跳结合起来的，有时还会有一个大幅度的腾转和跳跃，充满了动感。

一个小孩看他们跳得热闹，也跟着一起跳起来，我不禁哑然失笑。很多人都夸这个小孩聪明，因为小孩真的很小，可能只有五六岁吧，当然，他的家长就在跟前。一个跳街舞的青年见小孩如此勇敢可爱，就悉心地教他，顿时，一个大男孩，一个小男孩，成了舞场中的焦点。一个高大熟练，一个矮小稚嫩，成了人们眼中的风景。小孩的认真，让我不敢再有笑他的意思。他的小手，他的小脚，随着青年的舞步一前一后地跳动，一招一式，倒也模仿得很像。孩子悟性极好，小小的人儿居然能将这么高难度的动作做的和青年大致一致，围观的人连连鼓掌。

有道是：“无知者便无畏。”正因为孩子小，什么都不懂，什么都不怕，喜欢，就敢于走过去尝试，而我们成人，常常缺乏这样的胆量。我们害怕自己不会，害怕自己跳不好，害怕自己当众出丑而成为别人眼中的笑话，我们没有接受新事物的勇气，也不敢给自己尝试的机会，多数时候，我们只是看客，看着别人精彩生活的看客。

虽然我明白这个道理，但我依然不具备这样的勇气，对于街舞，我此生只能是静静地欣赏和观摩，做一个爱评判的观众而已。

这么想着，我便举步离开。

有歌声飘来，我便循着声音走去，那是一个群众自发组织的演唱团。当然，这样的演出没有什么收入，只是演员们的自娱自乐。一个中年女子和一个老者正在表演男女声二重唱，演唱的好像是一首少数民族歌曲，男的要去参军，女的依依不舍，临别时，他们的一段情感演绎。两人一边唱，一边跳舞。两人都不年轻，但是舞姿却娴熟到位，女子比较活泼，一会儿身子忽忽的飘前，一会儿身子悠悠的迂后，像一只优雅的蝴蝶，在场地中间翩翩起舞。边上有弹琴的，有拉二胡的，还有吹萨克斯的，这些人组成的乐团让这次演出显得郑重而更具舞台效果。

他们的演出结束后，上来一个男子，唱的是一首我不熟悉的歌。

老公说，咱们去别处看看吧，我便随他离开。

在郁金香盛开的地方，簇拥着一大群人，我个儿小，很轻易地就从人缝中钻了进去。一个衣衫褴褛的人正在唱一首《老阿姨》，她悲悲怆怆，颤颤巍巍，走两步，摔一跤，走三步，再摔一跤。起先，我以为她是一个乞丐，心想，这是谁家的老人，咋没人管呀，怪可怜的，跑来这里博人同情，因为在她跟前，真的有扔钱的人，那些一块的、五块的、十块的散落一地，同周围灿烂盛开的郁金香形成鲜明的对比——花的美艳与人的憔悴凄怆，一个是美到极致，一个是悲惨到极致。却不料，此曲终了，歌者头巾一取，衣服一脱，竟然是一位中年男子，真是令我大出意外。他的演绎，句句有情，声声含悲，说的是一个老阿姨为了别人的幸福，甘愿奉献自己的青春年华乃至人生的感人事迹。没想到，他竟是一个艺人！

眼前的景象让我想起了老北京的天桥，那儿曾经是一个民间艺术集散地，唱曲、杂耍的，说评书、唱戏、敲大鼓的，五花八门的全有，就如我眼前的这般，全是露天的，艺人在哪儿表演，哪儿就是舞台，围着观看的就是观众。那是一种很纯粹的民间演艺，擅长什么都可以拿出来露一手，喜欢的，就算是身无分文，也可以尽情地观赏，是一种很平民化很民间的演出，用现在的话说，就是“接地气”，不用花很多的钱专程去买门票，就能欣赏到很精彩的表演。其实，在民间，有许多高人，他们的艺术道行和文化造诣并不比舞台镁光灯照射下华衣锦服的演员差。真正优秀的艺术家往往是根植于民间的，正是因为在民间，他们才能吸收到充足而丰富的营养，他们才能呈现出最具地方特色的原生态的艺术。

这边歌声飞扬，那边又是锣鼓喧天，原来是秧歌大姐们扭起了大秧歌。只见她们头顶花伞，腰系绸带，在纵情地舞动着，边上数人在激情澎湃地为她们擂鼓。那些大鼓一顺儿排开，鼓者的头也随着鼓点有节奏地摆动，他们丝毫不亚于那些舞着的大姐们。我就奇了怪了，这个地方的人怎么这么精力充沛，不论是男女老幼，一样的欢欣，一样的精力旺盛，一样的热爱生活。长安的夜，因为他们而活力四射。

看，有跳健美操的，有跳交际舞的，有蹓旱冰的，有骑独轮车的，有打羽毛球的……呵呵，居然还有蹓狗的，大的狗，小的狗，男人领的，女人领的，都聚集在一起，有的满身绒毛，有的被剪得光溜溜一丝不挂，还有的特意穿了个小小的针织背心。纵观狗儿众相，不由让人感叹不已。

我在心里想，此地与别处确有不同，别的地方有的，长安有，别的地方没有的，长安也有，这个地方，有着与别的地方不一样的丰富与热闹。白天都是一样的街市，但夜晚大有不同，最为奇怪的是，在这里，男人和女人的活动并没有什么明显的性别划分，男人可以放开胆量跳健美操，女人可以尽兴地甩陀螺，男人甚至可以给女人领舞，并且比女人的身段还柔和优美。夜在这里，就像是一个魔术师，可以变幻出无穷的花样，又像一桌丰盛的文化大餐，齐刷刷地摆放在面前，令人目不暇接，一双眼睛竟不知道该往哪儿瞅才好！

“未开言来珠泪落，叫声相公，我的小哥哥，空山寂静少人过，虎豹豺狼常出没，除过你来就是我，二老爹娘没下落，你不救我谁救我，你若走了我奈何？”原来是有人在唱秦腔。此曲是秦腔名剧《三滴血》中的唱段，一声声，如泣如诉，字字见悲。此曲我也会唱一点儿，那是曾与一位周至的大姐学的，当时，听她清唱甚是好听，便央求她教我，她还就真耐着性子一句一句地教会了我。今日，在这个广场，又听到了熟悉的曲调，心中好不欢喜，长安的夜，便更有情调了！

我抬头看看天，天空朗润，点点繁星闪耀，同街市灿烂的灯火交相辉映，夜在五彩的光影中更摇曳生姿灵动迷人了。一只巨笔宛如一把利箭直刺向云霄，这支笔有多高，我不知道，那是人眼无法计算的高度，它作为长安广场的标志性建筑物说明了什么呢？我一直在想这个问题，是一柱擎天，意在用它托起一片长安的天空，还是用它来书写这个时代的精神与文明……

武则天的逆袭史

丁酉年春，借着春节假日，在寒风萧萧中，我寻访了乾陵。

江南的才子，江北的将，陕西的黄土埋皇上。陕西确是帝王陵最多的地方，打咸阳经过，可见一座一座圆形的山丘。其实，这些山丘并非真山，它们都是王侯子孙的陵墓。它们的存在，让陕西这片土地变得神秘而与众不同，每一个陵墓都有一个丰厚的故事，每一个陵墓都潜藏着一个王朝的更迭。在这些陵墓当中，最能诱发人遐想与好奇的当属乾陵。乾陵位于陕西咸阳的乾县，在城北六公里的梁山上，这是一个皇帝和皇后的陵寝，也是两个帝王的陵寝，这在中国古代史上绝无仅有，但是在中国的历史王朝中偏偏就留下了这样一个传奇。

这两个帝王，乃唐高宗李治和女皇武则天。

当时有谣言曰：唐三代后，女主武王。武则天本为唐太宗李世民的才人，因其武姓，故遭李世民冷落。作为被冷落的才人，武则天并没有被打入冷宫，幸运的是，仍能服侍唐王李世民。也就是因为在李世民身边，她认识了太子李治，二人相恋，碰撞出爱情的火花。李世民死后，武则天被发配到感业寺，削发为尼，过着青灯古佛的生活。李世民去世一周年时，李治前来感业寺祭父，再遇武则天，武则天以一首《如意娘》：“看朱成碧思纷纷，憔悴支离为忆君。不信比来长下泪，开箱验取石榴裙。”再次打动了多情的李治，两人旧情复燃。后李治设法将武则天接入宫中。武则天重新回到了后宫，因其博学聪慧，深为李治器重，并助李治理政。武则天在帮助李治管理朝政的过程中，显露出了高超的政治才能，这为她日后自己称帝打下了坚实的基础。

人都是被环境逼出来的，为了生存，不得不变得强悍。在弱肉强食的宫廷生活中，不是你死，就是我亡，人与人之间不停地在斗智斗勇。武则天本是一个单纯的女子，在进入后宫之后，不得不用起手腕，不得不学会算计，否则，不仅会被皇上冷落，也会被其他嫔妃瞧不起，瞧不起事小，还会被百般欺压和凌辱，甚至会无缘无故地成为别人的替罪羊，莫名其妙地被处死或者打入冷宫。古人说，哀莫大于心死，一个人如果心死了，便什么也不会顾忌了，便什么也无所谓了，也便能冷下心来，狠下心来，做出令常人无法预料的事来。

武则天便是如此。自她进宫的那一天起，有多少人想要取她的性命，好在她幸运，并没有成为李世民真正意义上的女人，因此也没有去陪葬。虽然没有成为李世民的祭品，但是被削发为尼，这于一个正值青春年华的妙龄女子来说，是一段比死还难熬的时光。她的幸运在于李治依然念着旧情，将她从青灯古佛中拯救出来，她得已再度进宫。武则天的回宫，遭到了几乎所有大臣的反对，若不是王皇后支持，武则天断没有再度进宫的机会。从某种意义上讲，是王皇后与萧淑妃的宫廷争斗成全了武则天，让武则天得以重见天日。

李治患风疾，常常头痛，一痛起来便无暇顾及朝政，朝廷的所有事务便交由武则天打理。武则天在打理朝政的过程中显示出了卓越的政治才能和治国方略，她头脑清晰，善察明断，使李治对她越来越依赖。纵然如此，李治也没有给予她全部的信任，在他病重后，意欲废除武则天的皇后之位。武则天提前得知，当面问责，又累叙前情，李治不得已，只好将所有责任推到宰相上官仪的身上，致使上官仪一家被满门抄斩。倘若武则天不知，一朝废后，将必死无疑，是她的先发制人保全了自己。

在中国古代，历来是男权社会。古语道："女子无才便是德。"男人可以参政，男人可以经商，男人可以读书，男人可以参加科举考试，而女人是统统不行的。女人只能相夫教子，学点针线茶饭，围着锅台转，就算是大户人家的小姐，读点诗文，也只能在闺房里自我娱乐，没有丝毫的用处和价值。因此，在古代，女子只要会认钱、会算账就行了，根本无须有太多文化。女子纵然有些才华，也是不可以抛头露面的，更别说当皇帝管理国家了。几千年的封建礼制束缚着女人，束缚着女人的才华和智慧。因此，当武则天参与朝政时，遭到了唐朝那些文臣武将的一致反对，大唐难道没人了，哪里就轮到女子当政了？！于是他们想尽办法要除掉她。武则天为了生存，不得不与他们斗智斗勇。政治是残酷的，不是你死，就是我亡，两军对垒勇者胜，没有选择。可能对武则天来说，用那么多人的鲜血换来政权，也是相当不忍的，可是，如果她不除掉自己的政敌，她的政敌就得除掉她。好不容易，扶儿子李显为帝，韦后专政，废了李显后，又扶儿子李旦为帝，李旦太小，担不了大任，来来去去，还不如自己当政，明明自己有满腹经纶、文韬武略，为什么偏偏要躲在幕后向一个不懂事的孩子出谋献计，还要征询来征询去的？！彼时的武则天就在想，人说女子不能为帝，我倒要试试看，我当了皇帝，究竟会比男人差多少，究竟能不能将国家治理好！武则天正是抱着这样一种挑战的心理走上政坛的，她在挑战社会秩序，挑战长久以来固有的对女子的不公。结果，她赢了，赢得了江山，赢得了人心，并且开创了一个大周时代的辉煌。谁说女子不如男？男人可以做到的事，女子一样可以做到！事实证明，女子并不比男子差，女子凭着自己的智慧和才情同样可以挑起一座江山。在那个时代，武则天无疑是女子们的楷模，是女人中的英雄，她让很多女人从传统礼教中解放出来，从深闺大院中走了出来。后世出来的著名词人李清照，以及众多女诗人词人，还有一代女将穆桂英等，都是女性思想解放的成果。从女性的角度来说，我们应该感谢武则天，是她让女人知道，女人也是可以顶起半边天的，女人除了做饭洗衣服，还可以做许多男人能做的事。

武则天死后，世人对她褒贬不一，有人说她对当时的社会做出了很大的贡献，也有人骂她攥权，夺了大唐江山，干出了不守妇道、有违天伦之事。当然，骂武则天的都是男权主义者，承认武则天为社会做出贡献的是公义之士，客观地在总结着武则天的功过。是人就难免会犯错，评价一个历史人物，要看其是功大于过还是过大于功。功大于过，当然是值得肯定的；过大于功，肯定会被谴责。而武则天，肯定是功大于过的。在她执政期间，政治上政通人和，军事上稳定，经济上迅速发展，人口从过去的380万一下子增长到615万。她重视农桑，并开创了科举制度，亲自主考，开启了天下殿试的第一模式，重视人才，重用人才，不以贫富贵贱选人用人，不拘一格降人才，这是武则天最为可取的地方，也是当时社会进步和发展迅速的主要原因。武则天的一系列创举，开历史之先河，充分体现了一个女人的远见和卓识，以及一个女人不逊于男人的智慧与谋略。

纵观中国历史，在服饰文化上，可以说唐代的服装是最美的，它具有超前性和开放性，女人可以露颈、露胸、露腕，这在很多朝代都是不允许的。唐朝开了中国服装史上的先河，让服装的美从一种保守的美转向了开放的美、形体的美。唐代的衣服以丝纱绸面料为主，女人穿起来非常柔媚，特显身段，使女人在形态上真正同男人区别开来。从唐朝出土的壁画上可以看出，唐朝的服装飘逸、婀娜，极尽妖娆之美，一个女人就是一幅风情万种的画。在唐朝，女人可以穿得漂漂亮亮的，成群结伴地逛街，可以在阳光下打马球，参加体育活动，这些都是前所未有的事。武则天时代，真正地让女人从闺房和绣房中走出来，走到阳光下，走上街市，走到大众面前，这是对女人从身体到心灵上的彻底的解放，女人不再完全地依附男人，甚至可以自己寻找心仪的男人。在这个时代，对女人的宽容和包容是前所未有的。事实证明，武则天的观念是对的。现在，女性也正是秉承着男女平等的观念在生活着，她们真正从幕后走到了台前，从家庭走向了社会，成了社会的主人，成了支撑和参与社会生活的半天边，女人和男人一起为社会的发展和建设添砖加瓦、贡献心力，女人的才华和价值在工作和社会生活中得到了很好的体现。因此，可以说，在某些观念和思想上，武则天是有着远见卓识的。她在几千年前就认识到，女人不应该被一味地禁锢与束缚，女人的能力和才华不应该被剥夺，这于女人，显然是不公的，既然不公，就该改变。武则天用自己的认知和理解改变了一个时代，改变了人们长久以来根深蒂固的封建传统意识，为妇女的最终解放奠定了事实条件。

多少年来，我一直想走到无字碑前看一看，想从中窥视一代女王的生平以及她的传奇人生，一睹亲见，方能真正了然于胸。而今天，在走向无字碑的时候，我的脚步却是沉重而又庄重的，一个女人一世的威武与辉煌也就留下了这么一块石碑和梁山下的陵墓。褒也好，贬也罢，事实就是事实，谁也改变不了，而在中国历史上，也就出现了一个武则天，功与过，或许都不重要，重要的是，她成了女性中的英豪和楷模，让女人可以不再自卑、不再低微、不再埋没在柴米油盐酱醋茶里，让女人可以放手去做自己擅长和喜欢的事。当然，对于成功，人人向往，人人渴望，但无论如何，我们都应该通过正常的渠道和方法获得。武则天在当时，是因为危及自身的生命，才采取了一些非常的手段。而在今天，我们生活在一个太平安乐的年代，完全无生命安危及性命之忧，在这样的大环境下，我们应该通过自己的努力奋斗来实现自己的人生价值，并在实现自己的人生价值的同时，为国家和民族的发展做出个人应有的贡献，这是我们每一个中华子民应该做的，也是我们的责任。古往今来，大凡成功者，都是有家国情怀的人，太功利、太自私的人走不远，因为大道方能行远，这是一条亘古不变的真理。

有人在登梁山，我随行而去。这是一条林中小道，极窄，仅能容一两个人并行，游人纷至沓来，以至浮尘甚多。山上多松柏及荆棘类植物，行者多为猎奇，我亦然。一步步纵深，行百余米，至梁山颈部，往山顶者路陡，或垒石，或立滑的步道，但欲往者却众，攀缘而上。我因急于登顶，遂攀垒石而行。垒石若刀锋、若利斧，陡峭尖利，石上的浮土已被来往行人扒光，我唯有小心翼翼，亦步亦趋。至此，我方知，好武氏者，非我一人，众之，窥武氏者，亦众之。

至尊红颜，武皇女帝。一朝魂归梁山土，千古功过一碑留！

时间是最好的审判官，它会让历史的脉络清晰，如浩瀚云天。

后记

这是一个春天的雨季，天空飘起了蒙蒙的细雨。

时光如东流水。不知不觉，在文学的路上已经盘桓了八年，这八年，是风雨兼程的八年，是披星戴月的八年，是披荆斩棘的八年，是令我脱胎换骨的八年。八年前，我没有想到自己会成为一名作家，可造化弄人，让我在人生最好的年华寂寂沉沦，而在一个偶然的机会下走上了文学的道路，并且一路大放绿灯，作品频频，直至今天。

如今，我加入了中国作家协会，又上了北京鲁迅文学院高研班，成了中国作家团队中的一员，获得了冰心散文奖，入选陕西省文化厅百名优秀文化艺术人才，在外界人的眼里，我成了一个地地道道的作家。已经到了这个份上，开弓没有回头箭，我只有义无反顾地往前走了。

有人开玩笑，说我命里带文曲星，注定会成为一名作家。

我想，这跟我的喜好和文学积累有关，是爱阅读的习惯为我打下了扎实的文学功底，因而在一个合适的平台、在恰当的机会下喷薄出来，以至让我走上了文学的道路。

是命，还是喜好，抑或是我的努力？我想，这三者是缺一不可的，是它们共同促使我染指文学，自此，再也放不下。

兄弟姐妹在一起谈天的时候，我常能忆起小时候的好多事。姐姐说，我都忘记了，你怎么还记得？或许是我对生活的敏感，那些过往，我都记得。成长过程中的每一件大的小的事情，都珍藏在我的记忆里，包括那些快乐的、忧伤的、甜蜜的、暗淡的，它们就像一部部幻灯片，随意抽取一页，都清晰明朗，这是我奇怪的地方，也是我成为一个作家的根基。

在我成长的初期，我要感谢的一个人是我的母亲。母亲虽只是一介家庭妇女，但她善良、宽厚、贤淑、勤劳、能干，反正女人身上有的优点她都有，最主要的是她兰质蕙心，能将普通的日子调理得活色生香，乐从中生。我们家虽然在农村，过的却是城里人的生活，吃的是色香味俱全的饭食，穿的是干净整洁的衣服，住的是温馨雅致的瓦屋。在村里，别人都羡慕我们，羡慕我们家的生活，羡慕我们家的环境，而我们，也总以有这样一个能干的母亲而倍感喜悦和自豪。

母亲不仅能干，而且脑里有货、肚里有货。她只读过几年私塾，但脑子的容量和心的容量却非常人能及，她常常一边劳作一边给我们说着各种有趣的事，父亲家的故事，外婆家的故事，每个人的故事，在她的口中都是栩栩如生、传奇生动的小说。母亲爱讲，我们总是不厌其烦地听着，沉浸在母亲的故事当中，乐此不疲。有时，母亲还给我们唱歌谣，唱《梁山伯与祝英台》，唱《拉篱笆》，还唱《十里亭》，等等。是母亲为我提供了最初于文学和艺术的细胞与营养。

记得在一个有月亮的晚上，我们都坐在院子里的月光下撕老玉米，母亲一边撕一边给我们唱：“月亮走，我也走，走到大门口。大姐抱个金娃娃，二姐抱个银娃娃，只有三姐没啥抱，抱个草娃娃。”我当下就说：“妈妈，是不是我就是那个三姐呀，没有金娃娃，也没有银娃娃，只有用玉米叶做的草娃娃！”母亲爽朗地笑了，说：“草娃娃好呀，再摔也摔不烂，还没有人抢，而这才是最平实的幸福！”

到现在，我都非常欣赏母亲有一个非常好的心态，而她的这种心态自始至终影响着我，使我在多艰难的环境下都能乐观从容地生活，不自弃，不抱怨，努力地做好每一天的事情，把每一天的生活都过得像是新年一样。现在的人常常说“活在当下”，而母亲，便是这样一个能时时活在当下的人。对于生活中任何一件细小的事，她都从不懈怠，她都会以极其饱满的热情去将它做好、做到极致，因而，我们在最艰难最困苦的日子里也能过着馨香四溢的生活。

现在，我成了一个作家，母亲却去了。前年的清明，在母亲的坟前，我将我的第一本著作《烟雨中的美丽》一页一页地烧毁在母亲的坟前。如果母亲地下有知，如果母亲还能识得文字，就请看看您女儿的作品吧，看看这书中都写到了哪些您熟悉的人与事。如果母亲在天有灵，会感到欣慰吗？会祝福女儿吗？

在这里，我想说，母亲，女儿能有今天，得益于您，您虽只是一个普通的家庭妇女，但您身上的美德和优良品质足够我享用一生。

坡后的槐花开了，母亲，我又想您了！

此时，正是母亲节。

一份特殊的纪念，留在白纸黑字上。

提高现代文阅读和写作成绩的金钥匙

徐祯霞作品
现代文阅读试题详解

留恋夏天

①前几天，听说要立秋了，我心中便有了一种惶惑与不安。难道夏天就要过去了吗？可是，这夏天，却又是这么让我舍不得。

②当一枝新荷浮出水面的时候，夏天便悄然来临。人们脱下厚重的外套，换上单薄的衣衫，顿时轻快了许多。于是，男人们便多了几分强健，女人们更添了许多妩媚，就连孩子们，也变得更加活泼而俏皮。

③雨，猛烈地下着；河水，迅速地涨着……一切的一切，因为夏天的到来而变得激情四射。

④在淅淅沥沥的雨中，一把把伞如花儿一般，开放在大地的每一个角落，将这雨中的世界点缀得五彩缤纷、绚丽多姿。一

把把雨伞汇在一起，雨中便有了一片花的海洋，温馨而又灵动，于是眼前就多出了一种异样的美丽。(A)雨伞将天空分割为两个世界，伞外是一重天，伞内又是一重天，一线之隔，却是两个截然不同的世界，也分隔出了两种截然不同的心情。伞内的人尽享着自得与安逸，伞外的人手足无措、落荒而去。这个时候，我就喜欢站在临街的窗边，静静地注视这雨中别样的世界，不知为什么，我总会将“伞”同“家”这个概念联想到一起。

⑤ 偶尔会有萨克斯或者短笛的声音在河边响起，人们便会引颈眺望，不知是哪位艺人于此练习？人们停止了喧哗，悄然聆听着这免费的音乐，乐声穿透天空，掠过水面，最后落到人们的心头，人们肆意地享受着这美妙的音乐，伴着身边哗哗的流水，和出了一首夏日里最动人的恋曲。

⑥ (B)骤雨初歇，天空一碧如洗，大地纤尘未染，山是朗润的，树是翠绿的，河水是欢快的，空气是洁净而透明的。嗅一嗅，空气中散发着一股青草的味道。放眼望去，一眼可以望到好几里开外。远处的山，被一层层氤氲的雾气包围着若隐若现，陡然增了许多神秘。玉米叶一下子变得葱绿，闪着油亮的光，各类植物蓬勃地向上生长，显示着勃勃的生命力。

⑦ 天刚蒙蒙亮，广场上便有音乐声响起，那是一群晨练的人们。有跳健身操的，有舞剑的，有拍球的，有练太极的……入夏以来，除了雨天，从没间断。在这个夏季，他们成了这个县城里最引人注目，也最绚丽的一道风景，尤其是那些跳健身操的老人们，他们普遍比年轻人跳得好，绝招只有一个——他们能够坚持。有时间的时候，我也会加入其中，尽管不及她们专业，但我总会用心去学那一招一式。

⑧ 夏日的傍晚，是一天中最繁华的时候。人们吃过晚饭，三三两两的从家里出来，于是街道、广场、河堤边、三道井，到处都是涌动的人流。夜市摊摆出来了，烧烤车也出现在街上。华灯初上，好一幅太平盛世的极乐图，在五光十色的霓虹灯下，人们通过各种方式宣泄着自己的快乐，演绎着生活的多彩与多姿。这个时候，我常会邀上女伴，沿着河边的长廊，在绿柳的轻拂下，漫步于湖水之滨，任由轻风温柔地抚过脸颊，絮絮叨叨地说着我们女人永远也说不完的悄悄话，时至深夜，都不愿归家。

⑨ 夏天，你留给我太多美好的感触，也留下太多美丽的记忆……你说，我怎么舍得你离去！于此，我只能发出一声深深的叹息：为什么美好的时光总是如此短暂？

⑩ 看着你即将离去，我知道我已无能为力，我只能用文字留下关于你的点滴……

1. 文章共描绘了夏日的几幅图景？

2. 在作者的笔下，夏天有哪些特点？

3. 找出文章第 ① 段中与“我舍不得”相照应的句子？

4. 文章语言优美，请从（A）（B）两处画线句中选择其一进行评析，自选角度。

5. 你家乡的夏天也一定别具韵味吧，请写一段文字，介绍家乡夏天的美景。（100 字以内）

参考答案：

1. 文章共写了新荷、雨中、雨后、河边、早晨及晚间六幅图景。

2. 夏天的特点：生机勃勃，热烈奔放，活力四射，趣味盎然。

3. 前几天，听说要立秋了，我心中便有了一种惶惑与不安。难道夏天就要过去了吗？

4. 选（A）。在雨天，伞是美丽的风景，也是雨天最美丽的点缀，有了这些美丽缤纷的伞，雨天也变得绚丽而多彩。在伞内和伞外，是两种截然不同的心情和境遇。伞内的人心灵安逸，可以享受雨中的闲情；而伞外的人则急于奔走，寻找一方可以避雨的空间。因此，伞便有点像是有家或者是没有家的人，他们在生活中处于两种完全不同的状态。这也是作者要表达的深意，有家的人应该珍惜，没家的人应该努力地营造一个家。

5. 家乡的夏天，在我的眼里永远是生机勃勃的。它活力四射，美丽葱茏，山是绿的，树是绿的，庄稼是绿的，蔬菜也是绿油油的，甚至连小河都透着浓浓的绿意，一切的一切，都是那么的美好而又生机盎然。

牛背梁上望长安

① 人都说站在秦岭的牛背梁可以望见长安城，初听这话，我是不信的，但是这份好奇与疑惑却留在了我的心中，总也挥之不去。

② 在后来的日子里，我总想找一个机会登上牛背梁顶，以证实所听的传言究竟是实是虚。

③ 在一个初秋的日子，我们几个喜欢登山的朋友决定将牛背梁一登到底。秋天的牛背梁就像水墨大师用多彩的画笔画出的

一幅巨大的彩色山水画卷，浓墨重彩地铺陈在我们的面前，红的、黄的、绿的，深深浅浅的颜色交织在一起，五彩斑斓，缤纷美丽。它又像是一个盛装的女子，披着七彩的霞衣，风姿绰约地挺立在那里，让你禁不住为她神往、为她心动。

④ 我们将车开至六尺岭入口处，下了车，直登南天门。原以为登上了南天门，就到了牛背梁顶，其实不然，到了南天门，离真正的牛背梁顶还有几公里之遥。我们远望牛背梁，有点怯，但是又无法扼制心中的那份好奇与向往。

⑤ 我们铺开报纸，在南天门前空地上坐了下来，歇息片刻。举头，瞥见南天门两行巨大的篆体字书写的楹联：南瞻北望峰林琼花天下山水归秦岭，星移斗转白云碧汉牛背日月佑长安。我立时被此联宏大的气势所震慑，秦岭素有“中华父亲山”的美誉，而牛背梁位于秦岭东段最高峰，此联既写出了秦岭美不胜收的自然景观，又道出了牛背梁突兀在蓝天白云之间的那种挺拔与伟岸。读完此联，我更加迫切地想登上牛背梁，一解心中之惑。

⑥ 在经过近三个小时的跋涉之后，我们终于走近了真正的牛背梁。那一刻，我扔下手中的木棍，一路小跑着向山顶冲去。当我终于站在牛背梁顶时，眼前已空旷成一片。此时，我才真正体会到了杜甫登上泰山时吟出的那句“会当凌绝顶，一览众山小”所抒发的情怀，那种豪迈、广阔与辽远，让人的心一下子变得无限开阔。头上蓝天白云，脚下山峦堆叠，置身于这高山之巅，置身于这牛背梁之上，心中顿时涌起无限豪情，天地之大，舍我其谁？

⑦ 我将目光投向远方，寻觅几度惦记，几度猜测，又几度魂牵梦萦的长安。远处，在苍茫的天际，我看见那云天相接的地

方有一处旷大的城郭，高低错落的楼房，林林立立的建筑，道路交错，阡陌纵横，仿佛人间的海市蜃楼，又仿佛天上的琼台宫阙，在云霞雾霭中扑朔迷离，却又清晰可辨。朋友说，那便是长安。哦，我惦记了这么久的长安，今天终于看到了，竟然是真实的、确凿的、不容置疑的。牛背梁，真是个神奇的地方！

⑧ 站在牛背梁上，远望曾是十三朝都城的长安，追古抚今，心潮不由跌宕起伏。我们的民族，在过去漫长的历史岁月中，曾经历了无数的劫难，人民饱受因朝代更迭而引发的战争离乱，中华大地无数生灵涂炭，山为之悲，水为之泣，牛背梁默默地屹立着，用它博大的赤子情怀见证了中华民族的沧桑与悲凉……

⑨ 昔日，隐伏在秦岭山脉中的牛背梁，也只是一座苍莽而磅礴的大山，带给人无限的神秘和敬畏，人们无法走近它，也无法窥到它的全貌，它就像一个充满魔力的磁石，吸引着一代又一代人去探寻。如今，人们开辟了一条走进秦岭的人行步道，使尘封千年的秦岭牛背梁终于在世人面前揭开了它神秘的面纱。人们相继走进秦岭山中，在这里观光赏景，流连忘返。千百年来，风云变幻，斗转星移，牛背梁一如既往地伫立于此，护佑长安城，护佑后代。

⑩ 此刻，望着脚下雄伟高峻的牛背梁，再抬头眺望蓝天白云下朗朗的长安城，我从心里发出一声长叹：牛背梁啊牛背梁，你可知你身上背负着怎样的重量？

1. 文章第 ⑤ 段写道：“我更加迫切地想登上牛背梁，一解心中之惑。”作者的“心中之惑”具体指什么？

2. 文章第 ⑦ 段写道：“牛背梁，真是个神奇的地方！”试联系全文，说说牛背梁的“神奇”具体体现在哪里？

3．文章第⑩段写道：“牛背梁啊牛背梁，你可知你身上背负着怎样的重量？”说说牛背梁的“身上背负着怎样的重量”。

4．文章第⑥段中的画线句子属于什么描写？试赏析其表达的妙处。

5．阅读下面两则材料，结合全文，试为牛背梁旅游开发写一段介绍性文字。

材料一：经专家考察论证，牛背梁被选作人们走进秦岭、了解秦岭的最佳切入点。它高居秦岭山脊之上，其内仅种子植物就多达3400余种，加上蕨类和苔藓类，植物总数达3800余种，有140多种兽类动物，鸟类338种，物种丰富繁多，植被葱茏，气候变化极大，有“一日历四季”之说。

材料二：2010年8月19日，陕西柞水牛背梁森林公园综合服务区彩旗招展，锣鼓喧天。被誉为“西安人的高山公园、老百姓的避暑胜地”的陕西柞水牛背梁国家森林公园举行盛大的开园仪式，秦岭牛背梁也撩开了神秘的面纱。

参考答案：

1．人都说站在秦岭的牛背梁可以望见长安城，作者想证实所听到的传言究竟是实是虚。

2．景色秀丽；见证历史；护佑长安。

3．承载着中华民族厚重的历史；背负着当代人生活的梦想。

4．动作描写。“扔”“小跑”“冲”几个动词形象生动地写出了作者临近山顶时激动、兴奋的心情。

5．朋友，你想一睹秦岭的美丽容姿吗？请你走进牛背梁，你会为它无穷的魅力所倾倒，那原始森林、珍禽异兽、烟霞暮霭，还有那长沟峡谷、峰林巨阵、飞瀑泻泉……带你走进秦岭最富庶的地方和自然山水博物馆。

烟柳一座城

①说起商洛，人多熟悉，因为商洛出了著名作家贾平凹。说到柞水，有多少人知道，我不确定。柞水是陕西省商洛市下辖的一个小县，位居秦岭腹地，群山环绕，依山傍水，气候宜人，是一处休养生息的好所在。

②有山必有水，有水好长树。因而柞水的地面上植被丰盈，而柞水人尤喜柳。以前，家家门前喜欢栽植一棵柳树，风吹柳动，丝丝飞扬，有种说不出的美妙。春看柳花飞舞，夏观绿柳垂条。正午之际，一把竹椅，一壶清茶，三五个人闲话，男人们大讲三国、西游、三侠五义，女人们家长里短，一坐便是三两个小时。

③后来，高速公路开通了，来柞水的人也多了。人来到柞水，看过之后，皆有不舍，说柞水山美水美，气候养人。诸多的人涌进柞水，旅游开发势在必行，柞水利用其天时地利，打造休闲长廊，一河两岸，全是绿柳，上望不到边，下望不到边，十里烟堤，渺若绿云，如画如锦，美不胜收。

④绿柳之侧是河堤，全是汉白玉护栏，上面刻有花鸟、人物、诗词曲赋，人从河边走过，便如同读了一本唐诗宋词。于

是，便有“人在柳下走，目过诗千行”之说。这于小城人来说，实在是一件怡心怡情赏心悦目之事。

⑤ 人走累了，便要歇息，在不远处有一个亭子间，亭子间里有石椅、石桌、石凳，可供两三人小坐。有来此晨读的，有来此下棋打牌的，还有来此唱歌弹琴的，每天天一亮，亭子间里便有了人，夜深了，人们仍不愿离去，人们喜欢这诗情画意的氛围，喜欢这绿柳如烟的俊美。

⑥ 这一河两岸的绿柳，不仅柞水人喜欢，外来的人亦喜欢不已。

⑦ 在休闲长廊上，常常会遇到不同口音的外地人。他们三五成群，或者更众，大批地从河堤边走过，一边走，一边看，一边品评，你看，这水多清，这柳树多绿，美，太美了，人行在此中，如在画里，看，看，这还有苏轼的诗，“竹外桃花三两枝，春江水暖鸭先知”，还有孟浩然的，“野旷天低树，江清月近人”，能住在这样的地方，太幸福了！一路走来，尽是欢喜和雀跃。看到他们的欢喜，我亦是欢喜的，因为我的欢喜和他们一样，真挚而浓烈。

⑧ 人多向往大城市，以能够在大城市居住为荣，而我却偏偏爱柞水，爱柞水这山这水，爱柞水这一河烟柳，爱柞水这走不够的休闲长廊和这恬静清雅的生活版图。

⑨ 我以为，在所有的树里，以柳为最美。它有着男人的风骨，亦有着女人的优雅与柔美，它看似柔弱，其实极为坚强，任狂风肆虐，却不为所动，依然能够在风中舞出最惊心动魄的美丽，风去了，树依然是树，根扎在地下，枝叶招展。它不仅坚强，还有着极强的生命力，水分充沛的时候可以生长，天气干旱

时依然生机勃勃，我想这可能是柞水人喜欢它的原因吧。

⑩ 如果人的一生能够以“柳”的形象存在，想必，那也是一种成功和完美。

⑪ 走进柞水，迎接你的是柳，走出柞水，目送你的依然是柳，那成行的绿柳，恰似小城的仪仗队，又似小城的东道主，以它的深情传递着一座城的精神与风范。它坚忍不拔，却又风姿绰约，让人怜，让人爱，让人心生眷恋。

⑫ 一座城，因为柳姿翩翩而风情万种；一座城，因为万千的柳树而巍然入画。而在诸多株柳的背后，却是一个个的柞水人，他们热情憨厚质朴坚强，他们在经营着自己的家园，亦在经营着自己的内心，因为柳让他们的生活情趣无限且诗意盎然。

⑬ 我站在阳台上凭窗望去，尽是柳色青青，它们一直在我眼前伸展，直至云烟深处……

1．文章第 ① 段为什么要用“说起商洛，人多熟悉，因为商洛出了著名作家贾平凹。”来做开头？请从以下五个选项中选出正确的答案。(　　)

A．这样写不如以柞水直接开篇更吸引人

B．促进了柞水旅游业的发展

C．引出柞水，让人不觉得太唐突，同时更能吸引读者

D．用“人多”比“人都”好

E．毕竟柞水太小，人知道的少，而贾平凹响名在外，人知道贾平凹就会知道商洛，知道商洛了，再说柞水就不会陌生

2．文章第 ⑦ 段的“一边走，一边看，一边品评”用了什么修辞手法？有什么作用？第 ⑦ 段中还用了什么修辞手法？起

到了怎样的效果？

3．在作者看来，柳树有怎样的精神？

4．文章第 ①②③ 段分别表达了怎样的写作效果？

5．文章第 ⑩ 段表达了作者怎样的思想追求？

6．文章第 ⑫ 段的表达起到了什么作用？

参考答案：

1．C、E

2．① 反复。如“一边走，一边看，一边品评”，三个“一边”形成间隔反复。再如“看，看”，两个“看”形成连续反复。反复修辞的运用使句式整齐，突出表现了外地游客沉醉于柞水烟柳的闲情逸致，以及在长廊发现诗句的惊喜之情，使感情更加浓烈，增强了语言的表达效果。② 引用。如引用苏轼和孟浩然的诗。诗句、美景相映衬，突出了柞水休闲长廊之美，以及它的恬静清雅，营造了柞水的文化氛围。

3．在作者看来，柳看似柔弱，但有着男人的风骨，坚韧不拔，能够战胜挫折；柳能够坚守本心，把持人生的航向，为理想而奋斗；柳的生命力极强，能够保持勃勃生机。如果人具有柳的品质，能像柳一样为人、处世、工作，定能走向成功、走向完美。

4．① 实写，突出了柞水的特色——满城烟柳；② 强化了作者的情感，使作者对柞水的喜爱之情绵绵不绝，言有尽而意无穷，更能引发读者思考；③ 照应标题，突出了标题中的“烟柳”和“一座城”，使文章结构更严谨。

5．这一段，在文中起着画龙点睛的作用。如果人的一生能够以“柳”的形象存在，那也是一种成功和完美，外柔内刚，表达了作者做人的精神追求和理想。

6. 这样表达起到了升华主题的作用。美丽的柞水不是由某一个人的努力而达到的，它是由很多很多如柳一样的柞水人共同建设起来的。柳的精神，是柞水人的精神，也是柞水这座小城的精神，文章的主题就得到了升华。

一缕梅香入梦来

① 喜欢梅，非一日。

② 起初喜欢梅的时候，并不识梅，只是见画，数枝红梅傲然立于画中，便喜欢上它的倔强，它的顽强，它的清清爽爽、干净利落。

③ 略醒事后，方知道，自己喜欢的并不是花，而是梅的那种精神，一种遗世独立、傲然不群的高洁禀赋。

④ 梅多生南方，在北方少见。因为喜欢，每年过年的时候，我都会买一幅梅花图挂于墙上，立时便觉满室清雅，活色生香，我喜欢，妈妈亦是喜欢。

⑤ 而我的喜欢，得益于妈妈。妈妈是一家大户人家的女儿，上过私塾、略读诗书，对外部世界有她自己的认知。年轻的时候，妈妈在家里过着一种很优越的生活，春赏花，秋赏月，做做女红，秀秀茶饭。后嫁于爸爸，生活艰涩，干重活，吃粗饭，但却没有磨却妈妈的心志和灵性。妈妈穿干净平整的衣服，梳光洁雅致的头发，家里总是让她打理得窗明几净，来家的人都说妈妈心灵手巧，而我们也以有如此贤淑聪慧的妈妈而倍感幸福和

自豪。

⑥ 后来，我们搬家了，撇下了很多东西，唯独没有撇下这株干枝梅，因为它已经成了我们生活中的一部分，我们生命中的每一个冬天和春天，都有它绽放的喜悦和快乐。我们将它连根挖走，栽进新家的院子。它又陪了我好多年，直到我出嫁。

⑦ 每次回家，我总不会忘记那株干枝梅，在同妈妈说到它的时候，还要去看看，而它一直就那样默默地生长着，就那样平凡着，又是那样不平凡着，在四季的起起落落中焕发出生命的坚韧与顽强。

⑧ 后来，妈妈不在了，老家荒芜了，那株干枝梅淹没在荒草丛中。我的心中唯有遗憾。

⑨ 每每想到妈妈时，我便想到它。想到它时，又会想到妈妈。

⑩ 再后来，忙生活，忙孩子，忙大大小小的琐事，但对梅的喜爱一直不能释怀。想梅的时候，就买来一幅画，悬于室内，以供观之。

⑪ 或许，在很多时候，梅就是我的一个影子。因为，梅已经在我的身上烙下了深深的印迹。梅自小伴我成长，已经融入我的灵魂，我做人和处事的风格都与梅有着极为相似的地方。我不喜欢张扬，只喜欢默默地以自己的方式立世，走自己的路，做自己喜欢的事。

⑫ 多年来，我的人生遭遇过起起落落，一波三折，但都没有动摇我做人的信念。生命本是一首苦与乐交织的歌，如果没有苦难，怎会感知幸福？如果没有挫折，又怎会感知收获的喜悦？

⑬ 冬日的一天，收到鲁迅文学院录取通知书。我带着期盼

已久的喜悦，怀揣文学梦走进鲁迅文学院，却没想到，迎接我的是一片扑面而来的梅林。它们一律青枝青秆，枝与秆均倔强地伸向天空，显示出一种骨感与强劲的力与美。

⑭ 我方知道，我此生注定与梅有缘，我的人生，必定会有它相伴，它或许不是这世间最美丽的风景，但它却是顽强和坚韧的。

1．谈谈你对标题含义的理解。

2．文章开篇就说“喜欢梅，非一日。”有什么作用？

3．请赏析文章第 ⑥ 段的表达效果。

4．作者说：“每每想到妈妈时，我便想到它。想到它时，又会想到妈妈。”为什么？请谈谈你的理解。

5．读完本文，你获得了怎样的人生启迪？

6．本文的主旨是什么？

7．分析作者在文中表达的思想感情。

8．文章第 ⑫ 段表达了作者怎样的思想情感？

9．作者的情感发生了怎样的变化？

10．分析文章的表现手法及语句（段）的作用。

11．阅读全文，谈谈你的感受。

参考答案：

1．人常说，日有所想，夜有所梦，想梅其实是在想念如梅一般坚忍顽强的母亲。

2．总领全文，起到提纲挈领的作用。

3．我们舍不下梅，其实是舍不下梅的精神，有梅在，便会时时激励着我们做坚忍顽强的人。

4．因为梅的身上有妈妈的影子，妈妈的身上又有着梅的精神和品格。

5．我也应该努力做一个如梅一样的人，高洁、美好、顽强，在面对人生的挫折和严寒时不折不挠。

6．作者通过叙写梅，表达了自己顽强不屈的人生和百折不挠的性格和品格，托物言志。

7．作者在鲁迅文学院看到梅后，想起了自家庭院的梅，想起了如梅一样的母亲，也想起了自己这些年一路走过的坎坷，继而感慨因为自己的坚强和努力，才有机会走进鲁迅文学院学习。作者想感谢妈妈，感谢梅，感谢梅带给自己的精神启迪。

8．如果没有如梅一样的妈妈做“我”的精神支撑，“我”可能不会有今天，也不可能成为一个作家。

9．由思念妈妈到感慨万千，再到由衷的喜悦。

10．本文语言优美，干净利落，让人读来句句落地有声。借一缕梅香，用隐喻的手法娓娓道来，表达了作者的人生信念和追求。段落之间过渡自然流畅，上下衔接紧凑，是一篇非常好的托物言志散文。

11．读了《一缕梅香入梦来》，我觉得任何人都应该做一个坚强的人，男孩女孩都应该如此。人生从来不会一帆风顺，只有迎难而上、不畏困难和艰险的人，最后才能赢得人生的幸福与美满。我也要做一个如梅一样的人，磨砺自己，芬芳别人。

盼归的母亲

①记忆中，新年总是与母亲分不开的。

②一进腊月，母亲的眼里便充满了期待和盼望。那时，手机和电话还没有现在这么普及，母亲便托熟人将口信捎给我们每一个儿女，实在捎不到的，便让父亲给我们写信，让我们早早地回家过年，别误了回家的班车。

③于母亲来说，过年是我们家一件非常重要的事，它不亚于我的哥哥娶亲和姐姐出嫁。母亲将它看得很重很重，一年到头，也只有在过年的时候，我们全家人才能全部聚齐，在一起开开心心、快快乐乐、无所顾虑、无所烦扰地度过一些时日。这样的日子于我们来说是难得的、放松的，也是最惬意开怀的，我们尽情地享受着母亲的关爱与呵护，享受着家的温馨与甜美，享受着人间的至爱与亲情，享受着最纯美最令人珍惜的人间天伦之乐。

④一个腊月，村口都有母亲清瘦的身影，母亲站在村口的大石包旁边，翘首望着远处的道路。那是一条纵横于两个乡镇的道路，一头通向西川，一头通向中河，路上的车辆很多，过往的人也很多。母亲并不知道我们会在哪一天归来，她就只有天天站到路口去等待。每一个从远处走来的身影都是她眼中的盼望，当一个身影从远处的拐弯处出现的时候，母亲的心里就充满了盼望，她在猜想，这个人会是谁？是男的还是女的？会不会是她的

儿子或者是女儿里的一个？那个身影从远远的地方走来了，近了，又近了，到能够看得清对方的体形与模样的时候，他或者是她却并不是母亲的孩子，母亲失望了。失望过后，母亲又再等待下一个身影的出现，当下一个身影出现的时候，母亲又如此前一般的盼望，那个身影再次走近，却还不是。在一次次的希望之后，母亲等来的尽是失望，在一次一次的失望之后，却又充满了希望，因为她相信，在某一天，在某一个时刻，从远处走来的身影里，总会有她的孩子，于是她就天天站在大路旁，伫立在寒风中，等待着她的孩子们归来。

⑤ 母亲的头发常常被风吹起，吹得很乱很乱，母亲用手捋捋，仍然坚定地站在那里，风吹不走她等待孩子的信念，风也吹不动她坚韧的姿态。于是，长长的一个腊月，母亲就站立成一处风中的风景，没有口罩，没有手套。冷了，母亲就双手交叉，互相搓搓，待手有了温度，再用稍许温热的手去搓搓脸，实在冷得不行了，将双手放在嘴边呵呵气，让冻得僵硬的手与脸借助呼出的热气来增加一点温度。母亲就这么一直站着，从早上站到中午，再从中午站到天黑，直到黄昏来临，天已黑尽，才满心失望心有不甘地归去。那样的夜晚，纵然母亲坐在床上，心里也仍在惦记着她的孩子们。

⑥ 待到某一日，她终于等回了她的孩子们中的一个，母亲的兴奋与欢喜便溢于言表。当她的这个孩子在山嘴边出现的时候，母亲就大喊着孩子的乳名，三步两步抢上前去，接过孩子手里的东西，也不管自己能不能拿得动，就强撑着往回提，母亲踉跄的步履与沧桑憔悴的容颜常常让我们的眼里溢满热泪。

⑦ 我是家里最小的女儿，母亲已年迈，而我尚未自立，母亲对我的担心与牵挂总是最多的。我正行进在人生的路途当中，我的人生尚有许许多多的不确定，彼时，母亲的臂弯是我唯一的家，过年了，纵然我在再远的地方，母亲都一定要唤我回来。于母亲来说，漂泊在外的孩子是不可以没有家的，也是不可以不回家的，因为母亲的爱才是我幸福安乐的家园。

⑧ 母亲的召唤总能让我内心安定，在过了一个快乐而又轻松的新年之后，我又整装待发，踏上新的路途。因为有母亲盼望的眼神，我走到哪里都不孤单；因为有母亲等待的身影，纵然走到天涯海角，我也知道自己是一个有根的人。因为母亲始终在我心灵深处，她在等我回家过年，于是，在人生的路途中，就算是遇上再黑的夜，我也不会害怕寂寞与孤单，想到寒风中的母亲，我的心中总会涌起无边的温暖。

⑨ 而今，母亲故去，但母亲翘首在风中的身影永远都是我心灵永驻的家园。

1. 本文体现了母亲对儿女的一种怎样的感情？

2. 文章中哪些场景最令你感动？

3. 文章第④⑤段中，作者用重笔墨写了母亲盼归的神情，这也可以说是文章的文眼，读了之后，你有怎样的感受？

4. 文章第⑧段中，作者说："……在人生的路途中，就算是遇上再黑的夜，我也不会害怕寂寞与孤单，想到寒风中的母亲，我的心中总会涌起无边的温暖。"谈谈母亲的爱带给作者怎样的精神动力。

5. 这篇文章给了你怎样的启示和信息？

参考答案：

1. 本文体现了母亲对儿女无私、博大、宽厚而深沉的爱，这种爱比天高、比海深，让人动容。

2. 母亲在寒风中等待“我”归来的单薄瘦弱的身影。

3. 这篇文章让我想起了我的母亲。我的母亲，每次在我外出的时候，也会翘首期盼、望眼欲穿。读了这篇文章，我觉得，我应该对母亲好一点，努力学习，用自己的行动好好地报答母亲对我的付出，让母亲以后过上幸福安乐的日子。

4. 因为母亲的爱让作者总是心灵温暖而又充实，有母爱的陪伴，作者在人生的路上不管遇到怎样的挫折和困难都不会退缩，她会揣着母爱一路向前。

5. 读了这篇文章，我真正感受到了母爱的伟大。我的母亲也是这样的，但是我从来不懂得珍惜，我总觉得母亲为我做什么都是应该的，因而总是无视母亲对我的付出。作者细致入微的描写，给我带来很深的触动，母亲对我无微不至的爱和关怀仿佛就在眼前，我以后要学得懂事一些，学着关爱母亲，做一个听话、懂事、孝顺、力求上进的孩子，不辜负母亲对我的期望。这也是这篇文章给我最大的启迪。

留在树梢的柿子

①前几天，去秦楚古道，见沿途有好多柿树，每棵树上都留有五到十个柿子，稀稀落落的分布在枝头。我有些奇怪，农人为什么不将柿子收完呢？已是严冬，将好好的柿子留在树上，白白烂掉，岂不是很可惜？路边有一老者，我遂上前询问，老者说："这是给鸟儿留的！冬天，万物凋零，自然界中可吃的东西很少很少，如果我们将所有的东西都采收干净，鸟儿就没有可以吃的食物，漫长的一个冬天鸟儿靠什么来生存？"

②听了老者的话，我不禁重新将老者打量了一番。老者有六十多岁，身着一件蓝灰色的夹克，面料不是太好，皱皱巴巴的，脸上的皮肤干燥而黝黑，额头密布着一条条很深的皱纹，花白的头发上带着一些草渣，身子消瘦而单薄，一副饱经艰辛的样子。没想到就是这样一位土里土气的农民，竟说出这样善良而高贵的话。

③我仰起头，树上的柿子果然有鸟儿啄过的一个一个的小坑，一些柿肉裸露在外面，鲜红鲜红的。面对此景，我不禁对面前的老者及其他如老者一般的人肃然起敬。他们用最纯朴的意识和善良的爱心在维护着自然的和谐，而我们这些自称为现代人的都市人却在不停地吞噬，不停地毁灭现有资源和生态环境。为此，我的心里有了一丝丝愧意。

④我们居住的城市里，到处高楼林立，灰白的水泥马路纵横交错，川流不息的车流，熙来攘往的人流，让人看到的是一片

锦绣繁华。但是，这种繁华让人感到快要窒息了，天上见不到飞翔的鸟儿，脚下难觅青翠的绿色，河里没了欢快的鱼儿，一切自然的东西都在从我们的眼前消失。我们见不到“两个黄鹂鸣翠柳，一行白鹭上青天”，我们也见不到大雁南飞，这于人类，于我们的孩子，该是一种怎样的悲哀？我们给孩子提供大量的图书，但是在现实生活中却找不到它的原型。于是，人们在笼子里养起了鸟，在盆里栽上了花，甚至有人在花盆里栽上辣椒和黄瓜，为的是让孩子了解植物是怎样生长的，观察鸟儿的生活习性。可养在笼子里的鸟儿，怎么也没有林中的鸟儿鲜活，栽在盆里的花，也没有坡边的花香。每个物种都有适合它生长的环境，我们强行改变了它们的生活环境，它们也就失却了本性。

⑤ 人哪，总在不断地破坏，又在不断地建设，殊不知有些东西是可以再创造的，有些东西毁灭以后便再难找回，比如一些文物古迹，一些稀有动物，一些罕见的植物……

⑥ 想到这里，我向老者深深地躬了一躬，说：“您用自己的行动给我们这些所谓的都市人上了一课，谢谢您！”老者憨厚地笑了笑。

⑦ 归去的路上，朋友甲说：“从今以后，我不再吃野味！”朋友乙说：“我也不再用鱼糖精药鱼了！”我听了，深感欣慰，此行不虚啊！

1. 留在树梢的柿子是做什么用的？

2. 作者听了老农的话，有怎样的心灵触动？

3. 为什么城市里没有了鸟儿？

4. 作者发出了感叹，“人哪，总在不断地破坏，又在不断地建设”，让你想到了什么？

5．老农的做法让作者想起了生态保护，作为一个普通人，力所能及的生态保护有哪些？

参考答案：

1．留在树梢的柿子是为了鸟儿有过冬的食物，要不然，长长的一冬，所有的作物都收拾干净，鸟儿就没有过冬的食物了。老者的做法体现了由已推人的大爱情怀，万物同性。

2．作者没有想到，这个看起来“土里土气”的老农，竟然有这样高贵的精神情怀，也提示我们，不可以貌取人，内心的善良和高贵才是真正的高贵。

3．城市里到处都是楼房、水泥马路，鸟儿已经没有了栖息和生存的空间。

4．一些好的文物古迹，在现代化的建设中没能很好地保留，从而在历史中消失，这是一件让人遗憾的事，我们应该加强对现有资源和生态环境的保护，让好的东西和传统保留和传承。

5．不捕获野生动物，不药鱼，不乱砍滥伐。

油灯下的母亲

① 坐在明亮的电灯下，我的眼前常常晃着的是一盏小油灯，还有油灯下母亲坚定的身影。

② 那是一盏旧式的煤油灯，在我的童年，家中一直亮着这

样的一盏灯。灯是用墨水瓶做的，将用完的墨水瓶的铁盖上打一个小孔，再用铁皮卷一个两寸长的小铁管，从瓶盖上那个绿豆大的小孔穿过去，小铁管一定要比瓶盖上的孔略大一点，要不然就卡不住，瓶盖上留出指头厚的一截小铁管，然后将搓好的旧棉花用细铁丝推进去，瓶外露出比绿豆大一点的棉花就行了，再给瓶里倒上大半瓶煤油，一个小油灯就做好了。儿时的家中，经年用的都是这种灯，就算过年，也是一样。

③ 童年的夜晚，是小油灯陪着我度过的。与小油灯相伴的，还有我不知疲倦的母亲。

④ 每天晚上，天色暗下来的时候，母亲就点起小油灯，为一家人烧好洗脚水，做好晚饭。各人都在脚盆里洗了脚，吃了母亲粗粮细做的晚饭，一天的劳动才算结束。

⑤ 吃完了晚饭，便是一天中自由活动的时间。大家坐在灯下聊天、抽烟、干杂活，而我的母亲，就打开她的针线包，开始做针线活。

⑥ 我们兄妹六个，加上母亲和父亲，一家八口人的穿戴都是母亲做的。她要为我们做鞋子、缝制衣袜，还要缝缝补补，一年到头，她的手都没有闲的，做完了大的做小的，做完了小的又得做大的，衣服且罢了，鞋子尤其穿得费，一双布鞋，穿不上两三个月就烂了，不是脚底穿通了，就是脚指头把鞋子撑破了，常常是这个人的鞋子刚刚做好，那个人的鞋子又穿烂了。我的母亲一年到头都歇不下，一年到头都在做鞋，做完了单鞋做棉鞋，做完了棉鞋，又要做下一年的新鞋，在我眼里，母亲年年都有做不完的鞋。

⑦ 而这些鞋子，都是母亲用晚上休息的时间为我们做的。

白天，母亲是没有时间做鞋的，地里有好多活等着她干，她只有在天黑之后，才能在油灯下为我们做鞋。那盏油灯呀，永远都是那么昏暗着，在灯下读书，常常是看不清的，得将头凑到煤油灯跟前，才能将就着看，稍远一点，看的字都是模糊的，而我的母亲，常年就在这样的灯下做着针线活，大睁着眼睛，一做做到深夜。因为灯光暗，因为熬夜久，因为全神贯注，母亲的眼里常常布满了红血丝。

⑧ 我和我的兄弟姐妹折腾累了，都香甜地睡了，母亲仍在油灯下一针一针地纳着鞋底，没有焦躁，没有不耐烦，针涩了，她在头上划一划，眼睛睁不开了，她抬起头来看看熟睡在她身边的我们，看一会儿，似乎就精神了，又一针一针地纳了起来，好像我们就是她的兴奋剂，我们就是她的力量，我们就是她的永恒闪烁着的希望，我们可以让她永远不知疲倦地做着手中的一切。母亲啊，母亲！

⑨ 常常一觉醒来，我迷迷糊糊地睁开眼，屋子里的灯还亮着，我在睡眼蒙眬中看到仍然端坐着的母亲的身影，心痛地问一声："妈，你还不睡呀？"母亲说："你们睡，我再纳一会儿，想睡了就睡！"母亲哪里是不想睡呀，她是想紧着时间给我们做衣服鞋袜呀，她害怕我们没的穿，害怕我们冻着，她跟我们一样的肉身，会知道累，会知道乏，怎么会不想睡呢，又不是铁打的。我虽然心疼母亲、怜惜母亲，但瞌睡来了，身不由己，一会儿便又呼呼睡去。母亲仍旧一个人坐在煤油灯下，一针一针地纳着鞋底，在昏暗的灯光下，母亲的身影拉得比黑夜还要长。

⑩ 我不知道，在油灯下，母亲咬断了多少根线头，在油灯下，母亲戳破了多少次手指头。油灯实在不亮了，母亲将烧焦的

棉花头用针挑挑，让煤油从下面渗上来，油灯又能稍亮一点，母亲就这样不知疲倦地为我们缝制着生活。

⑪ 一天天，一年年，在这盏油灯下，母亲送走了我的二哥，送走了姐姐、弟弟和我。我们一天天长大，母亲却在一天天地老去。我们渐渐地离开了母亲，但油灯下的母亲却是定格在我心头的一幅永不褪色永远生动鲜活的画面。每每想到母亲，我的心里就无比的温暖，在那盏油灯下，我们有着怎样温暖的时光！母亲就像一只母鸡保护着小鸡仔一样，生怕我们被时光和生活伤害，她用她并不丰满的羽翼，保护着我们一年一年的长大。在那样艰难的岁月里，我们既没有冻着，也没有饿着，我们兄弟姐妹都有温暖而幸福的童年，这是我们应该永远感激和怀念的。

⑫ 现在，已经没有人再使用煤油灯，煤油灯的年代已经过去，但油灯下的母亲总会时不时地闪现在我的面前，那盏小油灯尽管昏黄，但是它却一直在温暖和照亮着我的人生，让我循着那盏灯的光亮一路向前。

⑬ 今夜，月凉如水，霜寒露重，我又想起了母亲，又想起了那盏小油灯，以及油灯下端坐如佛的身影。

1. 给黑体字注音，根据拼音写词语。

（1）**鼾**声（　　）

（2）睡眼 méng lóng（　　）月光 méng lóng（　　）

2. 结合语境，品味文章。

（1）文章第 ⑧ 段写道：“好像我们就是她的兴奋剂，我们就是她的力量，我们就是她的永恒闪烁着的希望，我们可以让她永远不知疲倦地做着手中的一切。母亲啊，母亲！”结合全文，谈谈这段话分别表达了作者和母亲怎样的思想感情。

（2）文章第 ⑪ 段写道："每每想到母亲，我的心里就无比的温暖，在那盏油灯下，我们有着怎样温暖的时光！母亲就像一只母鸡保护着小鸡仔一样，生怕我们被时光和生活伤害，她用她并不丰满的羽翼，保护着我们一年一年的长大。"结合作者所用写法，谈谈你对这段话的理解。

3．文章第 ⑨ 段写道："母亲仍旧一个人坐在煤油灯下，一针一针地纳着鞋底，在昏暗的灯光下，母亲的身影拉得比黑夜还要长。"作者为什么说"母亲的身影拉得比黑夜还要长"？

4．开放性试题。

文章第 ⑫ 段写道："那盏小油灯尽管昏黄，但是它却一直在温暖和照亮着我的人生，让我循着那盏灯的光亮一路向前。"请结合自己的母亲，谈谈你对这段话的理解。

5．本文有明暗两条线索，明线索是____________，暗线索是____________，其中回忆了____________的情节。

6．阅读全文，说说母亲心中的梦想是什么。请用原文句子回答。

参考答案：

1.（1）hān （2）蒙眬 朦胧

2.（1）作者：对母亲日夜操劳的心疼、爱和思念。

母亲：对孩子的爱，孩子们是她不知疲倦辛苦劳作的动力和希望。

（2）运用比喻的手法，生动形象地写出了母亲对孩子们的爱和保护，表现了母亲深沉的母爱。

3. 作者想表达两点：一是条件艰苦，煤油灯不够明亮；二是母亲辛苦劳作的时间之长，贯穿整个夜晚。

4. 要点：点出母爱对自己人生的巨大鼓舞。结合自己的实际情况谈出母爱的精神力量即可。

5. 小煤油灯；母爱；深夜纳鞋。

6. 我们既没有冻着，也没有饿着，我们兄弟姐妹都有温暖而幸福的童年。

清明吊

① 清明近了，母亲就会一个劲儿地念叨：“清明了，又要去给你爹爹（祖父）你奶奶上坟啦！”然后嘱咐在县城教书的父亲周末回来，一定要记得捎上几张彩洋纸，好给爹爹奶奶剪清明吊。

② 母亲兰心蕙质，生得一双巧手，茶饭、针线活、扎花、剪纸啥都会。在我的记忆中，根本就没有能难倒母亲的事儿，什么事母亲都可以自己亲手做，而且做得像模像样，非常漂亮，非常出彩，但凡人见了，都会啧啧称赞：“这刘婶的手就是巧，啥活计都能做得这般出色。”

③ 父亲虽然执拗，但对于母亲这样的吩咐，总是言听计从，因为母亲祭奠的是父亲的父母，替他尽孝道，母亲年年能够这样心意周到，父亲内心是感激的。他不在家，有母亲去为他操着本该他操的心，去他父母的坟前烧香焚纸、除草添土，尽为人子女

为人子媳的孝道。

④ 我的爹爹和奶奶都生于动荡年代，爹爹原为私塾先生，后来眼睛不好，干不了重活，某年冬月又突患一场恶疾，以致暴病身亡。爹爹死后，家里的生活并没有好转，吃穿用度更为困难，家里常常吃了上顿没下顿，有孩子的就没大人的。为了让孙子们能够吃上饭，奶奶偷偷地拎了根绳子上后山寻了短见。家里为奶奶钉了口薄木棺材，奶奶就这样永远地离开了我们。这些都是我听母亲说的，因为我出生的时候奶奶都已经过世了。我的苦命的爹爹和奶奶就这样走完了他们人生的历程。

⑤ 周末了，父亲依母亲的吩咐，捎了几张彩洋纸回来。一进院门，父亲就会说，孩他妈，你要的彩洋纸买回来了。母亲忙从屋里出来接过，放在门前的大青石凳上，然后从屋里搬出一张小桌子，拿上小凳和剪刀，就坐在院中开始剪清明吊了。这时的母亲安详极了、美丽极了，浑身上下透着一种祥和宁静的美。

⑥ 母亲将长方形的纸裁成四四方方的，依对角线反复地对折，如此四折之后，便拿着剪刀在对折的地方左一剪刀、右一剪刀，每一剪刀的距离都是指头宽，这样一直剪到顶，然后在顶部剪上一个小圆孔，最后在最底部留宽的地方剪出花瓣状的图案，这样，一种颜色的纸就算是剪好了。通常，这样的纸母亲会剪三样到四样，一般是红色、黄色、绿色、紫色，这几种纸的颜色穿插起来，用一个小纸柄穿上，抖放开来，就是一个几种颜色穿插在一起的层次分明非常漂亮的清明吊，明丽、鲜艳，又非常具有艺术感。它在众人的眼里是一个清明吊，但在我的眼里，却是一件做工精湛、倾注了母亲智慧和情感的手工艺术品。

⑦ 通常情况下，母亲都会做上三个清明吊，一个给我的爹爹，一个给我的奶奶，还有一个给我们徐家共同的祖先——太爹爹。太爹爹生了八个儿子，我的爹爹是老七，在户里，大家都叫我们“七房”。母亲说，上坟都要上，不能让老太爹爹一个人孤零零地待在那儿没有人管。因此，每年清明和过年上坟的时候，母亲样样都会准备三份，让我们无论如何都不要忘记给太爹爹上坟。虽然我们大家都没有见过太爹爹，但在我们的心里，太爹爹同我们的爹爹和奶奶一样重要，不能忽视，也不能忽略。

⑧ 剪好了清明吊，父亲在家的时候，母亲就让父亲带上我们一家，一起去给爹爹奶奶，还有太爹爹送清明吊。父亲不在家的时候，母亲就带上我们几个孩子去给爹爹奶奶和太爹爹送清明吊。每年去送清明吊的时候，我们就觉得这是一个非常隆重的仪式。我们几个孩子拿清明吊、拿火纸，有时，母亲还会备上一些小茶点，比如月亮酥、芝麻棒。这些都是年节里亲戚送的，或者是父亲偶尔买下的，母亲从我们嘴里省下来，留着祭奠我的爹爹奶奶和太爹爹。母亲的认真和郑重，让我们觉得这是我们每年中的一件大事，不能马马虎虎，不能敷衍了事，更不能当作儿戏。

⑨ 我们在母亲的带领下，庄重而虔诚地祭奠祖人，爹爹奶奶的坟茔在前面，我们给爹爹奶奶的坟上了香、烧了纸，然后绕着四周围拔除坟茔上的枯草。农村有讲究，坟茔上的土只能清明动，前三后三，过了清明，别的日子坟上的土是不能动的，就是草长得再多，也不能动，一者是不吉利，二者是对亡人的大不敬。因此，必须趁着这个日子将坟茔好好地清理一下，以示这家

坟茔有人看管，后继有人。在这天，我们不仅要给爹爹奶奶烧纸，还要给爹爹奶奶去除坟上的杂草，有时坟头上的石头垮了，还要重新给砌好，将整个坟茔整理得焕然一新，才算是将祖先人管护好了，这是对祖先人的孝道和尊敬。母亲的专注和认真，让我们不敢有丝毫的怠慢和马虎。弄好了这一切，给爹爹和奶奶的坟上各自挂上一个清明吊，然后我们虔诚地跪下，磕上三个头，这个坟才算上完。

⑩ 插上清明吊的坟茔顿时引人注目起来，就像是龙有了眼睛、鸟雀有了精神，春风吹起，清明吊在风中随风飞扬，如旗帜、如经幡。这时，寂寥的山间顿时鲜活起来，有了颜色，有了神采，有了精神气儿，荒凉的坟园，便因为这两枚清明吊，变得神采飞扬。

⑪ 上完了爹爹奶奶的坟，我们又去上后边太爹爹的坟。我的太爹爹，在那个年代来说，算是一个有故事的人，一生先后娶了三房老婆，大老婆死后，娶下二老婆，不料二老婆又死了，又娶回了三老婆。按一般人来说，他是命苦之人，可是三个老婆相继生下八个儿子，令徐氏一门人丁兴旺。在徐氏一脉家族中，后来竟然出了五个大学士，在秦岭山中的农村，徐家也算是耕读传家的书香门第了。当说起太爹爹的时候，我们也时常以他为荣。一个农村人，硬是靠着一荷一锄、一砖一瓦，拼起了一个家族、一桩家业，所以说，勤劳与务实乃是人的立根立业之基。太爹爹一个人已经孤独地在这儿待了近百年了，但爹爹和父亲一直给他上坟，就算父亲不在家，贤淑的母亲也会带着我们来给太爹爹上坟。因此，太爹爹看似孤独，其实他又是不孤独的。

⑫ 我们给太爹爹上了香、烧了纸、拔除了坟上的杂草、培了土，最后在坟头上插上了清明吊，太爹爹的坟茔顿时不再冷清。

1. 清明节都有哪些风俗？

2. 爹爹奶奶又不是母亲的父母，而且父亲还常常不在家，就算母亲不去给他们上坟，父亲也不知道。为什么年年的清明节，母亲还要给爹爹奶奶挂清明吊？

3. 母亲除了给爹爹奶奶上坟，还会给她没有见过面的太爹爹上坟，这体现了母亲怎样的品质和精神？

4. 有卖清明吊的，为什么母亲总要坚持自己剪清明吊？

5. 太爹爹是怎样的一个人？

6. 清明节上坟的意义在哪里？它让我们从中感知到了什么？

参考答案：

1. 清明节，一些地方有挂清明吊的习俗。

2. 这体现了母亲的孝顺，以及做人的表里如一。爹爹奶奶虽然不是母亲的父母，但是他们生养了父亲，就算替父亲，母亲也该尽这一份孝道。母亲这也是为儿女树立榜样，让孩子们知道，以孝为大。

3. 这体现了母亲的贤淑和善良，对父亲的在乎，以及对长辈的孝敬和尊重。没有太爹爹，没有爹爹，就没有父亲，充分说明了母亲是一个深明大义、贤惠孝顺的儿媳妇。

4. 母亲认为，自己剪的清明吊倾注了自己的感情在里面，同买的商品是不一样的，这里有她对长辈的真情和在乎。

5. 太爹爹努力打拼创下了一份殷实的家业，虽然生活富裕了，也不忘记对孩子的教育和培养，他是农村真正秉承着耕读传家的人。

6．清明节上坟是中国传统孝道文化的传承，它让我们懂得铭记，懂得感恩，不要忘记好的传统，不要忘记养育我们的血亲。懂得感恩和铭记，我们才能成长为有良知、懂得知恩图报的人，而这样的人，才是真正意义上的人。